# बादलों के घेरे

[कहानी-संग्रह]

# बादलों के घेरे

कृष्णा सोबती

राजकमल प्रकाशन

ISBN : 978-81-267-1184-0

**मूल्य :** ₹495



**पहला संस्करण :** 1980
**पाँचवाँ संस्करण :** 2019

**प्रकाशक :** राजकमल प्रकाशन प्रा. लि.
1-बी, नेताजी सुभाष मार्ग, दरियागंज
नई दिल्ली-110 002

**शाखाएँ :** अशोक राजपथ, साइंस कॉलेज के सामने, पटना-800 006
पहली मंजिल, दरबारी बिल्डिंग, महात्मा गांधी मार्ग, इलाहाबाद-211 001
36 ए, शेक्सपियर सरणी, कोलकाता-700 017

वेबसाइट : www.rajkamalprakashan.com
ई-मेल : info@rajkamalprakashan.com

**मुद्रक :** बी.के. ऑफसेट
नवीन शाहदरा, दिल्ली-110 032

BADLON KE GHERE
*A Collection of Stories by* Krishna Sobti

# क्रम

# बादलों के घेरे

भुवाली की इस छोटी-सी कॉटेज में लेटा-लेटा मैं सामने के पहाड़ देखता हूँ। पानी-भरे, सूखे-सूखे बादलों के घेरे देखता हूँ। बिना आँखों के भटक-भटक जाती धुन्ध के निष्फल प्रयास देखता हूँ। और फिर लेटे-लेटे अपने तन का पतझार देखता हूँ। सामने पहाड़ के रूखे हरियाले में रामगढ़ जाती हुई पगडंडी मेरी बाँह पर उभरी लम्बी नस की तरह चमकती है। पहाड़ी हवाएँ मेरी उखड़ी-उखड़ी साँस की तरह कभी तेज, कभी हौले इस खिड़की से टकराती हैं; पलंग पर बिछी चद्दर और ऊपर पड़े कम्बल से लिपटी मेरी देह चूने की-सी कच्ची तह की तरह घुल-घुल जाती है और बरसों के ताने-बाने से बुनी मेरे प्राणों की धड़कनें हर क्षण बन्द हो जाने के डर में चूक जाती हैं।

मैं लेटा रहता हूँ और सुबह हो जाती है। मैं लेटा रहता हूँ, शाम हो जाती है। मैं लेटा रहता हूँ, रात झुक जाती है। दरवाजे और खिड़कियों पर पड़े परदे मेरी ही तरह दिन-रात, सुबह-शाम अकेले मौन-भाव से लटकते रहते हैं। कोई इन्हें भरे-भरे हाथों से उठाकर कमरे की ओर बढ़ा नहीं आता। कोई इस देहरी पर अनायास मुस्कुराकर खड़ा नहीं हो जाता। रात, सुबह, शाम बारी-बारी से

मेरी शैया के पास घिर-घिर आते हैं और मैं अपनी इन फीकी आँखों से अँधेरे और उजाले को नहीं, लोहे के पलंग पर पड़े अपने-आपको देखता हूँ। अपने इस छूटते-छूटते तन को देखता हूँ। और देखकर रह जाता हूँ। आज इस रह जाने के सिवाय कुछ भी मेरे वश में नहीं रह गया। सब अलग जा पड़ा है। अपने कन्धों से जुड़ी अपनी बाँहों को देखता हूँ, मेरी बाँहों में लगी वे भरी-भरी बाँहें कहाँ हैं...कहाँ हैं वह सुगन्ध-भरे केश, जो मेरे वक्ष पर बिछ-बिछ जाते थे ? कहाँ हैं वे रस-भरे अधर जो मेरे रस में भीग-भीग जाते थे ? सब था। मेरे पास सब था, बस, मैं आज-सा नहीं था। जीने का संग था, सोने का संग था और उठने का संग था। मैं धुले-धुले सिरहाने पर सिर डालकर सोता रहता और कोई हौले से चूमकर कहता, ''उठोगे नहीं...भोर हो गई !''

आँखें बन्द किए-किए ही हाथ उस मोह-भरी देह को घेर लेते और रात के बीते क्षणों को सूँघ लेने के लिए अपनी ओर झुकाकर कहते, ''इतनी जल्दी क्यों उठती हो''...

हल्की सी हँसी...और बाँहें खुल जातीं। आँखें खुल जातीं और गृहस्थी पर सुबह हो आती। फूलों की महक में नाश्ता लगता। धुले-ताजे कपड़ों में लिपटकर गृहस्थी की मालकिन अधिकार-भरे संयम से सामने बैठ रात के सपने साकार कर देती। प्याले में दूध उँड़ेलती उन उँगलियों को देखता। क्या मेरे बालों को सहला-सहलाकर सिहरा देनेवाला स्पर्श इन्हीं की पकड़ में है ? आँचल को थामे आगे की ओर उठा हुआ कपड़ा जैसे दोनों ओर की मिठास को सम्हालने को सतर्क रहता। क्षण-भर को लगता, क्या गहरे में जो मेरा अपना है, यह उसके ऊपर का आवरण है या जो केवल मेरा है, वह इससे परे, इससे नीचे कहीं और है। एक शिथिल मगर बहती-बहती चाह विभोर कर जाती। मैं होता, मुझसे लगी एक और देह होती। उसमें मिठास होती, जो रात में लहरा-लहरा जाती। और एक रात भुवाली के इस क्षय-ग्रस्त अँधियारे में आती है। कम्बल के नीचे पड़ा-पड़ा मैं दवा की शीशियाँ देखता हूँ और उन पर लिखे विज्ञापन देखता हूँ। घूँट भरकर जब इन्हें पीता हूँ, तो सोचता हूँ, तन के रस रीत जाने पर हाड़-मांस सब काठ हो जाते हैं। मिट्टी नहीं कहता हूँ। मिट्टी हो जाने से तो मिट्टी से फिर रस उभरता है, अभी तो मुझे मिट्टी होना है।

कैसे सरसते दिन थे ! तन-मन को सहलाते-बहलाते उस एक रात को मैं

आज के इस शून्य में टटोलता हूँ। सर्दियों के एकान्त मौन में एकाएक किसी का आदेश पाकर मैं कमरे की ओर बढ़ता हूँ। बल्ब के नीले प्रकाश में दो अधखुली थकी-थकी पलकें जरा-सी उठती हैं और बाँह के घेरे-तले सोये शिशु को देखकर मेरे चेहरे पर ठहर जाती हैं। जैसे कहती हों—तुम्हारे आलिंगन को तुम्हारा ही तन देकर सजीव कर दिया है। मैं उठता हूँ, ठंडे मस्तक को अधरों से छूकर यह सोचते-सोचते उठता हूँ कि जो प्यार तन में जगता है, तन से उपजता है, वही देह पाकर दुनिया में जी भी जाता है।

पर कहीं, एक दूसरा प्यार भी होता है, जो पहाड़ के सूखे बादलों की तरह उठ-उठ आता है, और बिना बरसे ही भटक-भटककर रह जाता है।

वर्षों बीते। एक बार गर्मी में पहाड़ गया था। बुआ के यहाँ पहली बार उन आँखों-सी आँखों को देखा था। धुपाती सुबह थी। नाश्ते की मेज से उठा, तो परिचय करवाते-करवाते न जाने क्यों बुआ का स्वर जरा-सा अटका था...साँस लेकर कहा, "मन्नो से मिलो रवि, दो ही दिन यहाँ रुकेगी।"—बुआ के मुख से यह फीका परिचय अच्छा नहीं लगा। साँस भरकर बुआ का वह 'दो दिन' कहना किसी कड़ेपन को झेल लेने-सा लगा। वह कुछ बोली नहीं, सिर हिलाकर अभिवादन का उत्तर दिया और जरा-सा हँस दी। उस दूर-दूर लगनेवाले चेहरे से मैं अपने को लौटा नहीं सका। उस पतले, किन्तु भरे-भरे मुख पर कसकर बाँधे घुँघराले बालों को देखकर मन में कुछ ऐसा-सा हो आया कि किसी ने गहरे उलाहने की सजा अपने को दे डाली है।

सब उठकर बाहर आए, तो बुआ के बच्चे उस दुबली देह पर पड़े आँचल को खींच स्नेहवश उन बाँहों से लिपट-लिपट गए—मन्नो जीजी...गन्नो जीजी। बुआ किसी काम से अन्दर जा रही थीं, खिलखिलाहट सुनकर लौट पड़ीं। बुआ का वह कठिन, बँधा और खिंचावट को छिपानेवाला चेहरा मैं आज भी भूला नहीं हूँ। कड़े हाथों से बच्चों को छुड़ाती, ठंडी निगाह से मन्नो को देखती हुई ढीले स्वर में बोली, "जाओ मन्नो, कहीं घूम आओ। तुम्हें उलझा-उलझाकर तो ये बच्चे तंग कर डालेंगे।"...माँ की घुड़की आँखों-ही-आँखों में समझकर बच्चे एक ओर हो गए। बुआ के खाली हाथ जैसे झेंपकर नीचे लटक गए और मन्नो की बड़ी-बड़ी आँखों की घनी पलकें न उठीं, न गिरीं, बस एकटक बुआ की ओर देखती रह गईं...

बुआ इस संकोच से उबरी, तो मन्नो धीमी गति से फाटक से बाहर हो

गई थी। कुछ समझ लेने के लिए आग्रह से बुआ से पूछा, ''कहो तो बुआ, बात क्या है ?''

बुआ अटकी, फिर झिझककर बोली, ''बीमार है रवि, दो बरस सैनेटोरियम में रहने के बाद अब जेठजी ने वहीं कॉटेज ले दी है। साथ घर का पुराना नौकर रहता है। कभी अकेले जी ऊब जाता है, तो दो-चार दिन को शहर चली जाती है।''

''नहीं, नहीं बुआ !'' मैं धक्का खाकर जैसे विश्वास नहीं करना चाहता।

''रवि, जब कभी चार-छह महीने बाद लड़की को देखती हूँ, तो भूख-प्यास सब सूख जाती है।''

मैं बुआ की इस सच्चाई को कुरेद लेने को कहता हूँ, ''बुआ, बच्चों को एकदम अलग करना ठीक नहीं हुआ, पल-भर तो रुक जाती।''

बुआ ने बहुत कड़ी निगाह से देखा, जैसे कहना चाहती हो, 'तुम यह सब नहीं समझोगे' और अन्दर चली गई। बच्चे अपने खेल में जुट गए थे। मैं खड़ा-खड़ा बार-बार सिगरेट के धुएँ से अपने तन का भय और मन की जिज्ञासा उड़ाता रहा। कितनी घुटन होगी उन प्राणों में ! पर हुआ भी तो कुछ गलत नहीं था। उलझा-उलझा-सा मैं बाहर निकला और उतराई उतरकर झील के किनारे-किनारे हो गया। सड़क के साथ-साथ इस ओर छाँह थी। उछल-उछल आती पानी की लहरें कभी धूप से रुपहली हो जाती थीं। देवी के मन्दिर के आगे पहुँचा, तो रुका, जँगले पर हाथ टिकाए झील में नौकाओं की दौड़ देखता रहा। बलिष्ठ हाथों में चप्पू थामे कुछ युवक तेज रफ्तार से तल्लीताल की ओर जा रहे हैं, पीछे की किश्ती में अपने तन-मन से बेखबर एक प्रौढ़ बैठा ऊँघ रहा है। उसके पीछे बोट-क्लब की किश्ती में विदेशी युवतियाँ...फिर और दो-चार पालवाली नौकाएँ...

एकाएक किश्ती में नहीं, जैसे पानी की नीची सतह पर वही पीला चेहरा देखता हूँ, वही बड़ी-बड़ी आँखें, वही दुबली-पतली बाँहें, वही बुआ के घरवाली मन्नो। दो-चार बार मन-ही-मन नाम दोहराता हूँ, मन्नो, मन्नो, मन्नो...लगता है मैं ऊँचे किनारे पर खड़ा हूँ और पानी के साथ-साथ मन्नो बही चली जा रही है। खिंचे घुँघराले बाल, अनझपी, पलकें...पर बुआ कहती थी बीमार है, मन्नो बीमार है।

जँगले पर से हाथ उठाकर बुआ के घर की दिशा में देखता हूँ। चीना की

चोटी अपने पहाड़ी संयम से सिर उठाए सदा की तरह सीधी खड़ी है। एक ढलती-सी पथरीली ढलान को उसने जैसे हाथ से थाम रखा है। और मैं नीचे इस सड़क पर खड़े-खड़े सोचता हूँ कि सब कुछ रोज जैसा है, केवल मन से उभर-उभर आती वे दो आँखें नई हैं और उन दो आँखों के पीछे की बीमारी...जिसे कोई छू नहीं सकता, कोई उबार नहीं सकता।

घर पहुँचा, तो बुआ बच्चों को लेकर कहीं बाहर चली गई थी। कुछ देर ड्राइंग-रूम में बैठा-बैठा बुआ के सुघड़ हाथों द्वारा की गई सजावट को देखता रहा। कीमती फूलदानों में लगाई गई पहाड़ी झाड़ियाँ सुन्दर लगती थीं। कैबिनट पर बड़ी कीमती फ्रेम में लगे सपरिवार चित्र के आगे खड़ा हुआ, तो बुआ के साथ खड़े फूफा की ओर देखकर सोचता रहा कि बुआ के लिए इस चेहरे पर कौन सा आकर्षण है, जिससे बँधी-बँधी वह दिन-रात, वर्ष-मास अपने को निभाती चली आती है, पर नहीं, बुआ के ही घर में होकर यह सोचना मन के शील से परे है...

झिझककर ड्राइंग-रूम से निकलता हूँ और अपने कमरे की सीढ़ियाँ चढ़ जाता हूँ। सिगरेट जलाकर झील के दक्खिनी किनारे पर खुलती खिड़की के बाहर देखने लगता हूँ। हरे पहाड़ों के छोटे-बड़े आकारों में टीन की लाल-लाल छतें और बीच-बीच में मटियाली पगडंडियाँ। बुआ खाने तक लौट आएँगी और मन्नो भी तो...देर तक बैठा-बैठा किसी पुराने अखबार के पन्ने पलटता रहा। बुआ लौटी नहीं। घड़ी की टन-टन के साथ नौकर ने खाने के लिए अनुरोध किया।

"खाना लगेगा, साहिब ?"

"बुआ कब तक लौटेंगी ?"

"खाने को तो मना कर गई हैं।"

कथन के रहस्य को मैं इन अर्थहीन-सी आँखों में पढ़ जाने के प्रयत्न में रहता हूँ।

"और जो मेहमान हैं ?"

नौकर तत्परता से झुककर बोला, "आपके साथ नहीं, साहिब ! वह अलग से ऊपर खाएँगी।"

मैं एक लम्बी साँस भरकर जले सिगरेट के टुकड़े को पैर के नीचे कुचल देता हूँ। शायद साथ खाने के डर से छुटकारा पाने पर या शायद साथ न खा

सकने की विवशता पर। उस दिन खाने की मेज पर अकेले खाना खाते-खाते क्या सोचता रहा था, आज तो याद नहीं, बस इतना-सा याद है, काँटे-छुरी से उलझता बार-बार मैं बाहर की ओर देखता था।

मीठा कौर मुँह में लेते ही घोड़े की टाप सुनाई दी, ठिठककर सुना, ''सलाम, साहिब।''

धीमी मगर सधी आवाज, ''दो घंटे तक पहुँच सकोगे न ?''

''जी, हुजूर।''

सीढ़ियों पर आहट हुई और शायद अपने कमरे तक पहुँचकर खत्म हो गई। खाने के बरतन उठ गए। मैं उठा नहीं। दोबारा कॉफी पी लेने के बाद भी वहीं बैठा रहा। एकाएक मन में आया कि किसी के छोटे से परिचय से मन में इतनी दुविधा उपजा लेना कम छोटी दुर्बलता नहीं है। आखिर किसी से मिल ही लिया हूँ, तो उसके लिए ऐसा-सा क्यों हुआ जा रहा हूँ !

घंटे-भर बाद मैं किसी की पैरों चली सीढ़ियों पर ऊपर चढ़ा जा रहा था। खुले द्वार पर परदा पड़ा था। हौले से थाप दी।

''चले आइए।''

परदा उठाकर देहरी पर पाँव रखा। हाथ में कश्मीरी शॉल लिये मन्नो सूटकेस के पास खड़ी थी। देखकर चौंकी नहीं। सहज स्वर में कहा, ''आइए।'' फिर सोफे पर फैले कपड़े उठाकर कहा, ''बैठिए।''

बैठते-बैठते सोचा, बुआ के घर-भर में सबसे अधिक सजा और साफ कमरा यही है। नया-नया फर्नीचर, कीमती परदे और इन सबमें हल्के पीले कपड़ों में लिपटी मन्नो। अच्छा लगा।

बात करने को कुछ भी न पाकर बोला, ''आप लंच तो...''

''जी, मैं कर चुकी हूँ।'' और भरपूर मेरी ओर देखती रही।

मैं जैसे कुछ कहलवा लेने को कहता हूँ, ''बुआ तो कहीं बाहर गई हैं।''

सिर हिलाकर मन्नो शॉल की तह लगाती है और सूटकेस में रखते-रखते कहती है, ''शाम से पहले ही नीचे उतर जाऊँगी। बुआ से कहिएगा एक ही दिन को आई थी।''

''बुआ तो आती ही होंगी।''

इसका उत्तर न शब्दों में आया, न चेहरे पर से। कहते-कहते एक बार रुका, फिर न जाने कैसे आग्रह से कहा, ''एक दिन और नहीं रुक सकेंगी !''

वह कुछ बोली नहीं। बन्द करते सूटकेस पर झुकी रही।

फिर पल-भर बाद जैसे स्नेह-भरे हाथ से अपने बालों को छुआ और हँसकर कहा, "क्या करूँगी यहाँ रहकर ? भुवाली के इतने बड़े गाँव के बाद यह छोटा सा शहर मन को भाता नहीं।"

वह छोटी सी खिलखिलाहट, वह कड़वाहट से परे का व्यंग्य, आज इतने वर्षों के बाद भी, मैं वैसे ही, बिल्कुल वैसे ही सुन रहा हूँ। वही शब्द हैं, वही हँसी और वही पीली-सी सूरत...

हम संग-संग नीचे उतरे थे। मेरी बाँह पर मन्नो का कोट था। नौकर और माली ने झुककर सलाम किया और अतिथि से इनाम पाया। साईस ने घोड़े को थपथपाया।

"हुजूर, चढ़ेंगी !"

उड़ती-उड़ती नजर उन आँखों की, बाँह पर लटके कोट पर अटकी।

"पैदल जाऊँगी। घोड़ा आगे-आगे लिए चलो।"

चाहा कि घोड़े पर चढ़ जाने के लिए अनुरोध करूँ, पर कह नहीं पाया। फाटक से बाहर होते-होते वह पल-भर को पीछे मुड़ी, जैसे छोड़ने के पहले घर को देखती हो। फिर एकाएक अपने को सँभालकर नीचे उतर गई।

टैक्सी खड़ी थी। सामान लगा। ड्राइवर ने उन कठिन क्षणों को मानो भाँपकर कहा, "कुछ और देर है, साहिब।"

मन्नो ने इस बार कहीं देखा नहीं। कोट लेने के लिए मेरी ओर हाथ बढ़ा दिया। कार में बैठी तो कुली ने तत्परता से पीछे से कम्बल निकाला और घुटनों पर डालते हुए कहा, "कुछ और, मेम साहिब ?"

घुँघराली छाँह ढीली-सी होकर सीट के साथ जा टिकी। घुटनों पर पतली-पतली-सी विवश बाँहें फैलाते हुए धीरे से कहा, "नहीं-नहीं, कुछ और नहीं। धन्यवाद।"

अधखुले काँच में से अन्दर झाँका। मुख पर थकान के चिह्न थे। बाँहों में मछलीमुखी कंगन थे। आँखों में, क्या था, यह मैं पढ़ नहीं पाया। वही पीली, पतझड़ी दृष्टि उन हाथों पर जमी थी, जो कम्बल पर एक-दूसरे से लगे मौन पड़े थे।

कार स्टार्ट हुई। मैं पीछे हटा और कार चल दी। विदाई के लिए न हाथ उठे, न अधर हिले। मोड़ तक पहुँचने तक पीछे के शीशे से सादगी से बँधा

बालों का रिबन देखता रहा और देर तक वह दर्दीले धन्यवाद की गूँज सुनता रहा—नहीं-नहीं, कुछ और नहीं।

वे पल अपनी कल्पना से आज भी लौटाता हूँ तो जी को कुछ होने लगता है। उस कार को भगा ले जानेवाली सूखी सड़क से घूमकर मैं ताल के किनारे-किनारे चला जा रहा हूँ। अपने को समझाने-बुझाने पर भी वह चेहरा, वह बीमारी मन पर से नहीं उतरती। रुक-रुककर, थक-थककर जैसे मैं उस दिन घर की चढ़ाई चढ़ा था, उसे याद कर आज भी निढाल हो जाता हूँ। घर पहुँचा। बरामदे में से कुली फर्नीचर निकाल रहे थे। मन धक्का खाकर रह गया। तो उस मन्नो के कमरे की सजावट, सुख-सुविधा, सब किराए पर बुआ ने जुटाए थे। दुपहर में बुआ के प्रति जो कुछ जितना भी अच्छा लगा था, वह सब उल्टा हो गया।

आगे बढ़ा, तो द्वार पर बुआ खड़ी थीं। सन्देह से मुझे देख और पास होकर फीके गले से कहा, ''रवि, मुँह-हाथ धो डालो, सामान सब तैयार मिलेगा वहाँ, जल्दी लौटोगे न, चाय लगने को ही है !''

चुपचाप बाथरूम में पहुँच गया। सामान सब था। मुँह-हाथ धोने से पहले गिलास में ढँककर रखे गर्म पानी से गला साफ किया। ऐसा लगा, किसी की घुटी-घुटी जकड़ में से बाहर निकल आया हूँ। कपड़े बदलकर चाय पर जा बैठा। बच्चे नहीं, केवल बुआ थीं। बुआ ने चाय उँड़ेली और प्याला आगे कर दिया।

''बुआ !''

बुआ ने जैसे सुना नहीं।

''बुआ, बुआ !''—पल-भर के लिए अपने को ही कुछ ऐसा-सा लगा कि किसी और को पुकारने के लिए बुआ को पुकार रहा हूँ। बुआ ने विवश हो आँखें ऊपर उठाईं। समझ गया कि बुआ चाहती हैं, कुछ कहूँ नहीं, पर मैं रुका नहीं।

''बुआ, दो दिन की मेहमान तो एक ही दिन में चली गई।''

सुनकर बुआ चम्मच से अपनी चाय हिलाने लगीं। कुछ बोली नहीं। इस मौन से मैं और भी निर्दयी हो गया।

''कहती थी, बुआ से कहना मैं एक ही दिन को आई थी।''

इसके आगे बुआ जैसे कुछ और सुन नहीं सकीं। गहरा लम्बा श्वास लेकर

आहत आँखों से मुझे देखा, ''तुम कुछ और नहीं कहोगे, रवि...'' और चाय का प्याला वहीं छोड़ कमरे से बाहर हो गईं।

उस रात दौरे से फूफा के लौटने की बात थी। नौकर से पूछा तो पता लगा, दो दिन के बाद आने का तार आ चुका है। चाहा, एक बार बुआ के कमरे तक हो आऊँ, पर संकोचवश पाँव उठे नहीं ! देर बाद सीढ़ियों में अपने को पाया, तो सामने मन्नो का खाली कमरा था। आगे बढ़कर बिजली जलाई, सब खाली था, न परदे, न फर्नीचर...न मन्नो...एकाएक अँगीठी में लगी लकड़ियों को देख मऩ में आया, आज वह यहाँ रहती, तो रात देर गए इसके पास यहीं बैठी रहती और मैं शायद इसी तरह जैसे अब यहाँ आया हूँ, उसके पास आता, उसके...

यह सब मैं क्या सोच रहा हूँ, क्यों सोच रहा हूँ...

किसी अनदेखे भय से घबराकर नीचे उतर आया। खिड़की से बाहर देखा, अँधेरा था। सिरहाना खींचा, बिजली बुझाई और बिस्तर पर पड़े-पड़े भुवाली की वह छोटी सी कॉटेज देखता रहा, जहाँ अब तक मन्नो पहुँच गई होगी।

''रवि !''

मैं चौंका नहीं, यह बुआ का स्वर था। बुआ अँधेरे में ही पास आ बैठीं और हौले-हौले सिर सहलाती रहीं।

''बुआ।''

बुआ का हाथ पल-भर को थमा। फिर कुछ झुककर मेरे माथे तक आ गया। रुँधे स्वर से कहा, ''रवि, तुम्हें नहीं, उस लड़की को दुलराती हूँ। अब यह हाथ उस तक नहीं पहुँचता...''

मैं बुआ का नहीं, मन्नो का हाथ पकड़ लेता हूँ।

बुआ देर तक कुछ नहीं बोलीं। फिर जैसे कुछ समझते हुए अपने को कड़ा कर कहा, ''रवि, उसके लिए कुछ मत सोचो, उसे अब रहना नहीं है।''

मैं बुआ के स्पर्श-तले सिहरकर कहता हूँ, ''बुआ, मुझे ही कौन रहना है ?''

आज वर्षों बाद भुवाली में पड़े-पड़े मैं असंख्य बार सोचता हूँ कि उस रात मैं अपने लिए यह क्यों कह गया था ! क्यों कह गया था वे अभिशाप के बोल, जो दिन-रात मेरे इस तन-मन पर से सच्चे उतरे जा रहे हैं ? सुनकर बुआ को कैसा लगा, नहीं जानता। वे हाथ खींचकर उठीं। रोशनी की, और पूरी आँखों

से मुझे देखकर अविश्वास और भर्त्सना से कहा, "पागल हो गए हो, रवि ! उसके साथ अपनी बात जोड़ते हो, जिसके लिए कोई राह नहीं रह गई, कोई और राह नहीं रह गई।"

फिर कुर्सी पर बैठते-बैठते कहा, "रवि, तुम तो उसे सुबह-शाम तक ही देख पाए हो। मैं वर्षों से उसे देखती आई हूँ और आज पत्थर-सी निष्ठुर हो गई हूँ। उसे अपना बच्चा ही करके मानती रही हूँ, यह नहीं कहूँगी। अपने बच्चों की तरह तो अपने बच्चों के सिवाय और किसे रखा जा सकता है ! पर जो कुछ जितना भी था, वह प्यार, वह देखभाल सब व्यर्थ हो गए हैं। कभी छुट्टी के दिन उसकी बोर्डिंग से आने की राह तकती थी, अब उसके आने से पहले उसके जाने का क्षण मनाती हूँ और डरकर बच्चों को लिये घर से बाहर निकल जाती हूँ।"

बुआ के बोल कठिन हो आए।

"रवि, जिसे बचपन में मोहवश कभी डराना नहीं चाहती थी, आज उसी से डरने लगी हूँ। उसकी बीमारी से डरने लगी हूँ।" फिर स्वर बदलकर कहा, "तुम्हारा ऐसा जीवट मुझमें नहीं कि कहूँ, डरती नहीं हूँ।" बुआ ने यह कहकर जैसे मुझे टटोला—और मैं बिना हिलेडुले चुपचाप लेटा रहा।

बुआ असमंजस में देर तक मुझे देखती रहीं। फिर जाने को उठीं और रुक गईं। इस बार स्वर में आग्रह नहीं, चेतावनी थी, "रवि, कुछ हाथ नहीं लगेगा। जिसके लिए सब राह रुकी हों, उसके लिए भटको नहीं।"

पर उस दिन बुआ की बात मैं समझा नहीं, चाहने पर भी नहीं।

अगली सुबह चाहा कि घूम-घूमकर दिन बिता दूँ। घोड़ा दौड़ाता लड़ियाकाँटा पहुँचा और उन्हीं पैरों लौट आया। घर की ओर मुँह करते-करते, न जाने क्यों, मन को कुछ ऐसा लगा कि मुझे घर नहीं, कहीं और पहुँचना है। चढ़ाई के मोड़ पर कुछ देर खड़ा-खड़ा सोचता रहा और जब ढलती दुपहरी में तल्लीताल की उतराई उतरा तो मन के आगे सब साफ था।

मुझे भुवाली जाना था।

बस से उतरा। अड्डे पर रामगढ़ के लाल-लाल सेबों के ढेर देखकर यह नहीं लगा कि यही भुवाली है। बस में सोचता आया था कि वहाँ घुटन होगी; पर चीड़ के ऊँचे-ऊँचे पेड़ों से लहराती हवाएँ बह-बह आती थीं। छाँह ऊपर उठती है, धूप नीचे उतरती है और भुवाली मन को अच्छी लगती है। तन को

अच्छी लगती है। चौराहे से होकर पोस्ट-ऑफिस पहुँचा। कॉटेज का पता लगा लिया और छोटे से पहाड़ी बाजार में होता हुआ 'पाइंस' की ओर हो लिया। खुली-चौड़ी सड़क के मोड़ से अच्छी सी पतली राह ऊपर जा रही थी। जँगले से नीचे देखा, अलग-अलग खड़े पहाड़ों के बीच की जगह पर एक खुली-चौड़ी घाटी बिछी थी। तिरछे-सीधे, छोटे-छोटे खेत किसी के घुटने पर रखे कसीदे के कपड़े की तरह धरती पर फैले थे। दूर सामने दक्खिन की ओर पानी का ताल धूप में चाँदी के थाल की तरह चमकता था।

इस पहली बार भुवाली आने के बाद मैं एक बार नहीं, कई बार यहाँ आया लौट-लौटकर यहाँ आया, पर उस आने-जैसा आना तो फिर कभी नहीं आया। मैं चलता हूँ, चलता हूँ और कुछ सोचता नहीं हूँ। न यह सोचता हूँ कि मन्नो के पास जा रहा हूँ। न यह सोचता हूँ, कि मैं जा रहा हूँ। बस, चला जा रहा हूँ। पेड़ के तने पर लिखा है, 'पाइंस'। लकड़ी का फाटक खोलता हूँ और गमलों की कतारों के साथ-साथ बरामदे तक पहुँच जाता हूँ। कार्पेट पर हौले-हौले पाँव रखता हूँ कि कम आवाज हो। द्वार खटखटाता हूँ और झुकी कमर पर अनुभवी चेहरा इधर बढ़ा आता है। जान लेता हूँ कि यही पुराना नौकर है।

"घर में हैं ?"

"बिटिया को पूछते हो, बेटा ?"

मैं सिर हिलाता हूँ।

"बिटिया नीचे ताल को उतरी थीं; लौटती ही होंगी।"

मैं बाहर खुले में बैठा-बैठा प्रतीक्षा करता हूँ। मन्नो अब आ रही है; आनेवाली है, आती ही होगी।

थककर फाटक की ओर पीठ कर लेता हूँ। जब यह सोचूँगा कि वह देर से आएगी, तो वह जल्दी आएगी।

घोड़े की टाप सुन पड़ती है। अपने को रोक लेता हूँ और मुड़कर देखता नहीं।

"बाबा !" पुकार का-सा स्वर। लगा कि दो आँखें मेरी पीठ पर हैं ! उठा। बढ़कर मन्नो की ओर देखा, आँखों में न आश्चर्य था, न उत्कंठा थी, न उदासीनता ही। बस, मन्नो की ही आँखों की तरह वह दो आँखें मेरी ओर देखती चली गई थीं।

"बाबा !"

बूढ़ा नौकर लपककर घोड़े के पास आया और लाड़ के से स्वर में बोला, "उतरो बिटिया, बहुत देर कर दी।" और हाथ आगे बढ़ा दिया।

मन्नो सहारा लेकर नीचे उतरी, "तनिक अम्मा को तो बुलाओ, बाबा, मेरा जी अच्छा नहीं।"

"सुख तो है, बिटिया !"

चिन्ता का यह स्वर सुनकर बिटिया जरा सा हँस दी, फिर रुककर लम्बी साँस भरकर बोली, "अच्छी-भली हूँ, बाबा, बड़ी अम्मा से कहो, बिछौना लगा दे।"

बाबा ने बिटिया के लिए कुर्सी खींच दी। फिर सहमकर पूछा, "बिटिया लेटोगी ?"

"हाँ, बाबा।"

इस बार मन्नो ने झिझक से बाबा की ओर देखा नहीं, जैसे कोई अपराध बन आया हो, फिर मेरी ओर झुककर कहा, "क्या बहुत देर हुई ?"

"नहीं !"—मैं सिर हिलाता हूँ, पर आँखें नहीं।

ठहरकर अधिकार से पूछता हूँ, "क्या जी अच्छा नहीं ?"

मन्नो ने पल-भर को थकी-थकी पलकें मूँद लीं और कुछ बोली नहीं।

बूढ़ी दासी दौड़ी-दौड़ी शॉल लिये आई और कन्धों पर ओढ़ाकर जैसे अपने को ही दिलासा देने के लिए कहा, "बिटिया, ख्याली क्यों घबराने लगी ! अभी सब ठीक हुआ जाता है। इनके लिए चाय भेजूँ ?"

मन्नो एकदम कुछ कह नहीं पाई। फिर कुछ सोचकर बोली, "अम्मा, पूछ देखो। पिएँगे तो नहीं।"

मैं कुछ ठीक-ठीक समझा नहीं। व्यस्त होकर कहा, "नहीं, नहीं, मुझे अभी कुछ भी पीना नहीं है।"

मन्नो ने जैसे न सुना, न मुझे देखा ही।

फिर जैसे अम्मा को मेरे परिचय की गम्भीरता जताने के लिए पूछा, "चाची तो अच्छी हैं, अभी चाचा लौटे तो न होंगे ?"

बड़ी माँ झट समझ गई, मन्नो की चाची के यहाँ से आया हूँ। बोली, "बेटा, आने की खबर देते, तो मन्नो के लिए कुछ मँगवा लेती।"

"अम्मा, अन्दर जाके देखो न, मैं थकी हूँ अब बैठूँगी नहीं।"

मैं लज्जित-सा बैठा रहा। कुछ फल ही लिये आता।

मन्नो कुछ देर मेरे चेहरे पर मेरा मन पढ़ती रही, फिर धीमे से ऐसी बोली मानो मुझे नहीं, अपने को कहती है, "यहाँ न कुछ लाना ही ठीक है, न यहाँ से कुछ ले ही जाना..."

मैं अपनी नामसझी पर पछताकर रह गया।

मन्नो अन्दर चली, तो आप हीं आप मैं भी साथ हो लिया। कम्बल उठाकर बड़ी माँ ने बिटिया को लिटाया, बाल ढीले करते-करते माथे को छुआ और मेरे लिए कुर्सी पास खींचकर बाहर हो गई।

"मन्नो !..."

मन्नो बोली नहीं। दुबली सी बाँह तनिक सी आगे की, और...फिर एकाएक कुछ सोचकर पीछे खींच ली।...

आज जब स्वयं भी मन्नो-सा बन गया हूँ, सौ बार अपने को न्यौछावर कर उसी क्षण को लौटा लेना चाहता हूँ। मैं कुर्सी पर बैठा-बैठा क्यों उस बाँह को छू नहीं सका था ? क्यों उस हाथ को सहला नहीं सका था ? उमड़ते मन को किसी ने जैसे जकड़कर वहीं, उस कुर्सी पर ठहरा लिया था।

क्या था उस झिझक में ? क्या था उस झिझकनेवाले मन में ? रहा होगा, यही भय रहा होगा, जो अब मुझसे मेरे प्रियजनों को दूर रखता है। उस रात जब जाने को उठा था, तो आँखों का मोह पीछे बाँधता था, मन का भय आगे खींचता था और जब जल्दी-जल्दी चलकर डाक-बँगले में पहुँच गया, तो लगा कि मुक्त हो गया हूँ, क्षण-क्षण जकड़ते बन्धन से मुक्त हो गया हूँ। उस अभागी रात में जो मुक्ति पाई थी, वह मुझे कितनी फली, चाहता हूँ, आज एक बार मन्नो देखती तो।

रात-भर ठीक से सो नहीं पाया। बार-बार नींद में लगता कि भुवाली में हूँ। भुवाली में सोया हूँ। वही 'पाइंस' का बड़ी-बड़ी खिड़कियों वाला कमरा है। मन्नो के पलंग पर लेटा हूँ और पास पड़ी कुर्सी पर बैठी-बैठी मन्नो अपनी उन्हीं दो आँखों से मुझे निहारती है। मैं हाथ आगे करता हूँ और वह थोड़ा सा हँसकर सिर हिलाती हुई कहती है, 'नहीं, इसे कम्बल के नीचे कर लो। अब इसे कौन छुएगा ?'

मन्नो !

मन्नो कुछ कहती नहीं हँस-भर देती है। रात-भर इन दुःस्वप्नों में भटकने

के बाद जगा, तो बुआ दीख पड़ीं, ''कुछ हाथ नहीं लगेगा, रवि !''

उस सुबह फिर मैं रुका नहीं, न डाक-बँगले में, न भुवाली में। बस के अड्डे पर पहुँचा, तो धूप में बुझी-बुझी भुवाली मुझे भयावनी लगी। एक बार जी को टटोला—'पाइंस' नहीं...नहीं...कुछ नहीं...लौट जाओ।

घर पहुँचकर बुआ मिलीं। कड़ी चेतावनीवाला खिंचा-खिंचा चेहरा था। भरपूर मुझे देखकर जैसे साँस रोके पूछा, ''कहाँ थे कल ?''

''रानीखेत तक गया था, बुआ !''

''कह तो जाते।''

मैं न जाने किस उलझन में खोया कह गया, ''कहने को, बुआ, था क्या ?''

दोपहर में फूफा मिले। कल लौटे थे और सदा की तरह गम्भीर थे। खाना खाते उन्हें देखता रहा। एकाएक उन्हें प्लेट पर से आँखें उठाकर बुआ की ओर देखते हुए देखा, तो सचमुच मैं जान गया कि फूफा के भाई अवश्य ही मन्नो के पिता होंगे। दृष्टि में वही ठहराव था, वही अचंचलता थी।

फूफा ने खाने पर से उठते उठते उलझे से स्वर में मुझसे पूछा, ''रवि, बुआ तुम्हारी लखनऊ तक जाना चाहती हैं, पहुँचा आ सकोगे ?''

''जी, सकूँगा।''

मैं, बुआ और बच्चे नैनी से उतर रहे हैं। मैं पीछे की सीट पर बैठा-बैठा विदा हो जाने की आकस्मिकता को सिगरेट के धुएँ में भूल जाने का प्रयत्न करता हूँ। चौड़े मोड़ से बस नीचे की ओर मुड़ी। खिड़की से बाहर देखा, तो पहाड़ की हरियाली में वही कलवाली भुवाली की सफेदी दीख रही थी।

काठगोदाम से लखनऊ। एक रात बुआ की ससुराल रुककर बुआ से विदा लेने गया, तो बुआ ने पूछा, ''कहाँ जाने की सोच रहे हो, रवि, कुछ दिन यहीं न रुको !''

''नहीं, बुआ।''

बुआ इस 'नहीं' को एकाएक स्वीकार नहीं कर सकीं। पास बिठाकर कुछ देर देखती रहीं। फिर स्नेह से कहा, ''फिर जाओगे कहाँ ?''

''बुआ, कुछ पता नहीं।''

बुआ कुछ कहना चाहती थीं, पर कह नहीं पा रही थीं। कुछ रुकते-रुकते कहा, ''रवि, तुम्हारे फूफा तो तुम्हें वापस नैनी लौटने को कहते थे !''

''नहीं, बुआ ! अब तो दक्खिन जाऊँगा, पिताजी के पास।''

बुआ को जैसे विश्वास नहीं हुआ। कुछ याद-सी करती बोलीं, ''रवि, इस बार तुम्हें वहाँ अच्छा नहीं लगा।''

''ऐसा नहीं, नहीं बुआ।''

बुआ चाहती थीं, मुझसे कुछ पूछें। मैं चाहता था, बुआ से कुछ कहूँ। पर किसी से भी शब्द जुड़े नहीं।

स्टेशन पर जाने लगा, तो बुआ के पाँव छुए ! बुआ बहुत बड़ी नहीं हैं मुझसे। पिताजी की सबसे छोटी मौसेरी बहन होती हैं, पर दिल में कुछ ऐसा-सा लगा कि बुआ का आशीर्वाद चाहता हूँ।

बुआ हैरान हुईं, फिर हँसकर बोलीं, ''रवि, तुमने पाँव छुए हैं, तो आशीर्वाद जरूर दूँगी...बहुत सुन्दर बहू पाओ।''

मैं न हँसा, न लजाया। बुआ चुप सी रह गईं। जिस नटखट भाव से वह कुछ कह गई थीं, उसे मानो अनदेखे संकोच ने घेर लिया।

टिकट लिया, कुली के पास सामान छोड़ प्लेटफार्म पर घूमने लगा। आमने-सामने कोई गाड़ी नहीं थी। लाइनों पर बिछे खालीपन ने उलझे मन को एकाएक खोल दिया। जो कुछ भी सोच रहा था, सोचता चला गया। मन न भुवाली पर अटका, न 'पाइंस' पर, न मन्नो पर। पिछला सब बीत गया लगा। बुआ का आशीर्वाद कल्पना में मुखर हो आया। घर होगा, घर की रानी होगी, मैं हूँगा...

बुआ का आशीर्वाद झूठ नहीं निकला। सच में ही मेरा घर बना। सुन्दर घरनी आई और उसे मैं ही ब्याह कर लाया। पर उस दिन जहाँ का टिकट ले लिया था, वहाँ की गाड़ी मुझे खींचकर प्लेटफार्म पर से ले जा नहीं सकी।

गाड़ी आ लगी है। कुली सामान लगाता है और मैं बाहर खड़े-खड़े देखता हूँ—मुसाफिर, कुली, सामान, बच्चे, बूढ़े...

''साहिब, गाड़ी छूटने में दस मिनट हैं !''

मैं अपनी घड़ी देखता हूँ, और सिर हिला देता हूँ कि मैं जानता हूँ।

कुली एक बार फिर अन्दर जाकर असबाब ऊपर नीचे करता है और साफा ठीक करते हुए बाहर निकलकर कहता है, ''हरी बत्ती हो गई है,

साहिब !"

बत्ती की ओर देखता हूँ। और देखता चला जाता हूँ, वही कद है, वही दुबली-पतली देह, वही धुला-धुला-सा चेहरा। वही...वही...

आवेश से कहता हूँ, "कुली, सामान उतार लो।"

"साहिब !"

"जल्दी करो, जल्दी।"

कुली फिर मेरे सामान के पास है। टिकट वापिस कर नया ले लिया। स्टेशन से फल के टोकरे बँधवाए, चाय पी और बरेली के लिए गाड़ी में जा बैठा। जहाँ मुझे जाना है, वहीं जाकर रहूँगा। जब मैं ही नहीं रुकता हूँ तो मुझे कौन रोकेगा ? क्यों रोकेगा ?

घर में आगे लॉन में बैठा सर्दियों की ढलती धूप में अलसा रहा हूँ। अन्दर से माँ निकली और पास बैठते हुए कहा, "बेटा, इस बार छुट्टी में आ ही गए हो तो ठहर जाओ। बार-बार इनकार करना अच्छा नहीं लगता।"

माँ की बात सुनकर मैं सयाने बेटे की तरह हँसता हूँ और मन-ही-मन सोचता हूँ कि माँ कितना ठीक कहती है। अपनी नौकरी पर रहता हूँ और अकेले आदमी के खर्च से कहीं अधिक कमाता हूँ, फिर क्यों इनकार करूँगा ! माँ की आशा के विपरीत बड़ी आवाज़ में कहता हूँ, "माँ, जो तुम्हें रुचे, वही मुझे भायेगा।"

"बेटा, लड़की देखना चाहोगे ?"

"हाँ, माँ !"

लगा, माँ मन-ही-मन हँसी।

खाने के बाद रात को घूमकर आया, तो कमरे में शान्ति थी, मन में शान्ति थी। किसी को देखने के लिए कॉलेज के दिनोंवाली उतावली-जिज्ञासा मन में नहीं रह गई थी। लगा कि अकेले रहते-रहते किसी के संग की आशा नहीं कर रहा, उसे तो अपना अधिकार करके मान रहा हूँ।

हाथ में किताब लेकर रात को लेटा, तो पढ़ते-पढ़ते ऊब गया। आँखों के अँधेरे में देखा, किसी पहाड़ पर चढ़ा जा रहा हूँ। दूर चीड़ के पेड़ों के झुंड-के-झुंड दिखते हैं, आसमान सब सुनसान है, अपनी पद-चाप के सिवाय

कोई आवाज़ नहीं। एकाएक किसी का स्वर गूँजता है, इधर...उधर और अँधेरे में हिलता एक हाथ आगे बढ़ा-बढ़ा आता है, मेरे गले की ओर, निकट और निकट...

दुबली कलाई...पतली अँगुलियाँ....मैं डरता हूँ...पीछे हटता हूँ और घबराकर आँखें खोल देता हूँ।

उठा, खिड़की का परदा उठाकर बाहर झाँका। लॉन के दाहिने हरी घास पर पिताजी के कमरे की लाइट फैली थी। सँभला ! लम्बी साँस लेकर बालों को छुआ, तो माथा ठंडा लगा। भयावना सूनापन और अँधेरे में वह हाथ... वह हाथ...

मन से जिसे भूल चुका हूँ, उसे आज ही याद क्यों आना था...क्यों याद आना था...क्यों दीख जाना था उस हाथ को, जो वर्षों गए 'पाइंस' की उतराई से उतरते-उतरते मैंने अन्तिम बार देखा था ? छुआ था नहीं कहूँगा, क्योंकि असंख्य बार सोच-सोचकर छू-भर लेने के लिए बाँह आगे करना, छू लेना नहीं होता।

महीना-भर नैनी में रहते हुए बार-बार भुवाली से लौटने के बाद जब अन्तिम बार मैं मन्नो के पास से लौटा था, तो लौट-लौटकर उस लौटने को न लौटना करना चाहता था। तीन बार नीचे उतरा था और तीन बार मुड़कर ऊपर गया था।

मन्नो शॉल में लिपटी आरामकुर्सी पर अधलेटी थी ! पास खड़े होकर उसकी चुप्पी को जैसे उस पर से उतार देने को उदास स्वर में कहा, "कल तो नैनी से नीचे उतर जाऊँगा।"

मन्नो ने नीचे फैले शाल को सहज-सहज सहेजा। एक महीने पहलेवाली दृष्टि मुख पर लौट आई। वही पराया-सा देखना, वही दूर-दूर-सा लगता चेहरा...

मन्नो...चाहता हूँ, मन्नो से कुछ तो कहूँ, पर क्या कहूँ ? यह कि जल्दी लौटूँगा...

क्षण-क्षण अपने से कहता हूँ, 'आऊँगा, फिर आऊँगा', पर जिस निगाह से मन्नो मुझे देखती है, वह जैसे बिना बोल के यह कहे जा रही है कि 'अब तुम यहाँ नहीं आओगे।'

"मन्नो।"

“रवि।”—और...और बस कठिन-सी होकर थोड़ा सा हँसी और हाथ जोड़ दिए—नमस्कार !

इन जुड़े-जुड़े हाथों को देखता रहा। जरा-सा आगे बढ़ा कि विदा लूँ, विदा दूँ, पर न जाने क्यों खड़ा-का-खड़ा रह गया।

समझाने के-से स्वर में मन्नो बोली, “देर होती है, रवि।”

जी भरकर देखनेवाली अपनी आँखों को झुकाकर मैं जल्दी-जल्दी नीचे उतर गया।

मैं फिर लौटूँगा...फिर...पर क्या सदा के लिए चला जा रहा हूँ...

मुड़कर पीछे देखा और खिंचकर ठिठक गया। मन्नो वहीं उसी मुद्रा में बैठी थी।

मानो वह जानती थी कि लौटूँगा। साथ पड़ी कुर्सी की ओर संकेत कर कहा, “बैठो, रवि।”—स्वर में न व्यथा थी, न संग छूटने की उदासी थी, न मेरे आने का आश्चर्य था। आँखों-ही-आँखों ने कुछ ऐसा देखा, जैसे पूछती हो—कुछ कहना है क्या ?

मैं अपने को बच्चे की तरह छोटा करके कहता हूँ, “मन्नो, मन नहीं होता जाने को।”

मन्नो कुछ देर तक देखती रहती है। मैं चाहता हूँ, मन्नो कुछ भी कहे, कहे तो...

एक छोटी सी साँस जैसे छोटी-से-छोटी घड़ी के लिए उसके गले में अटकी, फिर, फिर घने स्वर में कहा, “एक-न-एक बार तो तुम्हें चले ही जाना है, रवि...”

मैं हाथों से घेरकर उस देह को नहीं तो उस स्वर को छू लेना चाहता हूँ, चूम लेना चाहता हूँ।—“मन्नो !”—आगे बढ़ता हूँ, कुछ रोक लेने की, थाम लेने की मुद्रा में मन्नो दोनों हाथ आगे डाल देती है, बस।

“मन्नो !...” अपना अनुरोध उस तक पहुँचाना चाहता हूँ।

“नहीं !”...इस ‘नहीं’ के आगे नहीं है और कुछ, नहीं।

मन्नो दुबला सा हाथ हिलाकर आँखों से मुझे विदा देती है और मैं विवश सा व्यर्थ सा नीचे उतरता हूँ।

आँखों पर धुन्ध-सी उमड़ आती है, सँभलता हूँ, सँभलता हूँ और एक बार फिर पीछे देखता हूँ।

बिल्कुल ऐसे लगता है कि किनारे पर खड़ा हूँ और किश्ती में बैठी मन्नो बही चली जा रही है...वह मुझे नहीं देखती, नहीं देखती, उसकी आँख़ों के आगे उसके अपने हाथों की रोक है, अपने हाथों की ओट है।

हाथों पर टिका मन्नो का सिर नीचे झुका है, आँखें शायद बन्द हैं, शायद गीली हैं। उस कड़े आहत अभिमान की बात सोचकर छटपटाता हूँ।

कदम उठाकर फाटक के पास पहुँचा, तो सिसकियाँ सुनकर रुक गया।

मन-ही-मन दुहराकर कहा—'मन्नो !...मन्नो !...'

इसी पुकार को पलटकर जैसे उत्तर आया—'ठहरो नहीं ! रुको नहीं !'

सच ही मैं ठहरा नहीं। उतरता चला गया और हर पग के साथ दूर होता चला गया, उस कॉटेज से, कॉटेज में रहनेवाली मन्नो से, मन्नो की उन दो आँखों से, पर मन्नो की स्मृति से नहीं। मन्नो की याद मुझे आज भी आती है। आज भी वह याद आती है, वह दुपहरी, जब मन्नो और मैं उस बड़ी झील के किनारे से लगी पगडंडी पर घूमते रहे थे। मीठा-मीठा-सा दिन था। पहली बार उस पीले चेहरे की मिठास के सम्मुख मैं पानी-सा बह गया था। एकटक उन घुँघराले बालों को देखता रह गया था। और देखता गया था शॉल में लिपटे उन कन्धों को, जो पैरों की धीमी चाल से थककर भी झुकते नहीं थे।

परिक्रमा का अन्तिम मोड़ आया, तो बहुत बड़े घने वृक्ष के नीचे देवी के दो छोटे-छोटे मन्दिर दिखे। टीन के कपाट बन्द थे। कुछ अधिक न सोचकर आगे बढ़ने को हुआ कि मन्नो को देखकर रुक गया। खड़ी-खड़ी कुछ देर सोचती रही। फिर जूते उतार नंगे पाँव किनारे के पत्थरों से नीचे उतर गई। बड़े से पत्थर पर पाँव जमाया और झुककर डंठल से कमल तोड़ वापस लौट आई। मैं तो कुछ सोच नहीं रहा था। बस, देखता चला जा रहा था। शॉल सिर पर कर लिया था और उन बन्द कपाटों के आगेवाली दहलीज पर फूल रखकर सिर नवा दिया।

मन्दिर के बन्द कपाटों के आगे माथा टेक मन्नो उठी, तो मानो मन्नो-सी नहीं लग रही थी। ऐसे दिखा कि यह झुकी छाया मन्नो नहीं, मन्नो की व्यर्थ हो गई विवशता थी, जिसने भाग्य के इन बन्द कपाटों के आगे माथा टेक दिया था। इस निर्मम अकेलेपन के लिए मन में ढेर सा दर्द उठ आया। बहते से स्वर में कहा, "दर्शन करने का मन हो, मन्नो, तो किसी से पुजारी का स्थान पूछूँ ?"

मन्नो ने कुछ कहने से पहले स्वर को सँभाला, फिर सिर हिलाकर कहा, ''नहीं, रवि, ऐसा कुछ नहीं। मुझे कौन वरदान माँगने हैं ! अपने लिए तो कपाट बन्द हो गए हैं। बस, इतना ही चाहती हूँ, यह कपाट उनके लिए ख़ुले रहें, जिनसे बिछुड़कर मैं अलग आ पड़ी हूँ।''

मन्नो को छूने का भय, उसके रोग का भय, जो अब तक मुझे रोकता था, बींधता था, अलग जा पड़ा। झील की ठंडी हवा में फहराते-से घुँघराले बालों पर झुककर बाँह से घेरते हुए कहा, ''मन्नो !...''

मन्नो चौंकी नहीं। कन्धे पर पड़ा हाथ धीरे से अलग कर दिया और समूची आँखों से देखते हुए बोली, ''रवि, जिसे तुम झेल नहीं सकते, उसके लिए हाथ न बढ़ाओ।''

आवाज़ में न उलाहना था, न व्यंग्य था, न कटुता। बस, जो कहने को था, वही कहा गया था। इस कहने का उत्तर मैं उस दिन नहीं दे पाया। बार-बार मन्नो के पास जाने पर भी नहीं दे पाया और नहीं दे पाया विदा के उन क्षणों में, जब मन्नो को रोता छोड़ मैं अन्तिम बार 'पाइंस' की उतराई उतरता चला गया था। जिस दुर्बलता से कायर बनकर डरा था, वह आज अपने पर ही बीत गई है। आज अपने लिए, मन्नो के लिए उस कायरता को कोसता हूँ।

घर में चहल-पहल थी। माँ को सुन्दर बहू मिली, मुझे भली संगिनी। भोलेपन से मुस्कुराती मीरा को देखता हूँ, तो कहीं खो जाने को मन चाहता है। लेकिन अब खोऊँगा क्यों ? अब तो बँध गया हूँ, बँधा रहूँगा। आसपास नाते-रिश्ते हैं, मित्र-बन्धु हैं। ब्याहवाले घर के ऊँचे कहकहे सुनकर खुशी से मन उमड़-उमड़ आता है। कैसा आयोजन होता है वह भी। एक दिन जो बात शुरू हो जाती है, उसे सम्पूर्णतया पूर्ण कर दिया जाता है। इतने समूचे मन से ब्याह के सिवाय और क्या होता है, जो सम्पन्न होकर, एक टेक पर, एक विराम पर पहुँच जाता है ! तन-मन, घर-द्वार, अन्दर-बाहर सब एक ही प्यार में भीग जाते हैं। कल मीरा को लेकर समुद्र किनारे चला जाऊँगा। महीना-भर रुककर वहाँ के लिए प्रस्थान करेंगे, जहाँ अब तक मैं बेघर-सा होकर रहता रहा हूँ।

उस अपार, असीम सागर के किनारे एक-दूसरे पर छा-छा जाते हम घंटों

घूमते रहे। बीच-बीच में ठहरते और मोहवश एक-दूसरे में छिपे अपने-अपने प्यार को चूमते। सुबह-शाम, दिन-रात कहाँ छिपते, कहाँ डूबते, यह हम देख-देखकर भी नहीं देखते थे।

इसके बाद, प्रहरों की तरह बीत गए वे दस वर्ष। संग-संग लगे बिछोह से दूर मग्न दिन-रात। मीरा और बच्चों से दूर इस कॉटेज में पड़ा-पड़ा आज भी पीछे लौटता हूँ, तो बहुत निकट से किसी साँस का स्वर सुनता हूँ।

हम कितने सुखी हैं, कितने ! चाहता हूँ किसी की आँखों में देखकर इसका उत्तर दूँ। किसी को छूकर कुछ कहूँ, पर सुननेवाला कोई पास नहीं। बच्चों के लिए मीरा ने मेरा मोह छोटा कर लिया।

गए महीने रानीखेत जाते मीरा बच्चों के संग घंटे-भर को यहाँ रुकी थी। बरामदे में लेटे-लेटे उन तीनों को ऊपर आते देखता रहा। फाटक पर पहुँचकर मीरा पल-भर को ठिठकी थी। फिर दोनों हाथों से बच्चों को घेरे अन्दर ले आई।

"मुन्ना, रानी, प्रणाम करो, बेटा !"

बच्चों के झिझक से बँधे हाथ मेरी ओर उठे।

देखकर कंठ भर आया। मेरा भाग्य मुझसे दूर, मुझसे अलग जा पड़ा है। मेरे ही बच्चे आश्चर्य की दृष्टि से मुझे देख माँ की आज्ञा का पालन कर रहे हैं।

मीरा जब तक रही, आँखें पोंछती रही। कुछ कहने को, कुछ पूछने को उसका स्वर बँधा नहीं। अपने सुन्दर सुकुमार बच्चों को अपने ही डर के कारण पूरी तरह निरख नहीं पाया। केवल मीरा की ओर देखता रहा कि जो आज मुझे मिलने आई है, उसमें मेरी पत्नी कहाँ है, कहाँ है वह, जो सचमुच में मेरी थी !

भरी आँखों से मीरा की कलाई की घड़ी देखने की निठुराई से आहत हो मैं फटी-फटी, रूखी दृष्टि से फाटक की ओर देखने लगा कि मेरा ही परिवार कुछ क्षण में मुझे यहाँ अकेला छोड़, मुझसे दूर चला जाएगा। एक बार मन हुआ कि बच्चों को पकड़नेवाली उन दो बाँहों को अपनी ओर खींचकर कहूँ, मैं तुम्हें नहीं जाने दूँगा, नहीं जाने दूँगा। पर बच्चों की छोटी-छोटी आँखों का अपरिचय उस आवेश को दूर तक काटता चला गया।

चौंककर देखा, मीरा पास आकर झुकी और अधरों से मस्तक छूकर हौले

से पीछे हट गई। उठ बैठा कि एक बार प्यार दूँ, एक बार प्यार लूँ...कि हाथों में मुँह छिपा रोते-रोते मीरा इन बाँहों से आ लगी।

मीरा की आँखों से भीगी अपनी रोती आँखों को पोंछकर आसपास देखा, तो टूटा बाँध सबकुछ बहा ले गया था। न पास मीरा थी, न बच्चे...

तकियों के सहारे सिर ऊँचा करके देखा, उतराई के तीसरे मोड़ पर तीनों चले जा रहे थे। मीरा मेरी ओर से पीठ मोड़े आगे की ओर झुकी थी, बच्चे एक-दूसरे की उँगली पकड़े कभी माँ को देखते होंगे, कभी राह को।

साँस रोके प्रतीक्षा करता रहा, पर किसी ने पीछे नहीं देखा, न मीरा ने, न मेरे बेटे ने...केवल छोटी रानी के बालों में गुँथा गुलाबी रिबन देर तक हिल-हिलकर मेरी आँखों से कहता रहा—'पापा, हम चले गए, पापा, हम चले गए !'

सच ही सब चले गए हैं। इसलिए नहीं कि उन्हें जाना था, इसलिए कि मैं चला जा रहा हूँ। ऐसे ही एक दिन मन्नो के जाने को भाँपकर मैं उतराई से उतरता चला गया था। मेरी ही तरह अकेले में मन्नो रोई थी। अब जान पाया हूँ कि हाथों में मुँह छिपाकर वह रोना, कितना अकेला रोना था। पर उस बार जाकर बरसों मैंने मन्नो की सुधि नहीं ली। जब कभी नींद में देखता वह दुबली देह, बड़ी-बड़ी आँखें और कम्बल पर फैली पतली-पतली बाँहें, तो जागकर उद्वेग से मीरा की ओर बढ़ जाता।

एक बार दौरे पर लखनऊ आया, तो बुआ मिलीं। देर तक इधर-उधर की बातें करने के बाद एकाएक स्वर बदल बोलीं, "रवि, मन्नो तो अब नहीं रही।"

"नहीं, बुआ !"—मैं पिता हो जाने के गाम्भीर्य को सँभालते कहता हूँ, "नहीं बुआ, नहीं...!"

बुआ जैसे मुझे, कहीं वर्षों पहले के उस रवि को, कहती हैं, "रात को सोई तो जगी नहीं। अम्मा छुट्टी पर थी। सुबह-सुबह ख्याली अन्दर आया, तो साँस चुक गई थी।"

मैं रुँधे गले से जैसे कुछ पूछने को कहता हूँ, "बुआ !"

बुआ आँख पोंछती कुछ सोचती रहीं, फिर दर्द से बोलीं, "रवि, एक बार उसे पत्र तो लिखते !"

मैं रूमाल से रुलाई सोखने लगा।

"तुम्हारे नाम का एक पार्सल छोड़ गई थी आलमारी में। खोला तो जर्सी थी।"

दूसरे दिन बुआ के पास फिर आया, तो जल्दी-जल्दी पाँव छूकर कहा, "अच्छा, बुआ..."

"रवि !"—बुआ की वही कलवाली आवाज़ थी।

मैंने सिर हिलाकर घोर विवशता के-से स्वर में कहा, "नहीं बुआ, नहीं।"

बुआ समझ गईं, मैं कुछ भी जानना नहीं चाहता हूँ। पर जैसे मन-ही-मन मन्नो के लिए टूटकर बोलीं, "यही बार-बार सोचती हूँ कि जिसके प्यार को भी कोई न छू सके, ऐसा दुर्भाग्य उसे क्यों मिला, क्यों मिला ?"

लखनऊ से लौटकर मैं कई दिन मन से मन्नो को उतार नहीं पाया। यही देखता कि 'पाइंस' में कुर्सी पर बैठी वह मेरे लिए जर्सी तैयार कर रही है, वही हाथ हैं, वही दृष्टि है...

और एक दिन साल-भर घर में बीमार रहने के बाद मैं भुवाली पहुँच गया। वही चीड़ की ठंडी हवाएँ थीं, वही सुहानी धूप थी। वही भुवाली थी और वही मैं था। पर इस बार किसी का पता करने मुझे पोस्ट-ऑफिस की ओर नहीं जाना था। 'पाइंस' के सामनेवाले पहाड़ पर किसी के अभिशाप से बनी कॉटेज में पहली बार सोया, तो भर-भर आते कंठ से रात-भर एक ही नाम पुकारता रहा—'मन्नो !...मन्नो !'...आज वह होती, तो मुझे झेल लेती...

हर रोज सुबह उठते बरामदे से 'पाइंस' देखता हूँ और मन-ही-मन कहता हूँ—'मन्नो !...मन्नो !'...

जिस मीरा को मैंने वर्षों जाना है, वह अब पास-सी नहीं लगती, अपनी-सी नहीं लगती। उसे मैंने छू-छूकर छुआ था, चूम-चूमकर चूमा था, पर मन पर जब मोह और प्यार की उछलन आती है, तो मीरा नहीं, मन्नो की आँखें ही सगी दिखती हैं।

खिड़की के सामने लेटे-लेटे, अकेलेपन से घबराकर जब मैं बाहर देखता हूँ तो धुन्ध-भरे बादलों के घेरों में घुँघराले बालोंवाला वही चेहरा दीखता है, वही...

आए दिन दवा के नए बदलते हुए रंग देखकर अब इतना तो जान गया हूँ कि इस छूटते-छूटते तन में मन को बहुत देर भटकना नहीं होगा। एक दिन खिड़की से बाहर देखते-देखते इन्हीं बादलों के घेरे में समा जाऊँगा।...इन्हीं में समा जाऊँगा।

*जनवरी, 1955*

# दादी-अम्मा

बहार फिर आ गई। वसन्त की हल्की हवाएँ पतझर के फीके ओठों को चुपके से चूम गईं। जाड़े ने सिकुड़े-सिकुड़े पंख फड़फड़ाए और सर्दी दूर हो गई। आँगन में पीपल के पेड़ पर नए पात खिल-खिल आए। परिवार के हँसी-खुशी में तैरते दिन-रात मुस्कुरा उठे। भरा-भराया घर। सँभली- सँवरी-सी सुन्दर सलोनी बहुएँ। चंचलता से खिलखिलाती बेटियाँ। मजबूत बाँहोंवाले युवा बेटे। घर की मालकिन मेहराँ अपने हरे-भरे परिवार को देखती है और सुख में भीग जाती है। यह पाँचों बच्चे उसकी उमर-भर की कमाई हैं।

उसे वे दिन नहीं भूलते जब ब्याह के बाद छह वर्षों तक उसकी गोद नहीं भरी थी। उठते-बैठते सास की गम्भीर कठोर दृष्टि उसकी समूची देह को टटोल जाती। रात को तकिए पर सिर डाले-डाले वह सोचती कि पति के प्यार की छाया में लिपटे-लिपटे भी उसमें कुछ व्यर्थ हो गया है, असमर्थ हो गया है। कभी सकुचाती-सी ससुर के पास से निकलती तो लगता कि इस घर की देहरी पर पहली बार पाँव रखने पर जो आशीष उसे मिली थी, वह उसे सार्थक नहीं कर पाई। वह ससुर के चरणों में झुकी थी और उन्होंने सिर पर हाथ रखकर

कहा था, "बहूरानी,

फूलो-फलो।" कभी दर्पण के सामने खड़ी-खड़ी वह बाँहें फैलाकर देखती—क्या इन बाँहों में अपने उपजे किसी नन्हे-मुन्ने को भर लेने की क्षमता नहीं !

छह वर्षों की लम्बी प्रतीक्षा के बाद सर्दियों की एक लम्बी रात में करवट बदलते-बदलते मेहराँ को पहली बार लगा था कि जैसे नर्म-नर्म लिहाफ से वह सिकुड़ी पड़ी है, वैसे ही उसमें, उसके तन-मन-प्राण के नीचे गहरे कोई धड़कन उससे लिपटी आ रही है। उसने अँधियारे में एक बार सोए हुए पति की ओर देखा था और अपने से लजाकर अपने हाथों से आँखें ढाँप ली थीं। बन्द पलकों के अन्दर से दो चमकती आँखें थीं, दो नन्हे-नन्हे हाथ थे, दो पाँव थे। सुबह उठकर किसी मीठी शिथिलता में घिरे-घिरे अँगड़ाई ली थी। आज उसका मन भरा है। तन भरा है। सास ने भाँपकर प्यार बरसाया था :

"बहू, अपने को थकाओ मत, जो सहज-सहज कर सको, करो। बाकी मैं सँभाल लूँगी।"

वह कृतज्ञता से मुस्कुरा दी थी। काम पर जाते पति को देखकर मन में आया था कि कहे—'अब तुम मुझसे अलग बाहर ही नहीं, मेरे अन्दर भी हो।'

दिन में सास आ बैठी; माथा सहलाते-सहलाते बोली, "बहूरानी, भगवान मेरे बच्चे को तुम-सा रूप दे और मेरे बेटे-सा जिगरा।"

बहू की पलकें झुक आईं।

"बेटी, उस मालिक का नाम लो, जिसने बीज डाला है। वह फल भी देगा।"

मेहराँ को माँ का घर याद हो आया। पास-पड़ोस की स्त्रियों के बीच माँ भाभी का हाथ आगे कर कह रही है, "बाबा, यह बताओ, मेरी बहू के भाग्य में कितने फल हैं ?"

पास खड़ी मेहराँ समझ नहीं पाई। हाथ में फल ?

"माँ, हाथ में फल कब होते हैं ? फल किसे कहती हो माँ ?"

माँ लड़की की बात सुनकर पहले हँसी, फिर गुस्सा होकर बोली, "दूर हो मेहराँ, जा, बच्चों के संग खेल !"

उस दिन मेहराँ का छोटा सा मन यह समझ नहीं पाया था, पर आज तो सास की बात वह समझ ही नहीं, बूझ भी रही थी।

बहू के हाथ में फल होते हैं, बहू के भाग्य में फल होते हैं और परिवार

की बेल बढ़ती है।

मेहराँ की गोद से इस परिवार की बेल बढ़ी है। आज घर में तीन बेटे हैं, उनकी बहुएँ हैं। ब्याह देने योग्य दो बेटियाँ हैं। हल्के-फुल्के कपड़ों में लिपटी उसकी बहुएँ जब उसके सामने झुकती हैं तो क्षण-भर के लिए मेहराँ के मस्तक पर घर की स्वामिनी होने का अभिमान उभर आता है। वह बैठे-बैठे उन्हें आशीष देती है और मुस्कुराती है। ऐसे ही, बिल्कुल ऐसे ही वह भी कभी सास के सामने झुकती थी। आज तो वह तीखी, निगाहवाली मालकिन, बच्चों की दादी-अम्मा बनकर रह गई है। पिछवाड़े के कमरे में से जब दादा के साथ बोलती हुई अम्मा की आवाज़ आती है तो पोते क्षण-भर ठिठककर अनसुनी कर देते हैं। बहुएँ एक-दूसरे को देखकर मन-ही-मन हँसती हैं। लाड़ली बेटियाँ सिर हिला-हिलाकर खिलखिलाती हुई कहती हैं, ''दादी-अम्मा बूढ़ी हो आई, पर दादा से झगड़ना नहीं छोड़ा।''

मेहराँ भी कभी-कभी पति के निकट खड़ी हो कह देती है, ''अम्मा नाहक बापू के पीछे पड़ी रहती हैं। बहू-बेटियोंवाला घर है, क्या यह अच्छा लगता है ?''

पति एक बार पढ़ते-पढ़ते आँखें ऊपर उठाते हैं। पल-भर पत्नी की ओर देख दोबारा पन्ने पर दृष्टि गड़ा देते हैं। माँ की बात पर पति की मौन-गम्भीर मुद्रा मेहराँ को नहीं भाती। लेकिन प्रयत्न करने पर भी वह कभी पति को कुछ कह देने तक खींच नहीं पाई। पत्नी पर एक उड़ती निगाह, और बस। किसी को आज्ञा देती मेहराँ की आवाज़ सुनकर कभी उन्हें भ्रम हो आता है। वह मेहराँ का नहीं, अम्मा का ही रोबीला स्वर है। उनके होश में अम्मा ने कभी ढीलापन जाना ही नहीं। याद नहीं आता कि कभी माँ के कहने को वह जाने-अनजाने टाल सके हों। और अब जब माँ की बात पर बेटियों को हँसती सुनते हैं तो विश्वास नहीं आता। क्या सचमुच माँ आज ऐसी बातें किया करती हैं कि जिन पर बच्चे हँस सकें।

और अम्मा तो सचमुच उठते-बैठते बोलती है, झगड़ती है, झुकी कमर पर हाथ रखकर वह चारपाई से उठकर बाहर आती है तो जो सामने हो उस पर बरसने लगती है।

बड़ा पोता काम पर जा रहा है। दादी-अम्मा पास आ खड़ी हुई। एक बार ऊपर-तले देखा और बोली, ''काम पर जा रहे हो बेटे, कभी दादा की ओर

भी देख लिया करो, कब से उनका जी अच्छा नहीं। जिसके घर में भगवान के दिए बेटे-पोते हों, वह इस तरह बिना दवा-दारू पड़े रहते हैं।''

बेटा दादी-अम्मा की नज़र बचाता है। दादा की खबर क्या घर-भर में उसे ही रखनी है ! छोड़ो, कुछ-न-कुछ कहती ही जाएँगी अम्मा, मुझे देर हो रही है। लेकिन दादी-अम्मा जैसे राह रोक लेती है, ''अरे बेटा, कुछ तो लिहाज करो, बहू-बेटेवाले हुए, मेरी बात तुम्हें अच्छी नहीं लगती !''

मेहराँ मँझली बहू से कुछ कहने जा रही थी, लौटती हुई बोली, ''अम्मा, कुछ तो सोचो, लड़का बहू-बेटोंवाला है। तो क्या उस पर तुम इस तरह बरसती रहोगी ?''

दादी-अम्मा ने अपनी पुरानी निगाह से मेहराँ को देखा और जलकर कहा, ''क्यों नहीं बहू, अब तो बेटों को कुछ कहने के लिए तुमसे पूछना होगा ! यह बेटे तुम्हारे हैं, घर-बार तुम्हारा है, हुक्म हासिल तुम्हारा है।''

मेहराँ पर इस सबका कोई असर नहीं हुआ। सास को वहीं खड़ा छोड़ वह बहू के पास चली गई।

दादी-अम्मा ने अपनी पुरानी आँखों से बहू की वह रोबीली चाल देखी और ऊँचे स्वर में बोली, ''बहूरानी, इस घर में अब मेरा इतना-सा मान रह गया है ! तुम्हें इतना घमंड...!''

मेहराँ को सास के पास लौटने की इच्छा नहीं थी, पर घमंड की बात सुनकर लौट आई।

''मान की बात करती हो अम्मा ? तो आए दिन छोटी-छोटी बात लेकर जलने-कलपने से किसी का मान नहीं रहता।''

इस उलटी आवाज़ ने दादी-अम्मा को और जला दिया। हाथ हिला-हिलाकर क्रोध में रुक-रुककर बोली, ''बहू, यह सब तुम्हारे अपने सामने आएगा ! तुमने जो मेरा जीना दूभर कर दिया है, तुम्हारी तीनों बहुएँ भी तुम्हें इसी तरह समझेंगी, समझेंगी क्यों नहीं, जरूर समझेंगी।''

कहती-कहती दादी-अम्मा झुकी कमर से पग उठाती अपने कमरे की ओर चल दी। राह में बेटे के कमरे का द्वार खुला देखा तो बोली, ''जिस बेटे को मैंने अपना दूध पिलाकर पाला, आज उसे देखे मुझे महीनों बीत जाते हैं, उससे इतना नहीं हो पाता कि बूढ़ी अम्मा की सुधि ले।''

मेहराँ मँझली बहू को घर के काम-धन्धे के लिए आदेश दे रही थी। पर

कान इधर ही थे। 'बहुएँ उसे भी समझेंगी' इस अभिशाप को वह कड़वा घूँट समझकर पी गई थी, पर पति के लिए सास का यह उलाहना सुनकर न रहा गया। दूर से ही बोली, "अम्मा, मेरी बात छोड़ो, पराए घर की हूँ, पर जिस बेटे को घर-भर में सबसे अधिक तुम्हारा ध्यान है, उसके लिए यह कहते तुम्हें झिझक नहीं आती ? फिर कौन माँ है, जो बच्चों को पालती-पोसती नहीं !"

अम्मा ने अपनी झुर्रियों-पड़ी गर्दन पीछे की। माथे पर पड़े तेवरों में इस बार क्रोध नहीं भर्त्सना थी। चेहरे पर वही पुरानी उपेक्षा लौट आई, "बहू, किससे क्या कहा जाता है, यह तुम बड़े समधियों से माथा लगा सबकुछ भूल गई हो। माँ अपने बेटे से क्या कहे, यह भी क्या अब मुझे बेटे की बहू से ही सीखना पड़ेगा ? सच कहती हो बहू, सभी माँएँ बच्चों को पालती हैं। मैंने कोई अनोखा बेटा नहीं पाला था, बहू ! फिर तुम्हें तो मैं पराई बेटी ही करके मानती रही हूँ। तुमने बच्चे आप जने, आप ही वे दिन काटे, आप ही बीमारियाँ झेलीं !"

मेहराँ ने खड़े-खड़े चाहा कि सास यह कुछ कहकर और कहतीं। वह इतनी दूर नहीं उतरी कि इन बातों का जवाब दे। चुपचाप पति के कमरे में जाकर इधर-उधर बिखरे कपड़े सहेजने लगी।

दादी-अम्मा कड़वे मन से अपनी चारपाई पर जा पड़ी। बुढ़ापे की उम्र भी कैसी होती है ! जीते-जी मन से संग टूट जाता है। कोई पूछता नहीं, जानता नहीं। घर के पिछवाड़े जिसे वह अपनी चलती उम्र में कोठरी कहा करती थी, उसी में आज वह अपने पति के साथ रहती है। एक कोने में उसकी चारपाई है और दूसरे कोने में पति की, जिसके साथ उसने अगणित बहार और पतझार गुज़ार दिए हैं। कभी घंटों वे चुपचाप अपनी-अपनी जगह पर पड़े रहते हैं। दादी-अम्मा बीच-बीच में करवट बदलते हुए लम्बी साँस लेती है। कभी पतली नींद में पड़ी-पड़ी वर्षों पहले की कोई भूली-बिसरी बात करती है, पर बच्चों के दादा उसे सुनते नहीं। दूर कमरों में बहुओं की मीठी दबी-दबी हँसी वैसे ही चलती रहती है। बेटियाँ खुले-खुले खिलखिलाती हैं। बेटों के कदमों की भारी आवाज़ कमरे तक आकर रह जाती है और दादी-अम्मा और पास पड़े दादा में जैसे बीत गए वर्षों की दूरी झूलती रहती है।

आज दादा जब घंटों धूप में बैठकर अन्दर आए तो अम्मा लेटी नहीं, चारपाई की बाँह पर बैठी थी। गाढ़े की धोती से पूरा तन नहीं ढका था। पल्ला

कन्धे से गिरकर एक ओर पड़ा था। वक्ष खुला था। आज वक्ष में ढकने को रह भी क्या गया था ? गले और गर्दन की झुर्रियाँ एक जगह आकर इकट्ठी हो गई थीं। पुरानी छाती पर कई तिल चमक रहे थे। सिर के बाल उदासीनता से माथे के ऊपर सटे थे।

दादा ने देखकर भी नहीं देखा। अपने-सा पुराना कोट उतारकर खूँटी पर लटकाया और चारपाई पर लेट गए। दादी-अम्मा देर तक बिना हिले-डुले वैसी-की-वैसी बैठी रही। सीढ़ियों पर छोटे बेटे के पाँवों की उतावली-सी आहट हुई। उमंग की छोटी सी गुनगुनाहट द्वार तक आकर लौट गई। ब्याह के बाद के वे दिन, मीठे मधुर दिन। पाँव बार-बार घर की ओर लौटते हैं। प्यार-सी बहू आँखों में प्यार भर-भरकर देखती है, लजाती है, सकुचाती है और पति की बाँहों में लिपट जाती है। अभी कुछ महीने हुए, यही छोटा बेटा माथे पर फूलों का सेहरा लगाकर ब्याहने गया था। बाजे-गाजे के साथ जब लौटा तो संग में दुलहिन थी। सबके साथ दादी-अम्मा ने भी पतोहू का माथा चूमकर उसे हाथ का कंगन दिया था। पतोहू ने झुककर दादी-अम्मा के पाँव छुए थे और अम्मा लेन-देन पर मेहराँ से लड़ाई-झगड़े की बात भूलकर कई क्षण दुलहिन के मुखड़े की ओर देखती रही थी। छोटी बेटी ने चंचलता से परिहास कर कहा था, ''दादी-अम्मा, सच कहो भैया की दुलहिन तुम्हें पसन्द आई ? क्या तुम्हारे दिनों में भी शादी-ब्याह में ऐसे ही कपड़े पहने जाते थे ?''

कहकर छोटी बेटी ने दादी के उत्तर की प्रतीक्षा नहीं की। हँसी-हँसी में किसी और से उलझ पड़ी।

मेहराँ बहू-बेटे घेरकर अन्दर ले चली। दादी-अम्मा भटकी-भटकी दृष्टि से अगणित चेहरे देखती रही। कोई पास-पड़ोसिन उसे बधाई दे रही थी, ''बधाई हो अम्मा, सोने-सी बहू आई है। शुक्र है उस मालिक का, तुमने अपने हाथों छोटे पोते का भी काज सँवारा।

अम्मा ने सिर हिलाया। सचमुच आज उस-जैसा कौन है ! पोतों की उसे हौंस थी, आज पूरी हुई। पर काज सँवारने में उसने क्या किया, किसी ने कुछ पूछा नहीं तो करती क्या ? समधियों से बातचीत, लेन-देन, दुलहिन के कपड़े-गहने, यह सब मेहराँ के अभ्यस्त हाथों से होता रहा है। घर में पहले दो ब्याह हो जाने पर अम्मा से सलाह- सम्मति करना भी आवश्यक नहीं रह गया। केवल कभी-कभी कोई नया गहना गढ़वाने पर या नया जोड़ा बनवाने

पर मेहराँ उसे सास को दिखा देती रही है।

बड़ी बेटी देखकर कहती है, "माँ ! अम्मा को दिखाने जाती हो, वह तो कहेंगी, 'यह गले का गहना हाथ लगाते उड़ता है। कोई भारी ठोस कंठा बनवाओ, सिर की सिंगार-पट्टी बनवाओ। मेरे अपने ब्याह में मायके से पचास तोले का रानीहार चढ़ा था। तुम्हें याद नहीं, तुम्हारे ससुर को कहकर उसी के भारी जड़ाऊँ कंगन बनवाए थे तुम्हारे ब्याह में !' "

मेहराँ बेटी की ओर लाड़ से देखती है। लड़की झूठ नहीं कहती। बड़े बेटों की सगाई में, ब्याह में, अम्मा बीसियों बार यह दोहरा चुकी हैं। अम्मा को कौन समझाए कि ये पुरानी बातें पुराने दिनों के साथ गईं !

अम्मा नाते-रिश्तों की भीड़ में बैठी-बैठी ऊँघती रही। एकाएक आँख खुली तो नीचे लटकते पल्ले से सिर ढक लिया। ऐसी बेखबरी कि उघाड़े सिर बैठी रही। पर दादी-अम्मा को इस तरह अपने को सँभालते किसी ने देखा तक नहीं। अम्मा की ओर देखने की सुधि भी किसे है ?

बहू को नया जोड़ा पहनाया जा रहा है। रोशनी में दुलहिन शरमा रही है। ननदें हास-परिहास कर रही हैं। मेहराँ घर में तीसरी बहू को देखकर मन-ही-मन सोच रही है कि बस, अब दोनों बेटियों को ठिकाने लगा दे तो सुर्खरू हो।

बहू का शृंगार देख दादी-अम्मा बीच-बीच में कुछ कहती हैं, "लड़कियों में यह कैसा चलन है आजकल ? बहू के हाथों और पैरों में मेहँदी नहीं रचाई। यही तो पहला सगुन है।" दादी-अम्मा की इस बात को जैसे किसी ने सुना नहीं। साज-शृंगार में चमकती बहू को घेरकर मेहराँ दूल्हे के कमरे की ओर ले चली। नाते-रिश्ते की युवतियाँ मुस्कुरा-मुस्कुराकर शरमाने लगीं, दूल्हे के मित्र-भाई आँखों में नहीं, बाँहों में नए-नए चित्र भरने लगे और मेहराँ बहू पर आशीर्वाद बरसाकर लौटी तो देहरी के संग लगी दादी-अम्मा को देखकर स्नेह जताकर बोली, "आओ अम्मा, शुक्र है भगवान का, आज ऐसी मीठी घड़ी आई।"

अम्मा सिर हिलाती-हिलाती मेहराँ के साथ हो ली, पर आँखें जैसे वर्षों पीछे घूम गईं। ऐसे ही एक दिन वह मेहराँ को अपने बेटे के पास छोड़ आई थी। वह अन्दर जाती थी, बाहर आती थी। वह इस घर की मालकिन थी।

पीछे, और पीछे—

बाजे-गाजे के साथ उसका अपना डोला इस घर के सामने आ खड़ा हुआ। गहनों की छनकार करती वह नीचे उतरी। घूँघट की ओट से मुस्कुराती, नीचे झुकती और पति की बूढ़ी फूफी से आशीर्वाद पाती।

दादी-अम्मा को ऊँघते देख बड़ी बेटी हिलाकर कहने लगी, "उठो अम्मा, जाकर सो रहो, यहाँ तो अभी देर तक हँसी-ठट्ठा होता रहेगा।"

दादी-अम्मा झँपी-झँपी आँखों से पोती की ओर देखती है और झुकी कमर पर हाथ रखकर अपने कमरे की ओर लौट जाती है।

उस दिन अपनी चारपाई पर लेटकर दादी-अम्मा सोई नहीं। आँखों में न ऊँघ थी, न नींद। एक दिन वह भी दुलहिन बनी थी। बूढ़ी फूफी ने सजाकर उसे भी पति के पास भेजा था। तब क्या उसने यह कोठरी देखी थी ? ब्याह के बाद वर्षों तक उसने जैसे यह जाना ही नहीं कि फूफी दिन-भर काम करने के बाद रात को यहाँ सोती है। आँखें मुँद जाने से पहले जब फूफी बीमार हुई तो दादी-अम्मा ने कुलीन बहू की तरह उसकी सेवा करते-करते पहली बार यह जाना था कि घर में इतने कमरे होते हुए भी फूफी इस पिछवाड़े में अपने अन्तिम दिन-बरस काट गई है। पर यह देखकर, जानकर उसे आश्चर्य नहीं हुआ था। घर के पिछवाड़े में पड़ी फूफी की देह छाँहदार पेड़े के पुराने तने की तरह लगती थी, जिसके पत्तों की छाँह उससे अलग, उससे परे, घर-भर पर फैली हुई थी। आज तो दादी-अम्मा स्वयं फूफी बनकर इस कोठरी में पड़ी है। ब्याह के कोलाहल से निकलकर जब दादा थककर अपनी चारपाई पर लेटे तो एक लम्बा चैन का-सा साँस लेकर बोले, "क्या सो गई हो ? इस बार की रौनक, लेन-देन तो मँझले और बड़े बेटे के ब्याह को भी पार कर गई। समधियों का बड़ा घर ठहरा !"

दादी-अम्मा लेन-देन की बात पर कुछ कहना चाहते हुए भी नहीं बोली। चुपचाप पड़ी रही। दादा सो गए, आवाज़ें धीमी हो गईं। बरामदे में मेहराँ का रोबीला स्वर नौकर-चाकरों को सुबह के लिए आज्ञाएँ देकर मौन हो गया। दादी-अम्मा पड़ी रही और पतली नींद से घिरी आँखों से नए-पुराने चित्र देखती रही। एकाएक करवट लेते-लेते उठ बैठी। रोशनी अभी बुझी नहीं थी। हल्के-हल्के दो-चार कदम उठाए और दादा की चारपाई के पास आ खड़ी हुई। झुककर कई क्षण तक दादा की ओर देखती रही। दादा नींद में बेखबर थे और

दादी जैसे कोई पुरानी पहचान कर रही हो। खड़े-खड़े कितने पल बीत गए ! क्या दादी ने दादा को पहचाना नहीं ? चेहरा उसके पति का है पर दादी तो इस चेहरे को नहीं, चेहरे के नीचे पति को देखना चाहती है। उसे बिछुड़े गए वर्षों में से वापस लौटा लेना चाहती है।

सिरहाने पर पड़ा दादा का सिर बिल्कुल सफ़ेद था। बन्द आँखों से लगी झुर्रियाँ-ही-झुर्रियाँ थीं। एक सूखी बाँह कम्बल पर सिकुड़ी-सी पड़ी थी। यह नहीं...यह तो नहीं...दादी-अम्मा जैसे सोते-सोते जाग पड़ी थी, वैसे ही इस भूले-भटके भँवर में ऊपर-नीचे होती चारपाई पर जा पड़ी।

उस दिन सुबह उठकर जब दादी-अम्मा ने दादा को बाहर जाते देखा तो लगा कि रात-भर की भटकी-भटकी तस्वीरों में से कोई भी तस्वीर उसकी नहीं थी। वह इस सूखी देह और झुके कन्धे में से किसे ढूँढ़ रही थी ?

दादी-अम्मा चारपाई की बाँहों से उठी और लेट गई। अब तो इतनी-सी दिनचर्या शेष रह गई है। बीच-बीच में कभी उठकर बहुओं के कमरों की ओर जाती है तो लड़-झगड़कर लौट आती है। कैसे हैं उसके पोते जो उम्र के रंग में किसी की बात नहीं सोचते ? किसी की ओर नहीं देखते ? बहू और बेटा, उन्हें भी कहाँ फुरसत है ? मेहराँ तो कुछ-न-कुछ कहकर चोट करने से भी नहीं चूकती। लड़ने को तो दादी भी कम नहीं, पर अब तीखा-तेज़ बोल लेने पर जैसे वह थककर चूर-चूर हो जाती है। बोलती है, बोलने के बिना रह नहीं पाती, पर बाद में घंटों बैठी सोचती रहती है कि वह क्यों उनसे माथा लगाती है, जिन्हें उसकी परवा नहीं। मेहराँ की तो अब चाल-ढाल ही बदल गई है। अब वह उसकी बहू नहीं, तीन बहुओं की सास है। ठहरी हुई गम्भीरता से घर का शासन चलाती है। दादी-अम्मा का बेटा अब अधिक दौड़-धूप नहीं करता। देखरेख से अधिक अब बहुओं द्वारा ससुर का आदर-मान ही अधिक होता है। कभी अन्दर-बाहर जाते अम्मा मिल जाती है तो झुककर बेटा माँ को प्रणाम अवश्य करता है। दादी-अम्मा गर्दन हिलाती-हिलाती आशीर्वाद देती है, "जीयो बेटा, जीयो।"

कभी मेहराँ की जली-कटी बातें सोच बेटे पर क्रोध और अभिमान करने को मन होता है, पर बेटे को पास देखकर दादी-अम्मा सब भूल जाती है। ममता-भरी पुरानी आँखों से निहारकर बार-बार आशीर्वाद बरसाती चली जाती है, "सुख पाओ, भगवान बड़ी उम्र दे...।" कितना गम्भीर और शीलवान है

उसका बेटा ! है तो उसका न ? पोतों को ही देखो, कभी झुककर दादा के पाँव तक नहीं छूते। आखिर माँ का असर कैसे जाएगा ? इन दिनों बहू की बात सोचते ही दादी-अम्मा को लगता है कि अब मेहराँ उसके बेटे में नहीं, अपने बेटों में लगी रहती है। दादी-अम्मा को वे दिन भूल जाते हैं जब बेटे के ब्याह के बाद बहू-बेटे के लाड़-चाव में उसे पति के खाने-पीने की सुधि तक न रहती थी और जब लाख-लाख शुक्र करने पर पहली बार मेहराँ की गोद भरनेवाली थी तो दादी-अम्मा ने आकर दादा से कहा था, "बहू के लिए अब यह कमरा खाली करना होगा। हम लोग फूफी के कमरे में जा रहेंगे।"

दादा ने एक भरपूर नज़रों से दादी-अम्मा की ओर देखा था, जैसे वह बीत गए वर्षों को अपनी दृष्टि से टटोलना चाहते हों। फिर सिर पर हाथ फेरते-फेरते कहा था, "क्या बेटेवाला कमरा बहू के लिए ठीक नहीं ? नाहक क्यों यह सबकुछ उलटा-सीधा करवाती हो ?"

दादी-अम्मा ने हाथ हिलाकर कहा, "ओह हो, तुम समझोगे भी ! बेटे के कमरे में बहू को रखूँगी तो बेटा कहाँ जाएगा ? उलटे-सीधे की फ़िक्र तुम क्यों करते हो, मैं सब ठीक कर लूँगी।"

और पत्नी के चले जाने पर दादा बहुत देर बैठे-बैठे भारी मन से सोचते रहे थे कि जिन वर्षों का बीतना उन्होंने आज तक नहीं जाना, उन्हीं पर पत्नी की आशा विराम बनकर आज खड़ी हो गई है। आज सचमुच ही उसे इस उलटफेर की परवा नहीं।

इस कमरे में बड़ी फूफी उनकी दुलहिन को छोड़ गई थी। उस कमरे को छोड़कर आज वह फूफी के कमरे में जा रहे हैं। क्षण-भर के लिए, केवल क्षण-भर के लिए उन्हें बेटे से ईर्ष्या हुई और उदासीनता में बदल गई। और पहली रात जब वह फूफी के कमरे में सोए तो देर गए तक भी पत्नी बहू के पास से नहीं लौटी थी। कुछ देर प्रतीक्षा करने के बाद उनकी पलकें झँपी तो उन्हें लगा कि उनके पास पत्नी का नहीं...फूफी का हाथ है। दूसरे दिन मेहराँ की गोद भरी थी, बेटा हुआ था। घर की मालकिन पति की बात जानने के लिए बहुत अधिक व्यस्त थी।

कुछ दिन से दादी-अम्मा का जी अच्छा नहीं। दादा देखते हैं, पर बुढ़ापे की

बीमारी से कोई दूसरी बीमारी बड़ी नहीं होती। दादी-अम्मा बार-बार करवट बदलती है और फिर कुछ-कुछ देर के लिए हाँफकर पड़ी रह जाती है। दो-एक दिन से वह रसोईघर की ओर भी नहीं आई, जहाँ मेहराँ का आधिपत्य रहते हुए भी वह कुछ-न-कुछ नौकरों को सुनाने में चूकती नहीं है। आज दादी को न देखकर छोटी बेटी हँसकर मँझली भाभी से बोली, "भाभी, दादी-अम्मा के पास अब शायद कोई लड़ने-झगड़ने की बात नहीं रह गई, नहीं तो अब तक कई बार चक्कर लगातीं।"

दोपहर को नौकर जब अम्मा के यहाँ से अनछुई थाली उठा लाया तो मेहराँ का माथा ठनका। अम्मा के पास जाकर बोली, "अम्मा, कुछ खा लिया होता, क्या जी अच्छा नहीं ?"

एकाएक अम्मा कुछ बोली नहीं। क्षण-भर रुककर आँखें खोली और मेहराँ को देखती रह गई।

"खाने को मन न हो तो अम्मा दूध ही पी लो।"

अम्मा ने 'हाँ'-'ना' कुछ नहीं की। न पलकें ही झपकीं। इस दृष्टि से मेहराँ बहुत वर्षों के बाद आज फिर डरी। इनमें न क्रोध था, न सास की तरेर थी, न मनमुटाव था। एक लम्बा गहरा उलाहना—पहचानते मेहराँ को देर नहीं लगी। डरते-डरते सास के माथे को छुआ। ठंडे पसीने से भीगा था। पास बैठकर धीरे से स्नेह-भरे स्वर में बोली, "अम्मा, जो कहो, बना लाती हूँ।"

अम्मा ने सिरहाने पर पड़े-पड़े सिर हिलाया—नहीं, कुछ नहीं—और बहू के हाथ से अपना हाथ खींच लिया।

मेहराँ पल-भर कुछ सोचती रही और बिना आहट किए बाहर हो गई। बड़ी बहू के पास जाकर चिन्तित स्वर में बोली, "बहू, अम्मा कुछ अधिक बीमार लगती हैं, तुम जाकर पास बैठो तो मैं कुछ बना लाऊँ।"

बहू ने सास की आवाज़ में आज पहली बार दादी-अम्मा के लिए घबराहट देखी। दबे पाँव जाकर अम्मा के पास बैठ हाथ-पाँव दबाने लगी। अम्मा ने इस बार हाथ नहीं खींचे। ढीली सी लेटी रही।

मेहराँ ने रसोईघर में जाकर दूध गर्म किया। औटाने लगी तो एकाएक हाथ अटक गया—क्या अम्मा के लिए यह अन्तिम बार दूध लिये जा रही है ?

दादी-अम्मा ने बेखबरी में ही दो-चार घूँट दूध पीकर छोड़ दिया। चारपाई पर पड़ी अम्मा चारपाई के साथ लगी दीखती थीं। कमरे में कुछ अधिक सामान

नहीं था। सामने के कोने में दादा का बिछौना बिछा था।

शाम को दादा आए तो अम्मा के पास बहू और पतोहू को बैठे देख पूछा, ''अम्मा तुम्हारी रूठकर लेटी है या...?''

मेहराँ ने अम्मा की बाँह आगे कर दी। दादा ने छूकर हौले से कहा, ''जाओ बहू, बेटा आता ही होगा। उसे डॉक्टर को लिवाने भेज देना।''

मेहराँ ससुर के शब्दों की गम्भीरता जानते हुए चुपचाप बाहर हो गई।

बेटे के साथ जब डॉक्टर आया तो दादी-अम्मा के तीनों पोते भी वापस आ खड़े हुए। डॉक्टर ने सधे-सधाए हाथों से दादी की परीक्षा की। जाते-जाते दादी के बेटे से कहा, ''कुछ ही घंटे और...।''

मेहराँ ने बहुओं को धीमे स्वर में आज्ञाएँ दीं और बेटों से बोली, ''बारी-बारी से खा-पी लो, फिर पिता और दादा को भेज देना।''

अम्मा के पास से हटने की पिता और दाद्रा की बारी नहीं आई उस रात। दादी ने बहुत जल्दी की। डूबते-डूबते हाथ-पाँवों से छटपटाकर एक बार आँखें खोलीं और बेटे और पति के आगे बाँहें फैला दीं। जैसे कहती हो—'मुझे तुम पकड़ रखो।'

दादी का श्वास उखड़ा, दादा का कंठ जकड़ा और बेटे ने माँ पर झुककर पुकारा, ''अम्मा,...अम्मा।''

''सुन रही हूँ बेटा, तुम्हारी आवाज़ पहचानती हूँ।''

मेहराँ सास की ओर बढ़ी और ठंडे हो रहे पैरों को छूकर याचना-भरी दृष्टि से दादी-अम्मा को बिछुरती आँखों से देखने लगी। बहू को रोते देख अम्मा की आँखों में क्षण-भर को सन्तोष झलका, फिर वर्षों की लड़ाई-झगड़े का आभास उभरा। द्वार से लगी तीनों पोतों की बहुएँ खड़ी थीं। मेहराँ ने हाथ से संकेत किया। बारी-बारी दादी-अम्मा के निकट तीनों झुकीं। अम्मा की पुतलियों में जीवन-भर का मोह उतर गया। मेहराँ से उलझा कड़वापन ढीला हो गया। चाहा कि कुछ कहे...कुछ...पर छूटते तन से दादी-अम्मा ओंठों पर कोई शब्द नहीं खींच पाई।

''अम्मा, बहुओं को आशीष देती जाओ...,'' मेहराँ के गीले कंठ में आग्रह था, विनय थी।

अम्मा ने आँखों के झिलमिलाते पर्दे में से अपने पूरे परिवार की ओर देखा—बेटा...बहू...पति...पोते-पतोहू....पोतियाँ। छोटी पतोहू की गुलाबी ओढ़नी

जैसे दादी के तन-मन पर बिखर गई। उस ओढ़नी से लगे गोरे-गोरे लाल-लाल बच्चे, हँसते-खेलते, भोली किलकारियाँ...।

दादी-अम्मा की धुँधली आँखों में से और सब मिट गया, सब पुँछ गया, केवल ढेर-से अगणित बच्चे खेलते रह गए...!

उसके पाते, उसके बच्चे...।

पिता और पुत्र ने एक साथ देखा, अम्मा जैसे हल्के से हँसी, हल्के से...।

मेहराँ को लगा, अम्मा बिल्कुल वैसे हँस रही है जैसे पहली बार बड़े बेटे के जन्म पर वह उसे देखकर हँसी थी। समझ गई—बहुओं को आशीर्वाद मिल गया।

दादा ने अपने सिकुड़े हाथ में दादी का हाथ लेकर आँखों से लगाया और बच्चों की तरह बिलख-बिलखकर रो पड़े।

रात बीत जाने से पहले दादी-अम्मा बीत गई। अपने भरेपूरे परिवार के बीच वह अपने पति, बेटे और पोतों के हाथों में अन्तिम बार घर से उठ गई। दाह-संस्कार हुआ और दादी-अम्मा की पुरानी देह फूल हो गई।

देखने-सुननेवाले बोले, "भाग्य हो तो ऐसा, फलता-फूलता परिवार।"

मेहराँ ने उदास-उदास मन से सबके लिए नहाने का सामान जुटाया। घर-बाहर धुलाया। नाते-रिश्तेदार पास-पड़ोसी अब तक लौट गए थे। मौत के बाद रूखी सहमी-सी दुपहर। अनचाहे मन से कुछ खा-पीकर घरवाले चुपचाप खाली हो बैठे। अम्मा चली गई, पर परिवार भरापूरा है। पोते थककर अपने-अपने कमरों में जा लेटे। बहुएँ उठने से पहले सास की आज्ञा पाने को बैठी रहीं। दादी-अम्मा का बेटा निढाल होकर कमरे में जा लेटा। अम्मा की खाली कोठरी का ध्यान आते ही मन बह आया। कल तक अम्मा थी तो सही उस कोठरी में। रुआँसी आँखें बरसकर झुक आईं तो सपने में देखा, नदी-किनारे घाट पर अम्मा खड़ी है। अपनी चिता को जलते देख कहती है, 'जाओ बेटा, दिन ढलने को आया, अब घर लौट चलो, बहू राह देख रही होगी। जरा सँभलकर जाना। बहू से कहना, बेटियों को अच्छे ठिकाने लगाए।'

दृश्य बदला। अम्मा द्वार पर खड़ी है। झाँककर उसकी ओर देखती है, 'बेटा, अच्छी तरह कपड़ा ओढ़कर सोओ। हाँ बेटा, उठो तो ! कोठरी में बापू को मिल आओ, यह विछोह उनसे न झेला जाएगा। बेटा, बापू को देखते

रहना। तुम्हारे बापू ने मेरा हाथ पकड़ा था, उसे अन्त तक निभाया, पर मैं ही छोड़ चली।'

बेटे ने हड़बड़ाकर आँखें खोलीं। कई क्षण द्वार की ओर देखते रह गए। अब कहाँ आएगी अम्मा इस देहरी पर...।

बिना आहट किए मेहराँ आई। रोशनी की। चेहरे पर अम्मा की याद नहीं, अम्मा का दुख था। पति को देखकर ज़रा सी रोई और बोली, ''जाकर ससुरजी को तो देखो। पानी तक मुँह से नहीं लगाया।''

पति खिड़की में से कहीं दूर देखते रहे। जैसे देखने के साथ कुछ सुन रहे हों—'बेटा, बापू को देखते रहना, तुम्हारे बापू ने तो अन्त तक संग निभाया, पर मैं ही छोड़ चली।'

''उठो।'' मेहराँ कपड़ा खींचकर पति के पीछे हो ली। अम्मा की कोठरी में अँधेरा था। बापू उसी कोठरी के कोने में अपनी चारपाई पर बैठे थे। नज़र दादी-अम्मा की चारपाईवाली खाली जगह पर गड़ी थी। बेटे को आया जान हिले नहीं।

''बापू, उठो, चलकर बच्चों में बैठो, जी सँभलेगा।''

बापू ने सिर हिला दिया।

मेहराँ और बेटे की बात बापू को मानो सुनाई नहीं दी। पत्थर की तरह बिना हिले-डुले बैठे रहे। बहू-बेटा, बेटे की माँ...खाली दीवारों पर अम्मा की तस्वीरें ऊपर-नीचे होती रहीं। द्वार पर अम्मा घूँघट निकाले खड़ी है। बापू को अन्दर आते देख शरमाती है और बुआ की ओट हो जाती है। बुआ स्नेह से हँसती है। पीठ पर हाथ फेरकर कहती है, 'बहू, मेरे बेटे से कब तक शरमाओगी ?'

अम्मा बेटे को गोद में लिये दूध पिला रही है। बापू घूम-फिरकर पास आ खड़े होते हैं। तेवर चढ़े। तीखे बालों को फीका बनाकर कहते हैं, 'मेरी देखरेख अब सब भूल गई हो। मेरे कपड़े कहाँ डाल दिए ?' अम्मा बेटे के सिर को सहलाते-सहलाते मुस्कुराती है। फिर बापू की आँखों में भरपूर देखकर कहती है, 'अपने ही बेटे से प्यार का बँटवारा कर झुँझलाने लगे !'

बापू इस बार झुँझलाते नहीं, झिझकते हैं, फिर एकाएक दूध पीते बेटे को अम्मा से लेकर चूम लेते हैं। मुन्ने के पतले नर्म ओठों पर दूध की बूँद अब भी चमक रही है। बापू अँधेरे में अपनी आँखों पर हाथ फेरते हैं। हाथ गीले

हो जाते हैं। उनके बेटे की माँ आज नहीं रही।

तीनों बेटे दबे-पाँवों जाकर दादा को झाँक आए। बहुएँ सास की आज्ञा पा अपने-अपने कमरों में जा लेटीं। बेटियों को सोता जान मेहराँ पति के पास आई तो सिर दबाते-दबाते प्यार से बोली, "अब हौसला करो"...लेकिन एकाएक किसी की गहरी सिसकी सुन चौंक पड़ी। पति पर झुककर बोली, "बापू की आवाज़ लगती है, देखो तो।"

बेटे ने जाकर बाहरवाला द्वार खोला, पीपल से लगी झुकी-सी छाया। बेटे ने कहना चाहा, 'बापू' ! पर बैठे गले से आवाज़ निकली नहीं। हवा में पत्ते खड़खड़ाए, टहनियाँ हिलीं और बापू खड़े-खड़े सिसकते रहे।

"बापू !"

इस बार बापू के कानों में बड़े पोते की आवाज़ आई। सिर ऊँचा किया, तो तीनों बेटों के साथ देहरी पर झुकी मेहराँ दीख पड़ी। आँसुओं के गीले पूर में से धुन्ध बह गई। मेहराँ अब घर की बहू नहीं, घर की अम्मा लगती है। बड़े बेटे का हाथ पकड़कर बापू के निकट आई। झुककर गहरे स्नेह से बोली, "बापू, अपने इन बेटों की ओर देखो, यह सब अम्मा का ही तो प्रताप है। महीने-भर के बाद बड़ी बहू की झोली भरेगी, अम्मा का परिवार और फूले-फलेगा।"

बापू ने इस बार सिसकी नहीं भरी। आँसुओं को खुले बह जाने दिया। पेड़ के कड़े तने से हाथ उठाते-उठाते सोचा—दूर तक धरती में बैठी अगणित जड़ें अन्दर-ही-अन्दर इस बड़े पुराने पीपल को थामे हुए हैं। दादी-अम्मा इसे नित्य पानी दिया करती थी। आज वह भी धरती में समा गई है। उसके तन से ही तो बेटे-पोते का यह परिवार फैला है। पीपल की घनी छाँह की तरह यह और फैलेगा। बहू सच कहती है। यह सब अम्मा का ही प्रताप है। वह मरी नहीं। वह तो अपनी देह पर के कपड़े बदल गई है, अब वह बहू में जीएगी, फिर बहू की बहू में...।

*नवम्बर, 1954*

# भोले बादशाह

नाई के हाथ से झोला खींच भोले बादशाह ने कनपटियों पर हाथ फेरा, कुरता झाड़ा, फिर दो बड़ी-बड़ी वीरान आँखें फैलाकर आईने में अपनी सूरत देखी और देखते ही चौधरी की गर्दन पकड़ ली। कड़े हाथ से गर्दन दबोचकर जमीन पर दो पटकनियाँ दे चीखकर बोला, "पूरा सिर मूँड़ दिया साले, तुम्हारा खून पीकर रहूँगा !"

"छोड़ दो, छोड़ दो मुझे भोले बादशाह !"

नाई की झुकी कमर को ज़ोर से झँझोड़कर भोले बादशाह ने चीखकर कहा, "क्यों छोडूँगा तुम्हें ? आज किसी को नहीं छोडूँगा। अम्मा के कुछ लगती की लाड़ली को भी पकड़ लाऊँगा। अरे, उसे डोले में डालकर लाऊँगा, अह...आ...हा...हा....उसे ब्याहकर लाऊँगा...उसे ब्याहकर..."

एकाएक कड़े हाथ में गर्दन की पकड़ ढीली हो गई। फटी आस्तीन में फड़कती बाँहें नीचे लटक गईं और एक लम्बी, गहरी साँस चौड़ी छाती से उठकर गले में आ अटकी।

पल-भर बाद भोले बादशाह ने गले की घुटन को खँखारकर साफ किया

और उतावली से झोला समेटते हुए नाई का हाथ पकड़ लिया, "रुको चौधरी, कहकर जाओ, वह सज्जनो की लाडो मेरा लड़ तो पकड़ लेगी ?..."

चौधरी ने पीछा छुड़ाने को आश्वासन दिया, "क्यों नहीं, क्यों नहीं भोले बादशाह, वह तो दिन-रात तुम्हारी ही राह तकती है..."

"मेरी राह ? ओह...तुम्हारे मुँह घी-शक्कर चौधरी...उसे अभी लिवाने जाता हूँ। अम्मा जोड़ा बनाए, भाभी गहने गढ़वाए, भैया साफा रँगवाए और फिर जहान देखे कि मैं कैसा दूल्हा बनता हूँ...इस तरह, इस तरह कूदकर चढ़ूँगा घोड़ी पर चौधरी..." कहते-कहते भोले बादशाह ने ठीक नाई के सिर पर से छलाँग मारी और पटरी पर लगा किसी का खोमचा उलट दिया।

"अरे नास हो तुम्हारा, तुम्हारे घरवालों का.."

भोले बादशाह नें मुड़कर पीछे नहीं देखा। फुर्ती से सड़क पार की और कूदकर कुल्लेवाली दूकान पर जा बैठा।

हाथ में तिल्लेदार मखमली कुल्ला लिये लाला पिछवाड़े से बाहर आए, तो क्षण-भर को ठिठके। फिर पास आकर ढीले स्वर में बोले, "खैर तो है, भोले बादशाह ! किसी से मार-पीट तो नहीं कर आए ?"

"नहीं लाला, नहीं,"—भोले बादशाह ने बार-बार सिर हिलाया और हँस-हँसकर कहा, "आज तो ब्याहने जाता हूँ, ब्याहने।"

लाला हँसे, फिर कन्धा छूकर बोले, "कहीं ब्याह की घड़ी न टल जाए लाड़ले, अब सीधे घर की ओर हो लो।"

"घर !" भोले बादशाह विस्मय से क्षण-भर लाला की ओर देखता रहा, फिर उचककर उनके सिर का साफ़ा उछाल लिया और अपने सिर पर रखकर बोला, "यही साफ़ा बाँधकर जाऊँगा, लाला, ब्याहने !"

लाला ने कड़ाई से भोले बादशाह का हाथ झटका और सिर पर साफ़ा लपेटते हुए झल्लाए, "हट दूर हो, पगला कहीं का।"

"हिं...हिं...हिं...हीं"—भोले बादशाह ने सिर खुजलाया और जैसे अपने को समझा-समझाकर कहा, "हाँ-हाँ पागल भोले बादशाह, पागल भोले बादशाह का भाई, पागल उसकी माँ, उसकी भाभी, उसका बेटा, बेटे का बाप..."

लाला मन-ही-मन हँसे। ऊपर से चमककर कहा, "चुप कर, ओ भोले के बच्चे !" और हाथ के पूरे ज़ोर से उसे लकड़ी की पेटी पर से नीचे धकेल दिया, "जा, जा, अब घर को लौट जा..."

भोले ने खाली-खाली नज़रों से लाला की ओर देखा, उनके साफ़े की ओर देखा, और दो-चार बार जल्दी-जल्दी थूककर छाती पीट ली, ''हाय-हाय, मैं तुम्हें रोऊँ, तुम्हारे बेटे को रोऊँ, तुम्हारी घरवाली को रोऊँ।''

लाला से अब सहा नहीं गया। लपककर नीचे उतरे और दो-चार जड़ दिए।

''कुछ भी बोला तो पीट-पीटकर भुरता बना दूँगा, समझे ?'' भोले बादशाह जैसे मार से बेखबर हो, एकटक लाला की ओर देखते-देखते बड़बड़ाया, ''हाँ, हाँ, आज तो भुरता ही बनेगा, ज़रूर बनेगा, ब्याहने जो जाता हूँ !''

लाला अपनी निर्दयता के लिए झेंपकर रह गए। खिसियानी-सी हँसी हँसकर दूकान की ओर मुँह किया और नत्थू हलवाई को आवाज दी, ''ओ नत्थू भैया, आज भोले को हलवा-पूरी तो खिला डालो।''

''नहीं-नहीं, लाला, यहाँ नहीं। आज तो मेरे यहाँ हलवाई बैठा है। देग़ों में भर-भरकर खीर चढ़ेगी—पूरी, आलू, किशमिश की चटनी।''

भोले बादशाह के मुँह से लार बह निकली। ओठों पर ज़बान फेरकर ललचाई आँखों से नत्थू की दुकान की ओर देखा और नाली के पास पड़े कुत्ते को ठोकर मार पूरे गले से कहा, ''ओ नत्थू के बच्चे, आज तो तुम्हारे बाप ने मेरे घर कड़ाह चढ़ाया है। एक सौ एक पूड़ी खाऊँगा, भर-भरकर चटनी के दोने पीऊँगा। अपने ससुर को 'सहबाला' बनाऊँगा। अरे, मुझे तू शाम को देखना, शाम को !''

गली के नुक्कड़ पर भोले बादशाह की पीठ देख नत्थू हलवाई और लाला चबूतरे पर बैठे-बैठे हँस दिए।

बादशाह घर पहुँचे, तो दुपहर हो आई थी। ड्योढ़ी में से ही आवाज़ दी, ''ओ भाभी री, मेरा जोड़ा तो निकाल ! मैं यहाँ बैठा हूँ।''

अन्दर से कोई उत्तर नहीं आया। इधर-उधर नज़र मारी। कोने में अम्मा की अध-फटी जूतियाँ रखी थीं। हाथ में ले उलटी-पलटीं और फिर कुछ निश्चय कर पाँव में डाल लीं। कुछ याद हो आने से फिर आवाज़ दी, ''अरी ओ, बड़े की मनचली बहू, बाहर तो आ !...नहीं बोलती ! मर-खप गई है, तो भी बता दे...।''

सुनकर भोले की अम्मा बाहर निकल आई। हाथ से बेटे का सिर ठोंककर बोली, ''अरे करमजले, होश कर ! मुझे बता जो कहना है।''

माथे पर हाथ मार भोले ने अम्मा की ओढ़नी खींच ली और कहा, ''क्या

कहता हूँ बुढ़िया ठूँठ ! बुला उस चुड़ैल को, जो हँस-हँसकर बातें करती है।''

अम्मा ने हाथ से धमकाया, ''चुप रे बदीद...''

भोले ने झट पैर की जूती अम्मा की ओर उछाली और कहा, ''दूर रह, ओ पड़ोसियों की अम्मा, तू किसकी कुछ होती है ! घोटकर पी जाऊँगा तुझे और तेरे भोले बादशाह को।''

अम्मा अपने नसीब पीटकर अन्दर हो गई और ड्योढ़ी की साँकल चढ़ा दी। मुँह आई गालियाँ देने में भोले बादशाह ने कसर नहीं रखी। दरवाज़े पर मुट्ठियाँ मार-मार घर सिर पर उठा लिया।

''खोलती क्यों नहीं ? क्या बहू अन्दर पूत जन रही है ? देख लेना, देख लेना, मेरी बहू को भी लड़के होंगे। एक बार उसे आने तो दे !''

सुनकर अम्मा से जैसे सहा नहीं गया। नन्हे को दूध पिलाती बहू को कड़ी नज़र से देख झटपट साँकल खोल दी। नर्म और मीठे स्वर में बोली, ''आ बच्चा, कुछ खा-पी ले। कहे तो खाँड-मलाई दूँ...''

भोले बादशाह ने माँ की पूरी बात नहीं सुनी। भौजाई के हाथों से जबरदस्ती बच्चा खींच अपनी छाती से चिपटा लिया और कहा, ''आज इसे मैं अपने साथ सुलाऊँगा।''

डर से सहमकर भौजाई ने सास को संकेत किया।

''ला मेरे सयाने बेटे, इसे इधर कर—तू क्यों किसी के नैन-प्राण से लाड़ करे ! कल को तेरी बहू आएगी, तो सात बेटे खिलाएगी।''

''सात...!'' आश्चर्य से आँखें फैलाकर भोले बादशाह ने रोते बच्चे को नीचे पटक दिया और फुसफुसाकर कहा, ''एक बेटा, दो बेटे, तीन बेटे, चार बेटे, पाँच बेटे, छह बेटे, सात बेटे...। अम्मा री, बोल तेरे कितने बेटे हैं ? जल्दी बोल...''

एकाएक बच्चे को उठाकर बाहर जाती हुई भौजाई पर नज़र पड़ी। झपटकर ओढ़नी पकड़ ली, ''तू जाती कहाँ है ? तू ही उसकी सौत है, तू ही उसकी सौत है।''

माँ ने बीच-बचाव कर बहू को अलग किया और बेटे का हाथ पकड़ रसोई की ओर ले चली, ''आ मेरे लाल, कुछ खा-पी ले...'' बेटे के लिए आसन बिछा अम्मा ने थाली परोसी और पीठ पर लाड़ का हाथ रख बोली, ''खा बेटा, खा...''

भोले ने सूनी-सूनी बेरस आँखों से माँ की ओर देखा। फिर झुककर एक लुकमा तोड़ा और मुँह की ओर ले जाते-जाते थाली में थूक दिया और क्रोध-भरे स्वर में कहा, "यह खाऊँगा ? यहाँ खाऊँगा ? मुझे तो आज ब्याहने चढ़ना है, सेहरे बाँधने हैं। बता, मेरा साफ़ा कहाँ है..."

"बच्चा, तेरा साफ़ा..."

पूरी बात भोले ने सुनी नहीं। पटिए पर बैठी अम्मा को धक्का दे दीवार से लगा दिया।

"नहीं लाई न मेरा साफ़ा ! क्यों लाती ? मैं तेरा कुछ लगता थोड़े ही हूँ ! मैं तो सौदाई हूँ...हाँ-हाँ, मैं सौदाई हूँ...कर ले जो मेरा करना है। माँ री, तेरे यहाँ का दाना-पानी मुँह लगाऊँ, तो मेरा नाम भोला नहीं, भोला नहीं..." कहते-कहते भोले ने अपने बाल नोच लिये और माँ की ओर 'थू-थू' करता बाहर निकल गया।

रात हो आई। माँ ने भोले की राह तक-तककर चौका उठा दिया। बड़े की बहू बच्चे को सुलाने के बहाने अन्दर जा लेटी थी। बेटे के लिए दूध का कटोरा लिये अन्दर आई, तो कुछ चिन्तित-सी बोली, "बेटा, भाई तुम्हारा दुपहर से निकला, अब तक नहीं लौटा। तन पर कोई भारी लत्ता भी नहीं..."

बेटे को यह कुछ नई बात नहीं लगी। खाली कटोरा माँ के हाथ में दे, लिहाफ़ खींचकर बोला, "माँ, अब सो रहो। उसका कोई ठिकाना भी हो ! सुबह आ पहुँचेगा।"

लड़के को आँख मूँदते देख माँ को बेटा, बेटा-सा नहीं लगा। कड़वी नज़र से एक बार सोई पड़ी बहू को देख अपनी कोठरी की ओर लौट गई।

चारपाई पर पड़ते ही दिल में तीखी छौंक लगी। यही उसका बेटा चंगा-भला होता, तो इतनी रात गए मारा-मारा फिरता ? अभागा क्या जाने घर का-सा घर क्या होता है ! न तन की सुध, न मन की।

करवट लेते-लेते पीठ में पटिए से लगी चुभन जाग उठी, तो ब्याह के लिए तरसता बेटे का भूखा-भूखा बेबस चेहरा और छटपटाती बाँहें आँखों में घूम गईं।

जाने कहाँ से ब्याह की बात सुन आया है। अन्दर-बाहर, गली-मुहल्ले कहता फिरता है कि 'अब डोला लेकर ही घर जाऊँगा। आगे-आगे बाजे बजेंगे, ढोल बजेंगे। फिर देखना, लाला, चूड़ेवाली मेरी गोरी-चिट्टी, दूध-सी बहू...'

अगली सुबह भोले की दूध-सी बहू नहीं, भोला अकेला ही घर पहुँचा, तो माँ बर्तनों में दूध डाल रही थी। इतनी जल्दी बेटे को आया देख चौंकी। फिर लोटा-भर पानी दिया और ढिलाई से स्नेह जताकर कहा, "झटपट कुल्ला कर मुँह-हाथ धो डाल बेटा, और कुछ खा-पी..."

भोले ने दहलीज पर खड़े-खड़े शून्य आँखों से एक बार माँ की ओर देखा और हाथ बढ़ाकर माँ के हाथों से लोटा ले लिया। माँ खुश हो गई, सोचने लगी—जिस घड़ी इसका चित्त ठिकाने होता है, तो कौन यह कहता है कि दिमाग़ में कोई फेर है !

उधर ओसारे में खड़े-खड़े भोले बादशाह ने कुल्ला किया और लोटे-का-लोटा सिर पर उँड़ेल लिया। फिर गीले बालों से चूते पानी को कुरते से पोंछते हुए रसोईघर की दहलीज के सामने आ बैठा।

माँ ने सोचा—अब चुप्पी साध ली है तो हफ्ता-दो हफ्ता घर में ही पड़ा रहेगा।

दूध-भरे कटोरे में खाँड़ डाली और उठकर भोले के हाथ में थमा दिया और पूछा, "कहे तो पराँठा सेंक दूँ ?"

भोले ने बिना कुछ कहे सिर हिला दिया।

माँ उठकर घर के दूसरे काम-धन्धों में जा लगी। भौजाई ने बच्चे को नहलाते-धुलाते, दीवार से लगकर चुपचाप बैठे देवर को देखा और पीठ मोड़ ली। सोचने लगी—कहीं मुन्ने पर नज़र चढ़ गई, तो खैर नहीं।

दुपहर चढ़ी और उतर गई। भोले ने अपनी सुबहवाली जगह नहीं बदली। वहीं बैठे-बैठे आँखों में ऊँघ उतर आई और सिर जमीन से जा लगा। माँ ने अन्दर-बाहर जाते बेटे को नीचे पड़े देखा, तो कपड़ा डाल पास ही चटाई बिछा गई, इस ख्याल से कि करवट लेगा, तो इधर लोट आएगा।

शाम होते-होते बेसुधी की गहरी नींद टूटी। भोले ने घरघराते गले से घर-भर सिर पर उठा लिया। माथा पीट-पीटकर चीखा, "अरे, कोई पानी लाओ ! हाय-हाय, मेरा गला सूखता है, मेरा गला..."

माँ तुलसी-तले दीया जला रही थी। वही से बोली, "चिल्लाकर क्या पास-पड़ोस के कान फोड़ेगा ? बहू, तनिक देवर को पानी तो पिला दो..."

बहू साग छौंक रही थी। सुनकर बड़बड़ाई, "अरे सब्र कर ! जाने यह..." भौजाई ने सास के डर से कड़ाही नीचे उतार दी। लोटा-भर पानी लिया

और पास जाकर बोली, "होश कर रे ! दिन-भर पड़ा रहा, अब उठ, बदन सीधा कर..."

भोले ने बड़े-बड़े दो-चार घूँटों में ही लोटा खाली कर दिया और काँपते हाथ से एक ओर फेंककर नीचे लुढ़क गया।

भौजाई का माथा ठनका। हाथ बढ़ा बाँह छूकर तुरन्त लौट पड़ी। सास के पास जाकर स्वर में चिन्ता भरकर बोली, "अम्मा, चलकर देखो तो ! ताप से देवर का पिंडा जला जा रहा है।"

अम्मा ने झुककर बेटे का जलता माथा छुआ, तो सहम गई। व्यस्त होकर बोली, "बहू, पड़ोस से ज़रा हरबंसे को बुला लाओ।...उठाकर चारपाई पर तो डाल।"

हरबंसा आया, तो साफ़े का लड़ ठीक करते-करते हँसकर बोला, "मौसी, भोले को आज काहे बीमार कर दिया ! बेचारा रात-भर तो गली-गली ब्याह का न्यौता देता रहा।"

माँ को यह हँसी सुहाई नहीं। तेवर चढ़ाकर बहू पर बरस पड़ी, "अरी सयानी बहू, खड़ी-खड़ी क्या तकती है ? जाकर बिछौना लगा।"

हरबंसे ने लापरवाही से भोले बादशाह का सिर ठोंका और मसखरी से कहा, "अरे मेरे भोले शेर, तुम्हें किसने पछाड़ दिया ! उठकर ज़रा दिखाओ तो अपना जलवा।"

भोले ने लाल-लाल मिर्ची आँखों से हरबंसे को देखा और तपती बाँहें फैलाकर जमीन पर दे पटकीं।

अम्मा ने हाथ दिया और हरबंसा घेरकर भोले को बिछौने तक ले आया।

"मौसी, रात-भर कहीं सरदी खा गया है। सोंठ-मुनक्के का पानी पिलाओ इसे।" फिर थपकी देकर भोले से हँसकर बोला, "अच्छा भोले यार, सुबह तक उठ जाना। कल तो तुम्हारी बारात चढ़नी है।"

भोले ने बेसुधी में ही जैसे सुना और समझ लिया। झपटकर हरबंसे का हाथ खींचा और फटे गले से कहा, "तू ही चलेगा मेरे साथ ! न गया तो हड्डी-पसली का चूरमा..."

माँ ने आँख से हरबंसे को जाने का संकेत कर बेटे के मुँह पर हाथ रख दिया। एक बँधी-बँधी छटपटाहट हुई, फिर दुपट्टे से बेटे का माथा पोंछ स्नेह

से बोली, "आराम से सो जा मेरे लाड़ले ! कल को जो मन में आए सो करना।"

लड़ के लिए जी का जी तरस आया। सोने-सी पली-पलाई काठी-देह भगवान ने दी, पर सिर ही फिरा दिया। यही उसका बेटा घर-बाहरवाला होता, बेटे-बेटियोंवाला होता।

भोला बड़बड़ाया, "पकडूँगा...पकड़ लूँगा..."

अम्मा ने बहू को आवाज़ दी, "बहू, चूल्हे को गर्म ही रखना। ऊपर सोंठ-इलायची डाल पानी चढ़ा दो।"

बड़ा काम पर से लौटा, तो माँ के चाहने पर भी भाई के लिए अधिक चिन्ता नहीं दिखाई। बच्चों को पुचकार, हाथ-पैर धो खाना खाया और जम्हाई लेता-लेता पास जाकर बोला, "क्या जाड़े से ताप चढ़ा है, अम्मा ? जाने रात-भर कहाँ भटकता रहता है।"

फिर लौटने को उद्यत होकर कहा, "मैं तो थका हूँ। तुम भी अम्मा, यहीं चारपाई डाल सो रहो।"

अम्मा ने तिरस्कार से देखा और हाथ से रोककर धीमे से बोली, "तुम तो थके हो, पर इस अभागे को क्या कोई दवा-दारू नहीं ला दोगे ?"

बेटे ने माँ से नज़र नहीं मिलाई और दहलीज की ओर मुड़कर कहा, "सुबह हकीमजी के यहाँ जाऊँगा।" और बाहर हो गया।

अम्मा देर तक भोले के पास से नहीं उठी। बड़े बेटे का व्यवहार देख भोले के लिए जी भर आया। जब उस मालिक ने ही देखभाल नहीं की बेचारे की, तो और कोई क्यों करेगा !

एकाएक पैर पटककर भोले ने ऊपर का कपड़ा नीचे फेंक दिया और छाती पर हाथ मारकर कहा, "हाय, हाय, मेरा दम घुटता है..."

माँ बेटे पर झुककर बोली, "पानी पियोगे बेटा ?"

"पानी पिऊँगा। दरिया-का-दरिया पी जाऊँगा। एक-एक गागर खाली कर दूँगा। तू देखती रहना, देखती रहना। तुझे मैं समझता क्या हूँ !"

माँ ने सिर-तले बाँह रखकर पानी का कटोरा मुँह से लगा दिया।

एक ही घूँट में गट-गट पीकर जैसे भोले की जान में जान आ गई। आँखें फैलाकर माँ की ओर देखा और झपटकर बाँह में पड़ा गोखरू पकड़ लिया।

"छोड़ बेटा, छोड़...सदके जाऊँ...छोड़ दे," माँ ने कहा।

भोले ने पकड़ और भी कड़ी कर ली और दाँत कटकटाकर कहा, "यह गोखरू उसका है...उसका है..." और पूरे ज़ोर से माँ की बाँह मरोड़ दी।

दर्द से माँ कराह उठी और खाली हाथ पर आ गई खरोंचों को पल्ले से पोंछने लगी। गोखरू हाथ में लिये-लिये ही भोला फिर निढाल हो गया।

माँ ने दो-एक बार हौले से गोखरू लेने को हाथ बढ़ाया और रुक गई। लाल जोड़े में लिपटी दुल्हन का चेहरा आँखों में घूम गया, जो उसके बेटे को ब्याही जाती और जिसे मुँहदिखाई वह यही गोखरू देती...

नींद में करवट लेकर लेटी तो जाने कहाँ-से-कहाँ पहुँच गई। किसी के हिलाने से चौंककर उठी। पास बहू खड़ी थी। घबराए से स्वर में बोली, "अम्मा, भोला तो नल खोलकर नीचे बैठा है। मेरे कहे तो..."

अम्मा हड़बड़ाकर उठ बैठी। बेटे को पूरी धार खुले नल के नीचे से खींचकर कहा, "अरे कख न जाए तेरा, क्यों अपनी मौत बुलाता है !"

जाड़े से भोले के दाँत किटकिटा रहे थे। कपड़ों से पानी निचुड़ रहा था और सिर से बाल माथे पर झुक आए थे।

ठंड से काँपते भोले को माँ घसीटती हुई अन्दर लाई और झिड़ककर बहू से बोली, "जा, अपने अहलकार को जगाकर ला ! आकर भाई के कपड़े बदले।"

बड़ा आया। बिखरे बाल और उनींदी आँखों पर न जाने कैसी कठोरता उभर आई थी। एक बार ठंडी निगाह से माँ की ओर देखा और भोले को झकझोरकर रोबीले स्वर में बोला, "उठ, कुरता उतार !"

भोले ने काँपते-काँपते पास खड़े भाई को देखा और उसके पैरों पर अपना सिर पटककर कहा, "मुझे क्यों तरेरता है ? हाँ...हाँ, आज तो तू ही मरेगा। तेरी माँ मरेगी। मैं...मैं...मैं..."

माँ आगे बढ़कर भोले के मुँह पर हाथ रखने ही वाली थी कि बड़े ने करारा धौल दिया। और डाँटा, "चुप, ओ सूअर !" और माँ से कहा, "इधर लाओ अम्मा, कपड़े।"

भाई से कपड़े बदलवाते भोले ने कोई खींचातानी नहीं की। मुँह उठाए खाली-खाली निरीह आँखों से बस देखता भर रहा।

माँ घेरकर पुचकारते हुए उसे चारपाई के पास ले आई और कहा, "लेट, मेरे अच्छे बेटे।" उसके सिरहाने पर सिर रखते ही जोर की कँपकँपी चढ़ गई।

माँ ने रजाई पर दो-चार भारी कपड़े डाले। कपड़ा लेकर बाल सुखाए और गर्म-गर्म घी से तलवे मलने लगी। वह क्या अपने सिरफिरे बेटे को कहे और क्या कहकर अपने भाग को कोसे !

एकाएक मालिश के लिए बेटे की भरी-भराई मजबूत कलाई को छूते ही आँखें बरस पड़ीं। यह पली-पलाई देह और जवानी की उम्र। और बड़बड़ाने लगी, ''बच्चा, किसने देखा है, जो तेरे दिल में घुमड़ता है ! सिर ठिकाने नहीं, पर एक ही रट है—मैं ब्याहने जाऊँगा, मैं घोड़ी चढ़ूँगा...''

दिन निकला। हकीमजी तवे से तपते पिंडे को छूकर बोले, ''कस्तूरी में बनी दवाई भेजता हूँ, बाकी उस मालिक के हाथ।''

भोले बादशाह सबसे बेखबर, बिना हिले-डुले बेसुधी में पड़े रहे। न सुध पहले थी, न अब। आँखें मुँदी हैं। यही लगता है, कोई बाँका जवान नींद में पड़ा सो रहा है। दो-तीन बार बेहोशी में ही मुँह में दवा डाली गई।

दोपहर ढलते-ढलते लम्बी साँस गले में अटकने लगी और पूरी देह-की-देह छटपटाने लगी। माँ ने सिर पर हाथ रख रुँधे कंठ से पुकारा, ''बोल, मेरे बच्चे,'' फिर आँचल से आँखें पोंछ बहू से कहा, ''बहू, बेटे से कह कुछ दान-पुण्य करवा दे। अब दवा क्या काम आएगी !''

एकाएक ज़ोर से बाँहें उछालकर भोले ने आँखें खोल दीं। अपने ऊपर झुकी माँ की ओर देखा, भौजाई की ओर देखा और माँ के गले में बाँहें डाल उसे पूरे ज़ोर से भींच लिया। बड़बड़ाने लगा, ''तू ही मेरी कुछ लगती है। तू ही डोले से उतरी है। तू ही...''

अम्मा सँभलकर उठने को थी कि हाथ की पकड़ ढीली हो गई। घरघराकर साँस उखड़ी। आँखें पथराईं और सिर सिरहाने जा लगा।

*अप्रैल, 1953*

# बहनें

आवेग में ओढ़नियाँ खिसकीं, बाँहें बाँहों से मिलीं और तीनों बहनें गले लग गईं—बड़ी, छोटी और मँझली। देह से लगी वर्षों की छाया क्षण-भर के लिए अलग जा पड़ी। बचपन, माँ के आँगन और एक-दूसरी से लिपटीं वे तीनों। मीठे सगे दिन पलकों में तैरने लगे और आँखें भींग आईं। ममता से उमड़े गहरे आलिंगन, घर-गृहस्थी के डोरों में उलझे अन्तर के नीचे छिपी प्यार की स्मृतियाँ उछल-उछलकर आँचल भिगोने लगीं। एक ही आँगन में खेली-कूदीं, पर बड़ी होकर वे दूर-दूर किनारों से जा लगीं। घर-आँगन बदल गए, प्यार के नाते बदल गए और आसपास जैसे अपनी-अपनी परछाइयाँ घूमने लगीं। फिर तो इसी तरह कभी-कभी शादी-ब्याहों में दो-चार दिनों का मेल और फिर भर्राए कंठों से विदाई।

बड़ो ने कन्धे पर से हल्के से मँझली का सिर उठाया और माथा चूमकर गीले स्वर में बोली, "मँझली, यह दिन आ गया है तुम्हारी राह देखने। धर्म के ब्याह में न आती, तो मन का तार तुम्हारी ओर ही बजता रहता।"

मँझली ने आँचल से आँखें पोंछीं और बहन की ओर स्नेह से निहारते हुए

कहा, "बहन, क्यों न आती बेटे के ब्याह में ? आज के दिन बलिहारी जाऊँ, मेरा बच्चा घोड़ी चढ़ेगा, सेहरा बँधेगा ! बहन, मेरे बच्चे को बुलाओ, तो...।" फिर ज़रा हँसी, "अरे, आज तो दूल्हे को कुटुम्ब-परिवार घेरकर बैठा होगा ! हाँ बहन, मेरी बहू कैसी है ? कपड़े-लत्ते, गहना-गाँठा तो सब बनवा लिया है न ?"

बड़ी व्यस्त भाव से अपनी बहनों के लिए खाने-पीने को कहने रसोईघर की ओर जा रही थी। बहन की बात सुनकर लाड़ में भीग गई। जाते-जाते रुकी, "मँझली, लड़की का भाग्य अच्छा है, सब-कुछ चाव से बनवाया है। तुम जानो, अब वह पहली बात तो रही नहीं। किनारी-गोटे और तिल्ले से भरपूर जोड़े अब कौन पहनता है ! वह तो अपने दिनों में ही होते थे, सौ-सौ तोले से जड़े भारी जोड़े ! मँझली, तुम्हारे ब्याह में माँ ने लाल पट्टे की ओढ़नी बनवाई थी। भारी काम के नीचे कपड़ा दीख न पड़ता था।"—कहते-कहते बड़ी ठिठककर खड़ी रह गई।

मँझली ने एक बार आहत-सी दृष्टि से दोनों बहनों की ओर देखा, फिर एकाएक सँभलकर कहा, "बहन, तब तो चलन ही कुछ और थे। हाँ, ज़रा धर्म को तो बुलाओ, बड़ी बहन !"

बड़ी ने इस बार मँझली की ओर देखा नहीं। जाते-जाते बोली, "छोटी, मँझली, तुम दोनों नहा-धो लो। रात-भर की थकान और मैं खड़ी-खड़ी तुम्हें बातों में ही लगाए रही।"

बड़ी ने पीठ मोड़ी। छोटी ने देखा, आज नाते-रिश्तों से भरे ब्याहवाले घर में बहन सचमुच ही मालकिन-सी लगती है। सगुणों की लाल ओढ़नी में उसका साफ रंग और भी निखर उठा है। चाल में अधिकार है और हृदय में दूल्हे की माँ होने की उमंग। मँझली के लम्बे श्वास ने छोटी को चौंका दिया। आँखों में पानी नहीं था, पर किसी गहरे दुख की छाया में आँखें जकड़ गई थीं। भारी कंठ से वह किसी तरह भी रोके हुए आँसुओं को बिछा नहीं पाई। बड़ी कठिनाई से वह कह सकी, "छोटी !"

बहन की यह विवशता-भरी आवाज़ सुनकर छोटी का मन भर आया। दिल हुआ, बहन के गले लगकर जी भरकर रो ले; पर सामने ही बड़ी की सास चली आ रही थी। किसी तरह सँभलकर वह हँसी और बोली, "बहन, मौसी आ रही हैं। बुढ़िया में कोई फ़र्क नहीं। कमर झुक गई है, पर आँखों में परखने

की वही तेज़ी है।"

मँझली उठकर बड़ी की सास के गले लगी और मृदु स्वर में बोली, "मौसी, बहुत-बहुत बधाई !"

"बधाइयाँ तुम्हें हों, बेटी ! बधाइयाँ लड़के की मौसियों को बच्ची, तुम दोनों की राह ताकते तो बहू की आँखें थक गईं।"

मौसी बैठने को हुई और आसपास निगाह घुमाकर बहू की बहनों के सामान पर नज़र डालने से चूकी नहीं। फैली हुई चीज़ों में फलों और मिठाइयों के बड़े-बड़े टोकरे दिखे। बुढ़िया ने छोटी की पीठ पर हाथ फेरकर कहा, "बेटी, अकेली आई हो, यह अच्छा नहीं किया। जमाई को क्या दो-चार दिन की भी छुट्टी नहीं मिल सकती थी ?"

छोटी ने मुस्कुराकर छिपी दृष्टि से मँझली की ओर देखा और बोली, "मौसी, छुट्टी मिलती, तो क्या वे न आते ! धर्म के ब्याह की तो सात परायों को खुशी है। उन्हें तो बारात में जाने का इतना चाव था ! पर मौसी, नौकरी का मामला ठहरा !"

मौसी मँझली की ओर मुड़ी, "बेटी, सास-ससुर तो अच्छे हैं ? सुना था, कारोबार के दो हिस्से हो गए हैं। बेटी, देवर-देवरानियाँ तो वहीं हैं न ? छोटे देवर के यहाँ लड़का हुआ है, बधाई हो। उस दिन शायद बहू ही कह रही थी कि देवर के लड़के को मँझली गोद ले रही है।" छोटी ने मँझली के मुख पर विरक्ति की फीकी-सी मुस्कान देखी। जैसे कह रही हो, "मौसी, इन सब बातों का क्या जवाब दूँ ?"

छोटी ने बुढ़िया को दूसरी ओर खींचा, "मौसी, सुना है समधियों का बड़ा घर है। लड़की के भाई ठेकेदार हैं। मँझली बहन, इस बार तो मौसी को समधियों के यहाँ से मोतियों का हार आएगा।"

छोटी की बात सुनकर मँझली हँसी। छोटी मौसी को कितना पहचानती है ! बहू की विधवा निःसन्तान बहन के परिवार के झगड़ों से निकालकर बुढ़िया को किसी दूसरी ओर ले जाना आसान नहीं। समधियों की बात सुनते ही मौसी सीधी होकर बैठ गई और उत्साह से बोली, "बेटी, धर्म के लिए कोई एक रिश्ता था ! लोगों ने चक्कर काट-काटकर हमारी देहरी धुला डाली, पर तुम जानो, हमें कोई लेन-देन का विचार न था। मालिक की दया से दिया घर में सबकुछ है। भगवान सबको ऐसा दिन दिखाए। छोटी, किसी सयानी

की ही दवा-दारू कराओ। अपनी बहन को ही देखो, पूरे दस साल बाद यह लड़का हुआ था। चिन्ता के मारे तो मेरा शरीर घुल गया था। बहू का भाग ही समझो कि मालिक ने उसकी सुन ली। हाँ, मँझली, तुम भी कुछ सोचो। इस शरीर का क्या पता ? हाथ से कोई काम-करम कर डालो। देवर के लड़के को ही गोद लो... ।''

मौसी की बात पूरी होने से पहले ही व्यस्त भाव से बड़ी आ पहुँची। सास की ओर सन्देह और शंका से देखकर बोली, ''छोटी, सूखे मुँह यह वक्त आ पहुँचा है ! उठो, जल्दी नहा आओ।'' कहते-कहते बड़ी ने संकेत से छोटी को ऐसे देखा, जैसे अब उसका क्षण-भर भी यहाँ बैठना नहीं होगा।

छोटी और मँझली एक साथ उठीं, तो बड़ी ने सास को कुछ अनचाहे-से तीखे स्वर में कहा, ''अम्मा, आते ही इन्हें बातों में ले बैठीं ! तुम्हारी यह आदत जाएगी नहीं। पहर हो गया, उन्हें आज मुँह में पानी की बूँद तक नहीं पड़ी।''

बुढ़िया ने तेवर चढ़ाकर बहू की ओर देखा। कभी ज़माना था, सास की इन आँखों के सामने बड़ी का सिर न उठता था। पर आज—आज बुढ़िया की आँखों में नहीं, बड़ी के चेहरे पर उस अधिकार का बोध है। अब वह स्वयं सास बनने जा रही है, तो किसी से क्यों डरेगी ? सास ने पल-भर में बहू की आँखों में छाए इस नए अधिकार को देखा। चाहा कि एक बार गरजकर बहू को ठीक कर दे। अपनी बहनों के लिए आज वह सास को नीचा दिखा रही है ! पर दूसरे ही क्षण बहू शिकायत के स्वर में कह रही थी, ''अम्मा, कौन किसी के घर रोज़-रोज़ आता है ? मँझली और छोटी से कोई ऐसी-वैसी बात न करना। तुम्हारे पेट में कोई बात रहती नहीं। लेकिन अम्मा, मेरी बहनें पहले ही कम दुखी नहीं हैं।'' बड़ी ने सास के उत्तर की प्रतीक्षा नहीं की।

सास को लगा जैसे बहू आज्ञा दे रही हो। बड़े अधिकार-भरे गर्व से बरामदे की ओर जाकर ऊँची आवाज़ से बोली, ''रामधन, मेरी छोटी यह सब मीठा नहीं खाएगी। हलवाई से कहो, जल्दी से नमकीन निकालकर दे जाए और मँझली के लिए भंडार से फल लेते आओ।''

सास को लगा जैसे बहू उसे सुना-सुनाकर कह रही है। उसका जी जल उठा। कभी था, जब उसकी आज्ञा के बिना बहू किसी को पानी तक न पूछ सकती थी और आज हाथ में हुक्म-हासिल आते ही अपने सगों के चोचले मानने चली। क्रोध और दुख से सास का मन भर आया। जिन बेटों और पोतों

के पीछे वह मनौतियाँ मना-मनाकर बूढ़ी हो गई है, उसी बहू के ये लच्छन ! अब तक उसने क्या परिवार-भर के नाते-रिश्तों को एक आँख से नहीं देखा और आज बहू को अपनी बहनों की पड़ गई ! अमीर होंगी तो अपने घर में होंगी। फिर यह अमीरी भी किस काम की ? न गोद खुली और न बाल-बच्चों का मुँह देखा...सोचते-सोचते बुढ़िया भंडार के सामनेवाले कमरे में बिछी चारपाई पर जा लेटी। लेकिन लेटे-लेटे भंडार से निकलते रामधन के हाथ की तश्तरियों को देखने से चूकी नहीं !

मँझली और छोटी नहा-धो नाश्ता कर बैठीं, तो धर्म ने आकर मौसियों के पाँव छुए। मँझली ने पीठ पर हाथ फेरा, माथा चूमा और सिर से रुपए छुआ दिए। बड़ी कुछ कहते-कहते रुकी। छोटी बहनों से क्या वह रुपए दिलवाएगी ? पर मँझली की ओर देखकर वह ठिठक गई। जिन ममता-भरी आँखों से मँझली ने लड़के को निहारकर उसका माथा चूम लिया है, वह ममता क्या उसकी अपनी ममता से कम है ! क्षण-भर भी उसकी दुखियारी बहन अपना दुख भूल जाए, तो...।

मँझली ने कोई सुख नहीं देखा। माँ ने बड़ा घर देखकर ब्याहा, सुन्दर पढ़ा-लिखा वर आया; पर भाग्य के साथ किसका ज़ोर ? बड़ी जैसे बेटे के सगुणों के लिए इससे आगे कुछ सोचना नहीं चाह रही, पर प्यार के आँसुओं में मँझली का लाल कपड़ों में लिपटा चेहरा उभर आया। छोटी हँस-हँसकर धर्म से कह रही थी, "देखो धर्म, मैं तो मौसी-वौसी कुछ नहीं। तुम्हारी बहन-सी लगती हूँ। बहन का हक़ लिये बिना तुम्हें छोड़ूँगी नहीं।"

बड़ी का मन हुआ छोटी के लिए क्या न बिछा दे ! बोली, "बेटा, कहते क्यों नहीं—मौसी, जो हुक्म करो ? इन्हीं पैरों का सदका आज यह दिन आया है, बेटा !"

रात की रोशनी की जगमगाहट में दूल्हे का महकता फूलों का सेहरा चमचमा उठा। घोड़ी पर सोने का मखमली साज चमका और बड़ी-बूढ़ियों के सगुणों में ब्याह और घुड़चढ़ी के गीत गूँजने लगे।

बड़ी के गले में हार चमक रहा है और झोली में सगुण के दिए रुपए। गहनों से लदी छोटी बहनोई से हँस-हँसकर परिहास कर रही है। और मँझली ज़रा

एक ओर हटकर खड़ी है। आँखों में जैसे बीते जीवन की तृष्णा लौट आई है। अभी-अभी घोड़ी पर चढ़ने से पहले धर्म ने आकर मौसी के पैर छुए, तो मँझली ने मृदु स्वर में आशीर्वाद दिया, ''जीते रहो बेटा ! भगवान तुम्हें बड़ी उमर दे। खुशी-खुशी बहू को ब्याहकर लांओ।'' धर्म ने हँसती आँखों से मौसी की ओर देखा—सामने से सीधे-सादे कपड़ों में खड़ी मौसी के मलिन चेहरे की जगह लाज से सकुचाई रंग-बिरंगे कपड़ों में लिपटी छाया आ खड़ी हुई। मन रस में भीग गया। कोई रिश्ते की भाभी हँसकर बोली, ''देवर, कहाँ देख रहे हो ! यह ससुराल तो नहीं है, जहाँ लड़कियों में से किसी को ढूँढ़ रहे हो !'' आसपास खड़ी लड़कियाँ खिलखिला दीं। उनके साथ-साथ मँझली भी हँसी। पर इस हँसने में जैसे ओठ ही हिलकर रह गए। बीते वर्षों ने करवट ली। मँझली सिर पर कपड़ा किए द्वार पर खड़ी है। आसपास सहेलियों की भीड़ है। उसके मेहँदी लगे हाथों में फूलमाला काँप रही है। क्षणों बाँहें ऊपर उठती हैं, मोतियों का गुँथा सेहरा उसकी बाँहों को छूता है और फिर एक लम्बी सिहरन। मँझली ने मानो बन्द आँखें खोलीं। वह औरतों के समूह से अलग खड़ी है। बाजे बज रहे हैं।...उसका कंठ घुट रहा है। पंडितजी का ऊँचा उच्चारण धीरे-धीरे उसे झकझोर रहा है। ''मँझली'',—यह बड़ी की आवाज़ है ! क्या वह बहन को अपना यह दिल बताएगी ?

मँझली ने अपने से छूटकर इधर-उधर देखा, पैर उठाए और घोड़ी के पास नाते-रिश्तों के समूह में घिरे दूल्हे के पास जा पहुँची। भीड़ में से छोटी ने देखा। बहन का पीला-सा चेहरा देखकर धक्का लगा। निकट आकर बोली, ''मँझली बहन, बड़ी न भी लेना चाहे, तो भी क्या, हम दोनों का कुछ देना नहीं बनता ?'' मँझली ने सुना और बहुत अधिक अपनेपन की दृष्टि से छोटी को देखा। मन में प्यार उमड़ आया। आज इसी के बाल-बच्चे होते !

छोटी ने जैसे सहज में ही बहन के इस आकस्मिक स्नेह में उस मिठास की कल्पना का रूप देख लिया। मचलते-से स्वर में बोली, ''मँझली बहन, लेन-देन के लिए जो ढेर से कपड़े बनवाकर लाई हो, वे क्या दोगी नहीं ?''

मँझली उखड़ी और लौटी। उत्साह से बोली, ''जाओ छोटी, कपड़े यहीं उठवा लाओ। इस शुभ घड़ी में न दूँगी, तो और कब दूँगी ?''

कपड़े आए और जोड़े बँटने लगे। सेहरा गूँथनेवाली मालिन, नाई, धोबी, साईस, नए-पुराने नौकर सभी को कपड़े और रुपए। दूल्हे पर आशीर्वाद बरस

रहे हैं और दूल्हे की माँ जात-बिरादरी के सामने सिर ऊँचा किए खड़ी है। उसके पति का घर भरा-भराया है, तो पिता के यहाँ तथा बहनों के यहाँ भी कोई कमी नहीं। लड़के की मौसियाँ नम्र भाव से यह सब झेले जा रही हैं। बड़ी आज तक छोटी बहनों से लेने पर 'न' कहती रही है, पर आज वह क्या कहकर मना करे ! लड़का उसका है, पर आज के लिए तो सबका साझा है !

बरात का चढ़ावा हो गया। बाजों की आवाज़ धीरे-धीरे दूर होती गई। नाते-रिश्ते और परिवार की औरतें मिलकर अपनी-पराई बातें करने लगीं। बूढ़ी मौसी मँझली और छोटी के पास आ बैठी और स्वर को मीठा करके बोली, "आज का दिन धन्य है, बेटी ! मेरा धर्म ब्याहने गया है ! भगवान की छाँह हो उस पर : मौसियों को भी कम खुशी नहीं। बहनों का नाता ही ऐसा होता है, बेटी !"

छोटी को बूढ़ी मौसी की इस भूमिका से न जाने क्यों असुविधा-सी होने लगी। चाहा कि काम का कोई बहाना बनाकर उठ जाए। मँझली तो जैसे वहाँ नहीं थी, कहीं और थी। वह कहीं दूर देख रही थी, कान जैसे इस कोलाहल में से किन्हीं बीते हुए स्वरों को सुन रहे थे।

"मँझली, तुम्हारा सुख भगवान से देखा नहीं गया। अब तो यही है बेटी, किसी बच्चे को पाल-पोसकर बड़ा करो। वह तुम्हें अपना समझे, तुम उसके मुँह की ओर देखो। बेटी, सुख में सब अपने हैं, पर उम्र-भर कौन किसका साथ देता है ?"

छोटी ने मौसी की बात अनसुनी कर मँझली की बाँह थामकर कहा, "उठो बहन, दिन-भर से लेटी नहीं हो, अब आराम करो। कल सुबह फिर माँ की 'देन' देनी है।"

"हाँ मौसी, तुम्हारी समधिन इस बार भी तुम्हारे पट्‌ट की ओढ़नी और सोने के बटनों को भूली नहीं।"

मौसी प्रसन्नता को छिपाती हुई बोली, "बेटी, मेरी समधिन का दिया सिर-माथे पर ! प्यार-प्यार में इतनी निभ गई है।"

मौसी को वहीं छोड़कर छोटी मँझली को कमरे में लिवा ले गई। शय्या पर लिटाकर कपड़ा ओढ़ा दिया। मँझली ने विरोध नहीं किया और शून्य दृष्टि से दो-एक बार छोटी को देखकर आँखें मूँद लीं। यह बहन का घर है, पर इस घर में भी उसका अपना कोई नहीं, न घर, न बाहर।

सुबह मँझली उठी, तो स्वस्थ थी। छोटी के मस्तक पर रेखाएँ उभर आई थीं। बड़ी से जाकर बोली, "बड़ी, मँझली बहन को अकेले देखा नहीं जाता। ससुराल के भरे परिवार में भी वह कितनी अकेली है, यह तुम जानती हो। आज उसके पास कोई भी हो, कोई भी..।"

बड़ी भंडार से देने के लिए नारियल निकलवा रही थी। सुनकर क्षण-भर के लिए ठहर-सी गई। एक बार अर्थपूर्ण दृष्टि से छोटी की ओर देखकर बोली, "छोटी, यह क्या मैं नहीं जानती ? पर भाग्य अपने-अपने..." कहते-कहते बहन के लिए उमड़ी सहानुभूति से बड़ी का स्वर स्वस्थ नहीं रह सका।

झन-झन गहनों की झनकार में दुल्हन ससुराल पहुँच गई। नाते की बहनों ने मन-माँगे उपहार लिये, बहू को गहने-कपड़े भेंट दिए और बड़ी ने इतने वर्ष सास की अधिकारपूर्ण छाया के नीचे रहकर आज सास का पद सँभाल लिया। सब बधाइयाँ ले-देकर अपने-अपने घर चलने लगे। छोटी और मँझली ने भी चलने की तैयारी की। कल मुँह-अँधेरे ही दोनों गाड़ी चढ़ जाएँगी। छोटी दो-चार दिन मँझली के यहाँ ठहरकर आगे जाएगी। दिन-भर नई दुलहन और जानेवाले सम्बन्धियों में व्यस्त रहने पर रात को देर गए बड़ी अपनी बहनों के पास आ बैठी। अपने ही घर का यह कमरा जाने क्यों आज उसे अपरिचित-सा लग रहा था। बहनों के मलिन, पर हँसते चेहरे देखकर वह खुश नहीं हो सकी। लगा जैसे आज उसके घर की प्रसन्नता किसी दूसरे के दुख की छाया है। बहनें उसकी हैं, पर वह घर, घर का धनी, बेटा-बहू सब उसके बहुत अपने हैं, बहुत सगे हैं। इन सबके सामने ये दोनों बीत गए बचपन की सहेलियाँ-सी लगती हैं। भरसक स्वर में लाड़ भरके बोली, "मँझली-छोटी, मैं चाहती थी कि तुम कुछ दिन यहाँ रहतीं। कब-कब आना होता है ? पर..." आगे लम्बे अरसे तक बिछुड़ने की बात सोचकर उसका गला भर आया। फिर ओढ़नी से आँखें पोंछकर कहा, "मँझली, कोई किसी का दुख नहीं काट सकता। मैं तो इस घर-गृहस्थी में बँधी हूँ, पर धर्म को तुम पराया न समझना।"

मँझली और छोटी के बँधे आँसू एक ही साथ गिरने लगे। रात्रि की निस्तब्धता में तीनों बहनें कब तक इसी तरह बैठी रहीं, कुछ पता नहीं।

इसी तरह कई पहर बीत गए। एकाएक मँझली उठी। आँखें अब तक सूख

गई थीं। बक्स खोलकर दो मखमली डिब्बे निकालकर बड़ी के हाथ में देते हुए बोली, ''बहन, तुम्हें नहीं दे रही, मेरी बहू को दे देना। सुबह चलती बार शायद न मिल सकूँ उससे।''

बड़ी निरुत्तर-सी, थकी-सी कई क्षण दोनों की ओर देखती रही।

दूर कहीं मुर्गे ने बाँग दी। रात बीत गई थी। बड़ी की दृष्टि अनायास खुले द्वार की ओर गई और जब लौटी, तो डबडबाकर अन्धी हो गई थी। दोनों बहनों को गोद में भरकर फफक-फफक रो पड़ी। बचपन साथ-साथ एक ही माँ की गोद में बीता था, पर समय की लम्बी अवधि ने उनको कितना दूर कर दिया था ! अब एक-दूसरे का दुख-सुख नहीं बँटा सकती थीं–नहीं बँटा सकतीं !

एक ही झोली में तीनों के आँसू गिर रहे थे। पर यह अब क्षण-भर का साथ फिर उन्हें बिछुड़ जाना है। कितनी देर क़े लिए, कुछ पता नहीं। वर्षों का लम्बा बिछोह तीनों बहनों के सिर पर झूल रहा था–एक माँ की बेटियाँ, पर अब वे एक नहीं–उनके घर एक नहीं, उनके प्यार के नाते एक नहीं। वे तो जैसे एक ही घर-आँगन से उठकर अलग-अलग किनारे जा लगी हैं।

*नवम्बर, 1952*

# बदली बरस गई

कमल-फूलों से भरे ताल। पर बदली बरसने लगी। हरे-हरे पत्तों के नीचे कमल के डंठल हिल गए और खिले-अधखिले फूलों पर पानी की बूँदें थिरकने लगीं। कल्याणी ने चबूतरे पर खड़े-खड़े लम्बे काले बालों को सहेजा और मोटी गाढ़ी धोती का आँचल कुरती के नीचे खोंस लिया। रूखे-काले हाथों से एक बार माथे को छुआ और कमरे की देहरी पर आन खड़ी हुई। महाराज अभी ध्यानमग्न थे। कढ़ी हुई खादी की चद्दर कन्धों से होती हुई उनकी बाँहों से सिमटी पड़ी थी। कहीं कुछ बिखरा-बिखरा, उखड़ा-उखड़ा नहीं। गहरे ध्यान में बैठी मुद्रा अपनी ही आकृति में एकाकार हो गई है। चेहरे का खिंचाव अन्तर के समय से घुल-मिल गया है। आँखों के अन्दर जीवन का अनुभव सरदी-गरमी से परे कुंडली मारकर जम गया है। आँधी-अन्धड़ से दूर सब ओर शान्ति ही शान्ति है।

बादलों की ओट में हो गए सूरज के पतले अँधियारे में कल्याणी ने रिक्त आँखों से कमरे की ओर देखा, महाराज के जोगिया वस्त्रों की ओर देखा और बाहर निकल आई। चबूतरे के सामनेवाली कोठरियों में आश्रम का भोजन-गृह

और भंडार है। महाराज के रसोईघर में गौरी माँ फूल के चमकते बरतन धो रही है। झुककर पाटिया पर बैठी ऐसी लगती है जैसे जीवन की तापस सन्ध्या स्वच्छतर होकर झुक गई हो। और उसके हाथों में है शान्ति का ठहरा-ठहरा रूप। अभी महाराज ध्यान से उठेंगे। दर्शन देने के लिए बाहर पधारेंगे। भक्त-जन झुकेंगे। आरती होगी। घंटियाँ बजेंगी। फिर महाराज और गौरी साध्वी का आशीर्वाद पा आश्रमनिवासी भोजन की व्यवस्था में लगेंगे। यह आश्रम का नियम है जिसका पालन कल्याणी ने हमेशा किया है। वह आज भी करेगी—रात के बाद उसकी आँखों में प्राणों की ज्योति रही तो कल भोर के बाद फिर इसी नियम में वह बँधी-बँधी चलेगी। सखी-सहेलियों से खेलनेवाले दिनों के एक दिन अनायास जब उसने अपने को इस आश्रम में पाया, तो मन में नहीं आँखों में विस्मय फैलकर रह गया। माँ के साथ जब वह पहली बार इस आँगन में आकर खड़ी हुई थी, तो आश्रम को आश्रम समझने की समझ उसमें नहीं थी। माँ महाराज के सामने झुकी थी और रो दी थी। और दूसरे दिन जब देर गए उठकर वह कोठरी के द्वार पर आ खड़ी हुई तो माँ के तन पर गीली धोती थी—माथे पर चन्दन का टीका था और...और जब माँ कोठरी में लौटी तो सिर पर घने काले केश नहीं थे। धोती का पल्ला बालों से नहीं, मस्तक से लगा रह गया था। दिन-भर माँ का व्रत रहा। शाम को पूजन के बाद उसने चरणामृत आँखों से छुआकर मुँह से लगा लिया। आश्रमवासियों ने ऊँचे स्वर में कुछ सूक्त बोले और माँ को अपनी ही तरह अपने में स्वीकार कर लिया। रात को माँ उसके बिछौने से हटकर भूमि पर लेटी थी। तन पर वही दिनवाली धोती थी। सिर के नीचे अपनी बाँह थी। उसने पुकारा था, "माँ !" माँ बोली नहीं। कल्याणी को दादी-अम्मा याद हो आई जो दिन-रात तीखे बोल बोल माँ को रुला देती थी। और फिर माँ के आँसुओं के साथ-साथ उसकी पिटाई भी होती थी।

"माँ, नीचे क्यों लेटी हो..."

माँ का जी उछला।

"माँ, तुम्हारे बाल क्या हुए, कट क्यों गए माँ..."

माँ ने आँचल आँखों पर थमा दिया।

"माँ, बोलो तो..."

माँ कुछ बोली नहीं। सरककर उसके बिछौने के पास आईं और एक हाथ

से उसे घेरकर रुक-रुककर रोने लगीं।

माँ के आँसुओं में कैसा दर्द था और क्यों दर्द था यह सुधि कल्याणी को तब क्योंकर होती, पर फिर भी माँ के हाथ से अपनी उँगलियाँ छुआकर कल्याणी ने सोचा था कि माँ दादी-अम्मा की फटकारों के लिए रोती है और रोती है अपने लम्बे बालों के लिए।

उस कोठरी में फिर माँ के साथ उसने वर्षों दीये के उजाले में रातें काटीं। माँ देर गए ध्यान में रहती—और सुबह उसके उठने से पहले ही आसन पर होती। आश्रमनिवासी माँ के सामने झुकते—माँ आँखें खोलतीं, मुस्कुरातीं, हाथ उठाकर आशीर्वाद देतीं और फिर आँखें मूँद लेतीं।

माँ के आसपास अब आस्था थी। निष्ठा थी। कल्याणी को कभी-कभी आश्चर्य होता। सोचती, माँ क्या अपना घर एकबारगी भूल गई ! दादी-अम्मा का कठोर चेहरा और गौरवर्ण चाची की मुस्कुराहट कभी-कभी कल्याणी को खूब याद हो आती। दादी ने उसे कभी दुलारा नहीं था, चाची ने जब-जब मौका लगा उसे छोड़ा नहीं, पर वैसे फीके बचपन में भी कल्याणी माँ की पराई नहीं थी। अपनी थी। अब वह बड़ी हो रही थी। माँ की आँखों के सामने थी, पर नहीं थी। माँ देखकर भी देखती नहीं। बेटी के साथ जो अपनापन था वह बेटी से छिटककर मोह-ममता से दूर जा पड़ा था। महाराज माँ की साधना से प्रसन्न थे। माँ अपनी साधना में शान्त थी और कल्याणी उन सब पके हुए चेहरों में जगमगाती श्याम वर्ण, उभरता उठान और खुलते हुए हाथ-पाँव।

माँ कुछ कहती नहीं। सुबह-शाम प्रणाम के लिए आए आश्रमवासियों के साथ ही उसे भी हाथ उठाकर मौन आशीर्वाद देती है। माँ मोह के पानी को छोड़कर भगवत्-आनन्द में मग्न थी। और उसके अतीत के, घर-गृहस्थी के बन्धन, तन-मन के रस सब उससे विलग होकर एक कल्याणी में मंडित हो गए थे। उन मौन और शान्त आँखों में इस पहचान का मूल्य नहीं रह गया था। उसके लिए अपना-पराया सब एक थे। महाराज विराग की परख से माँ-बेटी को जाँचते तो गौरी माँ की मायारहित साधना उन्हें बहुत ऊँची, बहुत ऊँची लगती। आश्रम में कथा-वार्ता होती, भजन-कीर्तन होते और भक्तों को देवी साध्वी और महाराज की पुण्य शरण में आत्मा से साक्षात् होता। कल्याणी सुबह-शाम भोजन-गृह में काम करती, पूजा के लिए फूल चुनती और शेष समय बातों के रस में इधर-उधर भटकती रहती। पास के सरोवर पर कभी

भोर होते नहाने जाती तो पत्थर की सीढ़ियों पर पैर मलते-मलते मन होता कि बार-बार पानी से धुल-धुल जाए।

जल्दी-जल्दी बाँहों पर हाथ फेरती तो बाँहें उसे अपनी नहीं लगतीं। गाढ़े की कुरती और जोगिया धोती लिपटाते-लिपटाते बुआ के रंग-बिरंगे कपड़े मन में झिलमिला जाते। दादी-अम्मा आँगन में बैठी है और माँ बुआ के लिए रेशमी महीन धोती पर किनारी टाँक रही है। चाची फूलदार कपड़े की चोली सिल रही है। हँसकर कहती है, "इधर आओ ननदरानी, बिना माप के चोली ठीक नहीं बैठेगी..."

बुआ शरमाती-सी हँसती है। चाची के पास आकर कहती है, "भाभी, बनाती हो मुझे पर लो..." कहते-कहते बुआ नाप के लिए कमर उघाड़ती है फिर।

आँगन के कोने में बैठी कल्याणी बुआ के तन से लगी रंगीन चोली देखती है, कमर के पीछे लटकते डोरों की लम्बाई जाँचते-जाँचते चाची हँसकर कहती है, "ननदरानी, अब यह डोरे बँधेंगे क्या..."

बुआ हँसती है, शरमाती है।

और यह कल्याणी !

कल्याणी नहाकर लौटती है। गुरुजनों के सामने झुकती है, महाराज को प्रणाम करती है, माँ साध्वी को प्रणाम करती है, पर आँखों में बुआ के कपड़े झिलमिलाते हैं। बुआ के नहीं कल्याणी के–कल्याणी के रंगीन रेशमी आवरण कहाँ हैं। कल्याणी यहाँ है पर उसके कपड़े...यह जोगिया धोती...माँ उसे क्या कहती है बनने को ? नहीं–कुछ नहीं, जो आश्रमवासिन पहनती हैं वही वह पहनती है पर उन्हें पहनने की सुधि कहाँ है !

कल्याणी कोठरी की ओर जा रही है। माँ उस कोठरी में नहीं रहती। अब साध्वी माँ की बेटी होने के नाते पूरी कोठरी उसके पास है। उस पहिली रात के बाद जब माँ बेटी के पास लेटकर रोई थी, कल्याणी के लिए वैसी रात फिर कभी नहीं आई। घर में भी पिता की मृत्यु के बाद माँ असंख्य बार रोती थी–दादी और चाची की कलह से निकलकर रात को माँ का रोना कल्याणी को नया नहीं लगता था। उन दिनों की याद करके कभी वह सोचती है : माँ जो आश्रम में आकर एक ओर बैठ गई है, वह क्या दादी-अम्मा की उन बातों को भुला देने के लिए ? पर कल्याणी क्या करे ?

"माँ..."

माँ प्रतिमा के सामने माथा रखकर लौट रही थी। कुछ बोली नहीं।

"माँ.."

साध्वी माँ ने कल्याणी की ओर ऐसे देखा जैसे वह सम्बोधन उसे रुचा नहीं और पाँव उठा लिये।

"माँ !"

इस बार स्वर में विनय नहीं थी। अलग-सी गुँथी-गुँथी आवाज़ थी। साध्वी ठिठक गई, फिर शान्त होकर कहा, "आई।"

कल्याणी और साध्वी माँ कोठरी के अन्दर चली आईं।

साध्वी माता आसन पर विराजीं। हाथ में माला थी। शान्त निर्विकार आँखों से कल्याणी को देखा और वैराग्य की मुस्कान फैलाकर बोली, "कहो।"

कल्याणी को हाथ की माला और माथे के चन्दन के टीके में माँ कहीं दीखी नहीं। अपनी भूल सुधारकर कहा, "साध्वी माँ..." कुछ आगे कहते-कहते रुकी।

"साध्वी माँ, आश्रम में मन नहीं लगता..."

साध्वी माँ शान्त बैठी रहीं। वह क्यों हिलेंगी ! यह मोह-माया का आवरण है जो उसे कोई सुख नहीं देता।

"उपवास करो।"

"क्या होगा उपवास कर..."

"शान्ति मिलेगी।"

"नहीं, साध्वी माँ..." कल्याणी ने प्रतिवाद करना चाहा।

"इसे भजन में लगाओ।"

कल्याणी ने यह शब्द सुने नहीं—साध्वी माता की ओर देखती-भर रही। वह अब माया-ममता से दूर हैं—माँ के साथ ही दादी-अम्मा का चेहरा दीख पड़ा। कुछ क्षण सोचकर कहा, "माँ साध्वी, मुझे दादी-अम्मा के पास भेज दो।"

मस्तक की रेखाएँ काँपकर स्थिर हो गईं। पराए गले से कहा, "वह अब माया-मोह से छूट गई होंगी।"

"नहीं-नहीं साध्वी माँ, ऐसा न कहो।"

"जाओ, आज से महाराज के निवास-स्थल को बुहारा करो।"

शब्दों का कहना कठिन था। कल्याणी उठी नहीं। न 'हाँ' की, न 'नहीं'। जड़ होकर बैठी रही। दादी-अम्मा, चाची, चाचा, बुआ—वह सबकी सब गृहस्थी क्या इतना-भर कहने से मिट गई होगी कि दादी-अम्मा दुनिया से उठ गई ?

और यह आश्रम ! कोठरियों की कतारें, देवस्थान, पूजा-गृह—माँ और महाराज के आसन।

उस दिन पहली बार महाराज के घर को कल्याणी ने बुहारा। महाराज के वस्त्र, आसन, मृगछाला, पुस्तकें और दीवार पर लगा आराध्यदेव का चित्र। बुहारकर झाड़-पोंछ की। विवशता में माँ की आज्ञा मानकर पहली बार कल्याणी के मन को नहीं हाथों को सन्तोष हुआ। भोजन-गृह का अनिच्छापूर्ण काम नहीं, वह तो किसी की देख-रेख करना चाहती है। उसके हाथ अभ्यस्त हैं पर मन नहीं। वह इस जगह को और साफ, अधिक साफ करेगी। महाराज को दिखाएगी कि केवल माँ में ही नहीं, उसमें भी कुछ कर सकने की सामर्थ्य है।

भोर होने से पहले महाराज जब उपासना-गृह में विराजते हैं, तो कल्याणी घर को सहेजती है। पर सहेजने और सँवारने को वहाँ है क्या ? इनी-गिनी वस्तुएँ। बार-बार झाड़ती-पोंछती है। महाराज स्थिर गति से लौटते हैं, तो एक ओर द्वार पर खड़ी झुककर प्रणाम करती है। महाराज हाथ उठाकर आशीर्वाद देते हैं—"शान्त हो।" वह और झुकती है जैसे आशीर्वाद में मिली शान्ति को झेल लेना चाहती है।

साध्वी माता देखती है, उसका अनुभव कच्चा नहीं था। महाराज की सेवा लड़की को देकर उसके कच्चे मन को जगह पर खींच लाई हैं। पर उस दिन कल्याणी का सम्भाषण भी आकस्मिक नहीं था। क्षण-भर को कल्याणी के खिंचे-खिंचे चेहरे और शुष्क गले को देखकर साध्वी माता को भूल गए, बिछुर गए पति के ठंडे तेवर याद हो आए थे। उन हाथों में माला के मनके न होते तो बीत गए वर्षों की कड़ी दो हाथों से दबाकर जरूर जकड़ देतीं। सास का नाम सुनकर मन कुछ-कुछ सिकुड़ जाना चाहता था, पर विधवा हो जाने के बाद सास की निर्दयता को साध्वी माँ ने यह कहकर क्षमा कर दिया था कि वह अब तक मोह-माया से छूट गई होंगी। लेकिन कल्याणी की आँखों में जो माया की सुधि बिछती चली आ रही थी, उसे साध्वी नहीं देख पाईं। उस उभरती युवा देह को देखकर भी साध्वी को वह कजरारी रातें याद नहीं हो आईं

जो कभी उनके अपने पर से होकर गुज़र गई थीं। पति को जो कुछ वर्ष वह जान सकीं, तन में ही जान सकीं, मन में नहीं। और उनके जाने पर जो मन आवरण के नीचे था वह तन से विलग हो जाने पर बिखर गया, बह गया। और उस रिक्त मन को भगवत्-भजन में शान्ति मिल जाने में देर नहीं लगी।

कल्याणी आज तारों की छाँह में जगी। हाथ में धोती ले सरोवर की ओर उतर गई। पीला-सा चाँद पानी में झिलमिला रहा था। तारे लहरों पर लहरा रहे थे। ठगी-सी खड़ी रही। मीठी हवा बालों को छू गई। बैठकर पानी में मुँह डुबोया। नित्य जिसमें स्नान करती है क्या वही पानी है आज भी ! नहा लेने पर तन धुल गया। सूखी धोती पहनकर कल्याणी ने गीली धोती छिनककर सूनी सीढ़ियों पर फैला दी। घुटनों पर सिर डाले कई क्षण बैठी रही। कंठ में कुछ अटक गया-सा था। देर गए उठी तो धोती सूख चुकी थी और प्रभात के नीले आकाश पर सफेदी फैल गई थी। पाँव उठे, पर महाराज के घर की ओर नहीं। अपनी कोठरी की ओर। धोती को इकट्ठा करके सिर के नीचे रखा और आँखें मूँदकर लेटी रही। पहर-दो पहर में सिर पर धूप आई, पर कल्याणी उठी नहीं। कोठरी के जालीदार झरोखे और लकड़ी के कपाट को ठेलकर कोई उसे बुलाने नहीं आया। दुपहर तक खाने-पीने की इच्छा नहीं जगी। शून्य मन से प्रभात के उस सूनेपन में जैसे उसकी दृष्टि नहीं, देह सिहरती रही।

कल्याणी ने कोठरी छोड़ी तो सामने महाराज के रसोईघर में साध्वी माँ पाटिए पर बैठी काँसी के बरतन धो रही थीं। देखकर रुकी नहीं। महाराज के द्वार से अन्दर झाँका। महाराज अभी ध्यान में थे। बाहर बैठी रही। घुटने पर हथेली टिकी थी। आँखें विस्फारित-सी बादलों की दौड़-धूप देखती रहीं। रसोईघर से साध्वी माँ निकलीं, तो बूँदें बरसने लगीं। एक बार उड़ी-उड़ी दृष्टि कल्याणी पर डालकर वह पूजा-गृह की ओर हो लीं। बदली नीचे घिर आई और खूब बरसी। आश्रम की ड्योढ़ी में किसी भक्त का परिवार बौछार से बचने के लिए आ खड़ा हुआ। कल्याणी ने उचककर देखा, माता-पिता के आसपास लिपटे दो बच्चे। आँखों में बरा सूनापन छँट गया। धरती ने आवाहन में पहले भीगी-भीगी हल्की सुगन्धि छोड़ी और फिर जैसे निहाल होकर गीली हो गई।

महाराज ने आँखें खोलीं। रेखाओं से भरे मुख पर अपूर्व शान्ति थी। कन्धों पर पड़ी चद्दर महाराज की आकृति को और भव्य बना रही थी। कल्याणी

क्षण-भर देहरी पर रुककर अन्दर आई। नित्य की तरह प्रणाम के लिए झुकी नहीं।

"कुछ कहना चाहती हूँ महाराज..."

महाराज ने छिपी अविनय को अपनी गम्भीर दृष्टि से देखा, "कहो।"

कल्याणी कहते-कहते रुकी।

"महाराज़, क्या साध्वी माँ यहाँ आ सकेंगी ?"

महाराज ने अनुभव बटोरकर लड़की का चेहरा देखा। आँखें विनय और नम्रता से दूर थीं।

"बुला लो।"

साध्वी माता धीर शान्त गति से चलती हुई आईं। मूर्त तपस्या-सी लगती थीं। महाराज के निकट बैठीं, लड़की को आशंका से नहीं, उदासीनता से देखा।

"कहो कल्याणी !" महाराज का धीर गम्भीर स्वर।

कल्याणी ने उड़ती निगाह से एक बार माँ की ओर देखा और महाराज की ओर झुककर बोली, "महाराज, अब इस आश्रम में मैं नहीं रहूँगी।"

शब्दों से अधिक आँखों में ज़ोर था।

"कल्याणी..." आवाज़ साध्वी माँ की थी जो कुछ कहते-कहते महाराज के संकेत से रुक गई थी।

"आश्रम में कोई कष्ट है ?"

कल्याणी ने खुलकर महाराज को देखा, "आश्रम पर मेरी कोई आस्था नहीं..."

"कल्याणी !" साध्वी माँ का चेहरा कठिन हो आया।

महाराज धक्के से सँभले। 'क्यों' पूछते-पूछते रुके। पहले की-सी ही गम्भीर आवाज़ में बोले, "कहाँ जाना चाहती हो ?"

कल्याणी ने निर्दयता से साध्वी माँ को आँखों से पकड़ा, "मैं अब अपना घर बनाकर रहूँगी।"

साध्वी माता के मस्तक पर अपमान की अप्रिय छाया फैल गई। कठिनता से यही कह पाई, "कल्याणी !"

कल्याणी माँ के इस सम्बोधन को कितना अन्दर खींच सकी, साध्वी माता नहीं जान पाईं। तिरस्कार में कल्याणी को नहीं, उसकी जोगिया धोती को देखती-भर रह गईं। जैसे कहना चाहती हों—इतनी देर इन कपड़ों में रहकर

भी...रहकर भी !

महाराज समझ गए, अब लाड़ली लौटेगी नहीं। अज्ञान और अन्धकार की व्यथा से जी भर गया। कंठ को स्वस्थ कर बोले, "कहाँ जाना चाहती हो ?"

साध्वी माँ साँस रोके रहीं, आशंका से, सन्देह से।

"पहले पिता के घर जाऊँगी और फिर अपने घर।"

साध्वी माँ अनजाने में पल-भर सिहरीं।

महाराज स्वर में अपने अनुभव और आयु की गरिमा भरकर बोले, "आज नहीं—तुम्हें कल जाने की आज्ञा है कल्याणी !"

कल्याणी जरा-सी हँस दी। जैसे कहना चाहती हो—आज आज्ञा न मिलती तो भी मैं रुकती नहीं।

महाराज और कल्याणी को साध्वी माँ देख नहीं पाईं अपनी उठती-गिरती पलकों में से।

अभ्यासवश कल्याणी महाराज के सामने झुकी, माँ के सामने झुकी और खड़ी होकर बोली, "जाती हूँ माँ—मेरे लिए अब भी समय है। आश्रम की कोठरी में कल से मेरा दम नहीं घुटेगा—अब मेरा अपना घर होगा।" कहते-कहते कल्याणी उस घर की मीठी कल्पना में बाहर हो गई।

महाराज कुछ बोले नहीं। साध्वी माँ कई क्षण मौन बैठी रहीं। बोल मुँह पर आने को थे कि व्यथा से आँखें अन्धी हो गईं। और रुके-रुके श्वास के साथ एक आहत-सी सिसकी निकल गई।

महाराज पल-भर करुणा से साध्वी माँ के तापस रूप को देखते रहे और मुस्कुराकर बोले, "गौरी साध्वी, शोक न करो। भरी बदली थी—बरस गई।" गौरी साध्वी बरसती आँखों से आँचल लगाकर सोचती रही—साधना और संयम के इन लम्बे वर्षों में क्या उसके मन पर भी ऐसी ही काली बदली घिरती चली आ रही थी...जो आज बरस गई है, बरस गई है...

*मार्च, 1952*

# गुलाबजल गँडेरियाँ

धन्नो ने हड्डियों की मूठ-सी अपनी देह पर लकड़ी-सा हाथ छुआया, पपड़ी-जमे ओठों पर सूखती-ऐंठती-सी जिह्वा फेरी और निढाल होकर कटरे की नाली के पास जा लगी। तपी दुपहरी, बँधे-बँधे आकाश पर घुटी-घुटी मटमैली छाया। कटरे के मकानों की एक-दूसरे से जुटी कतारें, बरामदों और चबूतरों पर लटकी चिकें, चिकों को सँभाले पतली-मोटी रस्सियाँ, छोटे-छोटे लोहे के जंगलों पर लटकती धोतियाँ और कटरे के फर्श पर कपड़ों से भरी खिंचती खड़खड़ गाड़ियाँ। चबूतरों के साथ-साथ बहती नाली और नाली से निकलती हुई चौड़ी लकीरों की तरह गन्दे पानी की मोरियाँ। धन्नो ने थोक मालवाले बड़े लाला की दुकान के आगे पड़े घड़े की ओर प्यासी निगाहों से देखा, सूखे गले से एक घुटती-सी साँस ली और फिर एकाएक तड़पकर अपनी नंगी छातियों को दबोच लिया। प्रेत की-सी छाया पर दो बेरंग ढीले स्तन और उन पर दो काले धब्बे-से निशान। धन्नो की आँखों ने नहीं, धन्नो के इस वक्ष ने कटरे के सिर पर से गुजरते समय को देखा है। वे एक-से दिन-रात और अलग-अलग-सी कोठरियाँ, छोटे-बड़े लाला और मुनीम...पर...पर यह घुटती-सी

दुपहरी और गर्मी में अटका हुआ दिन ! धन्नो का सूखा गला और ऊपर दोमंजिले से ढके आसमान का एक कोना उसको निर्ममता से तरेर रहा है। उसकी पलकें प्यास और घुटन में डूबती जा रही हैं। वह सोना चाहती है, पर दलालों की ऊँची-ऊँची आवाज़ें–उनमें खिंचते हुए कंठ की तृष्णा कहाँ है ? कहाँ है वह स्वयं, जिसकी रूपहीन किन्तु मांसल देह अगणित पाँवों को अपनी ओर खींच लाती थी ? गर्मी और आकाश पर ढीठ बादलों की उभरन कब सरकेगी, कब बरसेगी...कब बरसेंगी पानी की दो बूँदें...?

आज धन्नो ने सुबह आँख खुलते ही अपने सूखे-सूखे बालों में रात की उमस से बहती पसीने की बूँदों को छुआ था। गर्दन के नीचे मोटे-मोटे लाल-लाल दाने छँटे पड़े थे। छाती के ऊपर के निशान तपन के मारे और भी फैलते जा रहे थे। कटरे की छत पर से झाँकती दिन की रोशनी ने उसके उघरे तन में जैसे सुइयाँ चुभा दीं। और धन्नो ने अपनी डूबती आँखों से एक बार कटरे के ऊपरवाले मकानों से आते गन्दे पानी के नाले को देखा। पानी...

कटरे का चिरपरिचित अधेड़ हलवाई बड़े से कड़ाह में सुबह-सुबह जलेबियाँ तल रहा है। चूल्हे की आँच, उसकी लाल-लाल चमक अपनी तेजी दिखला रही है। पास ही आग जलाने से पहले साफ की हुई अँगीठी की राख का ढेर है। धन्नो को सूखते कंठ के साथ-साथ अपनी सास का वह तेवर-भरा चेहरा याद हो आया, जिसे सिकोड़कर वह उसे धूल फाँकने को कहा करती थी। उसके कहने को वह किस बेशरमी से हँस-हँसकर कटरे-भर में बिखरा दिया करती थी ! चुन्नी के मर जाने के बाद समय-असमय जिस-जिसके रुपए-धेले ने उसकी मुट्ठी भरी, उन्हें क्या वह सास के कहने भर से छोड़ देगी ? फिर बुढ़िया उम्र-भर एक ही कोठरी से लगी रही है। क्या समझेगी वह इस धूल फाँकने को ?

धन्नो ने चबूतरे की दाहिनी ओर सीढ़ियों पर से बिहारी सेठ के लड़के को उतरते देखा। नहाया-धोया, साफ-सुथरे कपड़े। पतले अकड़े कुरते पर सोने के बटन। बारीक चुन्नट और मुँह में पान। इतना गोरा, इतना साफ ! कटरे में तरह-तरह की सूरत देखकर कभी धन्नो का कितना मन होता था ऐसे आदमी के लिए ! किसी अकेली रात में लौटकर वह सोचा करती थी कि कभी किसी धुले-धुलाए सेठ के घर बैठ जाए तो...पर उघड़े कपड़ों में अपना काला रंग देखकर उसकी वह साफ-सुथरी सूरत सिर धुनकर रह जाती। उसने एक बार

कटरे के बाहर एक पति-पत्नी को एक साथ कपड़ा खरीदते देखा था। बढ़िया कीमती कपड़े और उनमें चमकते हुए दो चेहरे। धन्नो ठिठककर रह गई थी। उसकी प्यासी आँखें स्त्री के रंगीन कपड़ों पर नहीं, पुरुष के साफ हाथों पर जाकर अटक गई थीं। वह देर तक निष्प्रभ-सी खड़ी उन दो बाँहों और हाथों को देखती रह गई थी। इतनी स्वच्छ देह...कैसी लगती होगी, कैसी लगती होगी यह छूने से ! और उस दिन कोठरी में लौट छटपटाहट से धन्नो का मन अपनी गन्दी काली चमड़ी को उतार फेंकने को हुआ था...पर...पर कपड़ों की तरह यह चमड़ी अपने हाथों नहीं बदली जा सकती, नहीं बदली जा सकती।

बिहारी सेठ का लड़का दूर जा चुका था। धन्नो गर्मी से भुनती हुई चबूतरे पर से उठकर कोठरी में जा पड़ी। पतली-ढीली चारपाई के सिवाय आज इस कोठरी में और है ही क्या ?

टूटे मुँह का मटका एक ओर खाली उदास पड़ा है। उसमें पानी नहीं, पानी नहीं धन्नो के जलते तन के लिए, उसके सूखे कंठ के लिए। धन्नो ने आँखें मूँद लीं। पास ही वही ठंडक पहुँचानेवाले शब्द की लय—'गुलाबजल गँडेरियाँ !' उस सुर को, लय को भंग करते हुए ताँगे और मोटरें। दुपहर की तपन कैसी भी हो, पर बाज़ार का लेन-देन, आना-जाना नहीं रुक सकता। खड़-खड़, ट्राम के पहियों की भारी आवाज़—धन्नो ने नीचे की ओर लटका हुआ हाथ कान पर रख दिया। आज इतना शोर क्यों ? वह यहाँ रहते-रहते पक गई है, पर ऐसा दिन उसने पहले कभी नहीं जाना। न कभी इतनी उमस थी, न इतना शोर। क्या बाज़ार और कटरे का काम-धन्धा पहले न चलता था ? 'गँडेरी गुलाबजल...गुलाब गँडेरी। गँडेरी गुलाब...ठंडक की तरह गँडेरी गुलाब...' धन्नो के हाथों से ढके कानों में भी यह ऊँची बुलाहट पहुँच रही है, पहुँच रही है...'गँडेरी गुलाब', 'कुलफी मलाई की', 'मलाईवाली कुलफी'...धन्नो ने ओठों पर जिह्वा फेरी। कपड़े में जमाई बर्फ और ससुर के कन्धे पर रखी वह नीली-सी सन्दूकची याद हो आई। जब वह पहले-पहल ससुराल आई थी, तो चुन्नी का बापू ठंडी-ठंडी जमी बर्फ बेचा करता था। एक टूटे-से चाकू से कुतरती बर्फ की तह और दाँतों को हिलाती हुई वह ठंडक...धन्नो ने अचकचाकर आँखें खोल दीं। उन दिनों के बाद आज तक...आज तक उसने बर्फ नहीं खाई ? मलाई की कुलफी, जामुन, मीठा मेवा, पेड़ का पका शहतूत...बना दिया जलेबा, बनानेवाले ने, लगा दिए...लगा दिए तरावट से...धन्नो का गला भींग गया। यह

सबकुछ यहाँ बिकता था और उसने आज तक नहीं खाई ? क्यों...क्यों...वह सब खाएगी। शर्बत...रसभरी गँडेरियाँ, रसभरी...। धन्नो उठी। अँधेरी कोठरी में खड़ी उसकी छाया, उसकी परछाईं कहीं भी हिली नहीं। दहलीज पर पाँव ठिठक गए। गुलाब मेवा...वह खाएगी, पर कहाँ से लेगी ? कैसे लेगी ? पैसे...पैसे धन्नो ने जुड़े पैर उठाए, और जमीन पर ही लेट गई। आज बाबूराम मिला, तो वह उससे ज़रूर कहेगी—ज़रूर। वह कहेगी...पर क्या कहेगी, यह धन्नो को एकाएक भूल क्यों रहा है ? उसके हाथ-पैर सो रहे हैं। टाँगे डूबती...डूबती जा रही हैं। सिर से पाँव तक बहता पसीना पहलीवाली घुटन को तोड़कर बह निकला है। किसी ठंडी हवा ने जैसे कोठरी को छू लिया है। धन्नो छूटी-सी नीचे पड़ी है।

आज तपन का दिन था। पर अब...अब वह तपन काँप क्यों रही है ? आकाश पहले से घुटा है। धन्नो की बन्द आँखों पर कोई पर्दा ऊपर-नीचे हो रहा है। वह सेठ के अहाते में लगे जामुन के पेड़-तले बैठी अपनी झोली भर रही है। ढेर से जामुन...पर्दा हिलता है...वह घाट की ओर जाते हुए मैदान में हवा में झूल रही है। हवा में ? नहीं। वह चार आदमियों के कन्धों पर है। वह झूलती जा रही है, घाट की ओर, जमुना की ओर, जमुना ! 'बाबूराम, रोको...रोको...जामुन के पेड़-तले रोको...मैं जामुन खाऊँगी...पेड़ की टहनियाँ झुकाओ। बाबूराम, तुम्हारे बाप ने एक दिन...एक दिन के लिए ही कहो, मुझे सबकुछ मान लिया था। तुम उसके बेटे हो। मुझे ठंडक पहुँचाओ ! ठंडक...' धन्नो ने छटपटाती-सी साँस ली। सिर एक ओर लुढ़क गया। हिलता-हिलता पर्दा तन-मन की आँखों पर आ गिरा। पानी के लिए धन्नो के ओठ हिले। फूटा घड़ा सूखा पड़ा था। कोठरी अँधेरी थी। पर बाहर के कोलाहल के साथ-साथ ही एकाएक बौछार पड़ने लगी।

धन्नो-धन्नो ! धन्नो ने पथराती दृष्टि से बरसते पानी की बौछार देखी—छम...छम-छम...छम ! आँख मुँदी, छम...छम से टकराकर एक धीमी, बहुत धीमी आवाज़ उसे हमेशा के लिए ठंडा कर गई।

गुलाबजल गँडेरियाँ...गँडेरियाँ गुलाबजल...धन्नो...

*सितम्बर, 1952*

# कुछ नहीं—कोई नहीं

रूप !

मरकर मर जाने से बड़ा कोई दूसरा मरना नहीं होता। बार-बार सोचती हूँ, दिन में सौ बार सोचती हूँ और यही सोच-सोचकर तुम्हें लिखने बैठ गई हूँ।

क्या लिखूँगी, नहीं जानती, बस एक ही बात मन में उठ आती है कि मरना सचमुच में मर जाना होता है। न तन रहता है, न राग, न अनुराग। अपने-आपको देखती हूँ और रो देती हूँ। रुलाई के ऐसे ही क्षणों में यह गीली आँखें तुम्हें याद कर लाई हैं।

रूप अब आनन्द नहीं, मैं ही रह गई हूँ। महीने-भर की छोटी सी बीमारी में आनन्द में जो आनन्द का था, मेरा था, वह सब चुक गया, सब झर गया।

अब न कभी वे दो आँखें मेरी यह आँखें देखेंगी, अब न कभी वे बाँहें इन बाँहों को छुएँगी, न कभी वह मीठी देह मुझ पर प्यार बरसाएगी जिसके लिए तन-मन का पानी उतार मैं एक दिन तुम्हारी गृहस्थी लाँघ आई थी।

रूप, मन नहीं होता, कि तुम्हें यह सब लिखूँ। उस अभागी साँझ को, साँझ की कृतघ्नता को याद कर तुमसे कुछ कहूँ।

उस दिन जो इस झोली में डालकर तुम्हारे घर से निकली थी, आज वह सब आनन्द के साथ ही धूल हो गया है, फूल हो गया है। और ढह जाने से उन दस वर्षों का इतिहास प्यासे बादल के बदरंग टुकड़ों की तरह जैसे मिट-मिटाकर शून्य में बिखर गया है। पीछे लौटती हूँ, आगे टटोलती हूँ—कुछ देख नहीं पाती हूँ, कुछ छू नहीं पाती हूँ, केवल आँखें पोंछती हूँ।

अपने सोचने पर झुँझलाती हूँ। क्यों आनन्द के जाते ही अपने-पराए को जाँचने लगी हूँ। बच्चों में बैठती हूँ तो चाहती हूँ, उन्हें सगा समझूँ—उनकी सगी बनूँ, पर उनके व्यथामय मौन में मैं नहीं होती। मेरे उमड़े हुए आँसुओं में उनकी खींच नहीं होती। एक-दूसरे को देखते ही न जाने कैसा घुटा-घुटा संकोच घिर आता है। अपने चेहरे पर टिकीं नाते-रिश्तों की आँखें देखकर बड़े बेटे का झुका सिर देखती हूँ तो तुमसे टक्कर लेनेवाले इस अभागे सिर को झुकाकर रह जाती हूँ, रूप ! बार-बार एक ही बात मन में उठती है—क्यों मुझे ही काली लीक बनकर इस परिवार का आगा-पीछा धूल कर देना था ! रूप, आनन्द के न रह जाने पर उस हो गई अनहोनी पर नहीं पछता रही हूँ, पछताती हूँ, अपने उन दुर्भाग्य के क्षणों को जिनमें तन को ढीला छोड़ बहुत-कुछ टूक-टूक कर दिया। रूप, जान गई हूँ : जो प्रियजनों का, अपनों का परदा उघाड़ अपने मन की ओट ढूँढ़ लेता है उसकी ओट ओट नहीं होती। उसका प्यार भी जैसे प्यार नहीं होता। सच ही नहीं होता। होता तो आनन्द की बिछुरती आँखें एक संग जिए मेरे और अपने उस तन-मन के मोह को तुच्छ करके न मानतीं।

टेबल लैम्प की मद्धिम-सी रोशनी में आनन्द के सिरहाने बैठी हूँ।

"शिवा..."

"कहो आनन्द..."

"शिवा..."

अनुरोध के इस स्वर को सुनकर माथा सहलाते हुए पूछती हूँ, "किसके लिए मन होता है आनन्द !" दुर्बल हाथ आग्रह से जैसे मेरी ओर झुकता है। प्यार में भीगकर कहती हूँ, "कहो तो आनन्द, जिस पर मन हो, कहो..."

क्षण-भर को आँखें मुझे टटोलती हैं, फिर झिझककर कंठ खुल आता है।

''अपने बच्चों को देखना चाहता हूँ शिवा।''

मैं सुन न सकने के कारण अपने हाथों पर रो देती हूँ, फिर आनन्द के पास सिर टेककर, यह सोच-सोचकर रोती हूँ कि वे बच्चे मेरे नहीं, केवल आनन्द के हैं—आनन्द के हैं।

रूप, तुमसे अलग हो जाने के बाद उस क्षण पहली बार अपने और तुम्हारे बच्चों के लिए मैं दर्द भर-भरकर रोई थी, रोई थी अपनी गोद के लिए जिसमें माँ की कोई प्रतिष्ठा बची नहीं रह गई।

सुबह तार के नीचे अपना नाम लिखते-लिखते एक बार हाथ खिंचा और फिर जैसे मिटकर रह गया। यही लगा कि जिनके नाम सूचना जा रही है वही आनन्द के सगे हैं, वही आनन्द के अपने हैं। मैं नहीं।

मन में आ गई इस 'नहीं' को आनन्द ने भी जैसे अस्वीकार नहीं किया। नित्य की तरह दवा ली, तो आँखें ऊपर नहीं कीं और पल-पल निहारनेवाली मेरी अपनी दृष्टि बिछौने के गर्म कपड़ों में उलझकर रह गई। चाहा कि एक बार पुरानी आँखों से अपने आनन्द को देखूँ, पर मन की व्यथा किसी गहरे उलाहने से आँखें अन्धी कर लाई।

शाम को प्याले में फल का रस लेकर आई तो एकाएक ठिठक गई। दोहरे अँधेरे में आनन्द की बन्द आँखें बिल्कुल बन्द लगती थीं। दाहिना हाथ सिर पर से होता हुआ सिरहाने पर पड़ा था। पास आकर आँचल से माथा छुआ तो भीगा था।

पुराना सम्बोधन गले में घिर आया। उमड़कर हौले से कहा, ''नन्दी !'' बीमारी में खोए-खोए आनन्द ने क्षण-भर को पलकें उठाईं, अपरिचय से मुझे देखा और आँखें मूँद लीं।

उस रात, रूप, आनन्द के पास बैठे यही सोचती रही कि मेरी बहुत समझ मुझे फल नहीं आई। तुम्हारे संग घर बसा ही लिया था तो इस निघर में मैं क्या लेने आ गई थी ! लिखते-लिखते झिझककर झुक आई हूँ, रूप, यह सोचकर नहीं कि तुम्हें क्या लिख रही हूँ—यह सोचकर कि तुम इसे पढ़कर मुझे कितना अकृतज्ञ, कितना हीन समझोगे। मैं ही कब जानती थी कि एक दिन तुम्हीं से यह कहूँगी, तुम्हीं को यह लिखूँगी ?

पिछले पहर कुर्सी पर बैठे ऊँघ रही थी कि घरघराता-सा गले में उठता आनन्द का स्वर सुनकर उठ बैठी।

"मीनू...विन्नी...ची...नू..."

पुकार की-सी आवाज़ लगती थी। उठकर पास आई। बेसुधी की नींद थी। छूने के लिए हाथ बढ़ाते रुक गई। उस क्षण बस यही लगा कि आनन्द, आनन्द नहीं–मैं, मैं नहीं और यह कमरा, रूप, तुम्हारे कमरे से जरा दूर–दूर हटकर है जहाँ मैं घर की स्वामिनी की तरह सोने से पहले बीमार पड़े मेहमान को देखने चली आई हूँ। पर नहीं रूप, बीत गए दस वर्षों को किसी भी तरह एक क्षण बनाकर अपने को झुठलाया नहीं जा सकता।

घड़ी का घंटा बजा, तो यही सोचकर रह गई कि इस रात के अँधियारे में मुझे तुम्हारे और अपने पुराने घर की पहचान करने में बहुत देर हो गई। बहुत–दस वर्षों के मीलों लम्बे सफर में याद आता एक वही क्षण। वही पल कहाँ से लौट आएगा ? कैसे लौट आएगा ?

रूप, सुबह डॉक्टर मेहता लम्बी जाँच के बाद कमरे से बाहर आए तो अनुभवी डॉक्टरी चेहरे पर न जाने कैसी ढीली निराशा थी।

"आनन्द कैसे हैं, डॉक्टर..."

"जी कड़ा करो शिवा बहन।"

मैं अनभीगी आवाज़ में पूछती हूँ, "डॉक्टर, आनन्द कब तक रह सकेंगे ?"

डॉक्टर आश्चर्य और सहानुभूति से क्षण-भर देखते रहे, फिर कुछ पढ़कर सुनानेवाली आवाज़ में बोले, "दस-बारह घंटे...और।"

मैं जैसे अपने-आपसे कहती हूँ, "तब तक क्या बच्चे पहुँच सकेंगे ?"

इसका जवाब डॉक्टर नहीं दे सके। उनसे आनन्द के पास जाने की प्रार्थना कर मैं रसोईघर की ओर चली गई। हफ्तों बाद नौकर को नाश्ते का सामान दिया, वह सब बनाने को कहा जो आनन्द को भाता रहा था और घर-घर के कमरे, बरामदे, दालानों को देखती हुई अपने कमरे में पहुँच गई। किसी अपरिचित की तरह एक नजर देखा, कीमती परदे, भारी फर्नीचर, बढ़िया कार्पेट–इन सबके बीच खड़ी केवल मैं, स्वयं मैं ही हल्की लगती थी।

बच्चे आ गए। उन्हें लेने बरामदे में पहुँची तो अपरिचय से संकोच ने जैसे क्षण-भर को पैर बाँध दिए। एकाएक कहने को कुछ भी ढूँढ़ नहीं पाई। आनन्द का बेटा और बेटी..."आओ मीनू"–आनन्द की-सी ही आवाज़ थी यह ! सुनकर मानो व्यवहार ने मुझे उबार लिया।

बेटी को घेरकर कहा, "आओ मीनू, विनय..."

"पापा कहाँ हैं ?"

आनन्द के बेटे का वह पहला ठंडा स्वर सुनकर वह ठिठकी, फिर सँभलकर कहा, "नींद में हैं। अभी देखकर आई हूँ। डॉक्टर पास ही हैं, तब तक मुँह-हाथ धो-नाश्ता कर लो।" कहकर कमरे में सामान डलवाने की आज्ञा दे मैं रसोईघर की ओर चली।

खाने के कमरे में दोनों बहन-भाइयों को एक साथ बैठे देखकर मन में आया कि बच्चे होने के नाते जिनके पिता का यह घर है उन्हें मैं किस अधिकार से अब तक वंचित किए बैठी थी। आनन्द कितनी बार आग्रह से बच्चों के लिए कुछ कहते-कहते रुक जाते थे। जाने कैसे मैं सुनते ही कड़ी हो आती और लगता कि जिस आनन्द के लिए मैं नाते-रिश्तों से अलग जा पड़ी हूँ, वह मुझ पर निठुराई करके ही उन बच्चों की ओर खिंचते हैं। पर आज तो उस अन्याय की बात सोच किसी का भी कुछ बननेवाला नहीं।

बच्चों को साथ लिये आनन्द के कमरे में आई तो आनन्द करवट लिये पड़े थे। बच्चों ने भटकी-भटकी आँखों से पिता के अपरिचित कमरे का निरीक्षण किया और बरबस रो दिए।

"डॉक्टर, आनन्द इन बच्चों की पहचान कर सकेंगे ?" सुनकर विनय जैसे सब समझ गया। डॉक्टर के निकट होकर पूछा, "डॉक्टर, पापा क्या बहुत बीमार हैं ?"

डॉक्टर सिर हिलाते हैं और मीनू रोती है। मैं पीठ पर हाथ रख दिलासा देती हूँ, "रोओ नहीं मीनू, अभी जगेंगे..."

घंटे-भर बाद आनन्द हिले। रुके-रुके साँस लिया और कम्बल पर बाँहें फैला दीं।

डॉक्टर के संकेत से उठकर पास आई। हाथ सहलाया, आँखों पर हाथ फेरा और नींद में सोए बच्चों को जगाने के-से स्वर में बोली, "आनन्द, आँखें खोलो। बच्चे आए हैं।"

कोई उत्तर नहीं आया। बेबसी से रोते दोनों बच्चे पास आ गए। चाहा कि आनन्द की-सी आँखोंवाली मीनू को 'बेटी' कहकर बुलाऊँ पर नहीं कह सकी।

"तुम पुकारो मीनू, शायद सुनेंगे।"

"पापा, पापा", भर-भर आते कंठ से "पापा, पापा" रोते-रोते मीनू ने हिचकी ली। बेसुधी में ही आनन्द ने सिरहाने पर से सिर उठाने का प्रयत्न किया और आँखें खोल दीं। एक बार मेरी ओर देखा, फिर बच्चों की ओर, फिर मुझे और बच्चों की ओर बाँहें बढ़ा दीं ! रूप, खड़े-खड़े उन तीनों को देखती रही। ऐसा लगा कि तीनों की आँखों में कोई एक ही है जो रो रहा है, एक ही बाँहें हैं जो एक-दूसरे से लिपटी पड़ी हैं। न आनन्द कुछ दूसरे हैं, न मीनू, न विन्नी—और मैं ? मैं डॉक्टर की तरह हूँ—इस कमरे में केवल यह क्षण निभाने के लिए, देखने-भर के नाते इस क्षण को झेल जाने के लिए।

रूप, और वह क्षण पूरी तरह निभ गया। मेरे और डॉक्टर के देखते-देखते आनन्द के साथ वह दर्दीला दिन भी बुझ गया। बच्चे एक-दूसरे से लगे थे। यह नहीं कि मैं रोती नहीं थी। बार-बार आँखें पोंछती थी और उस घड़ी की याद कर-कर रोती थी, जब पहली बार आनन्द को देखकर मैं तुम्हें भूल गई थी।

रूप, कहाँ चले गए हैं वे दिन और कहाँ चली आई हूँ मैं ?

उन क्षणों में न मैं आनन्द को देखती थी, न आनन्द में आनन्द के अन्तिम अपने प्यार को देखती थी। अपने को देखती थी कि मैं कहाँ हूँ, क्या हूँ। रात-भर बच्चों के साथ उस कमरे में बैठी रही। आनन्द की मुँदी आँखों पर कई बार झुकी और फटी-फटी-सी देखती रह गई। यही लगा कि रात हो गई है, रात हो गई है।

जो एक बार बीतने लगता है वह तो सचमुच में ही बीत जाता है। फिर न कभी वे क्षण लौटते हैं, न वे दिन ! बस, एक याद लौटती है जो लौट-लौटकर मन को रुलाती है। आज मैं किस-किसको रोती हूँ, रूप, यह तुमसे क्या कहूँ ! जो कुछ भी याद हो आता है, मन को बरसाता है। सरदियों की वे धुपाती दुपहरें आँखों में उतर आती हैं, जब द्वार पर खड़ी-खड़ी मैं तुम्हारे आने की बाट जोहा करता थी। प्रतीक्षा में बार-बार द्वार पर जाती, बरामदे में बिछे कालीन की गरमाई तलवों को छूती तो कुछ ऐसा लगता कि कहीं कोई दुराव नहीं, कमी नहीं। कुछ सगा है जो अपना है। रूप, लिखते-लिखते हाथ रुक आया था। उन दिनोंवाले अपनेपन को खोकर किसी और को अपना कहने की साख मेरे भाग में फिर कभी नहीं आई। नीले परदोंवाली खिड़कियों

में हाथ टेके तुम्हारे उस गम्भीर मुख को आज वर्षों बाद भी मैं बिल्कुल उसी तरह देख पा रही हूँ। तुम्हारे उतरे हुए विवश से चेहरे पर कुछ ऐसी छटपटाहट सी लगती थी जैसे मेरे धूल में मिल जाने से पहले तुम स्वयं ही मेरी लज्जा से जूझ जाना चाहते हो। रूप, उलाहना नहीं दे रही हूँ, उस तुम्हारे गहरे दर्द का एक क्षण भी अगर उस शाम कुछ और होकर मुझ तक पहुँचता तो अपनी सारी निर्लज्जता समेट मैं तुम्हारे पाँवों पर लोट जाती। एक बार तुम अपना अधिकार तो परखते ! भले ही अपने हाथों मेरी मिट्टी कर डालते। पर नहीं रूप, जो दुर्गति मेरे भाग्य में लिखी गई थी उससे तुम ही मुझे क्योंकर उबार लेते !

उस रात सोने के कमरे में बैठे-बैठे आशंका से, भय से तुम्हारी राह ताकती रही। नित्य की तरह नौकर पानी रखने आया, तो जाने क्यों घर की स्वामिनी की तरह उसकी ओर देख नहीं पाई। सन्देह का एक पल आता था और हिला-हिलाकर लौट जाता था। द्वार पर खड़े परदे की ओर देखती रही कि अभी तुम्हारा हाथ इधर बढ़ेगा और फिर मेरी उस कृतज्ञता की ओर, और फिर...फिर !

दो का घंटा बजा, उठी और कई पल साथ बिछी शैया पर पड़े तुम्हारे सिरहानों की ओर देखती चली गई। न कहीं तुम्हारे घुँघराले बाल दीखे, न तुम रूप, और न प्यार सहेजती तुम्हारी बाँहें...

मुझे उस रात कुछ नहीं सूझता था। बस, एक आनन्द दीखते थे। पास, बिल्कुल पास, उन नर्म-नर्म सिरहानों पर भी—रूप, आज तक भी नहीं जानती हूँ कि उस रात तुम क्या करते रहे थे, पर आनन्द के लिए रो-रोकर अधकची नींद में कुछ ऐसा ही दीखा था कि तुम खोए-से, टूटे-से मेरे कमरे की दहलीज पर पत्थर बने खड़े हो...और मैं उस दिन जैसे तुम्हारे कड़ेपन की चट्टान पर से हो-होकर बहती थी—आनन्द की ओर...सुबह आँखें खोलने से पहले एक छोटे से क्षण को लगा कि आनन्द मुझ पर झुके हैं, पर मुझे घेरती हुई बाँहें आनन्द की नहीं, तुम्हारी हैं...आज तक भी भूली नहीं हूँ कि उस रात आनन्द के लिए रोती थी, पर तुम्हें पुकारती थी—रूप, रूप ! जब तुम्हारे साथ बीत गए अपने प्यार को रोती थी, तो भर-भर आते कंठ से बस यही कहती थी—आनन्द, नन्दी !

सुबह उठी। सिरहाने पर तुम्हारा पत्र था। पढ़ते-पढ़ते कई बार आँखों से

लगाया। जान गई कि इसी में मेरी और आनन्द की मुक्ति है। पर वह मुक्ति मुझ तक कैसे पहुँची थी, रूप, यह सोचने की सुधि उस दिन मुझे नहीं थी। तुम्हारा वह संक्षिप्त-सा पत्र—'आनन्द को बुला दिया है, आते ही होंगे। शिमला जा रहा हूँ, जाने से पहले घर की सँभाल ठाकुर को दे जाना' और बस...

रूप, तुमने आनन्द को बुला दिया था...उनके आने में देर नहीं हुई। अन्तिम बार उस घर से निकली तो तालियों का गुच्छा बूढ़े ठाकुर की ओर बढ़ाते-बढ़ाते कंठ रुँध गया। यह मैं क्या कर रही हूँ ? इस घर की सँभाल ठाकुर को सौंपती हूँ, पर अपनी सँभाल...?

रूप, इतने वर्षों बाद आज तुमसे झूठ नहीं कहूँगी। पल-भर को ठाकुर की विस्मयजनक आँखें किसी काली लीक की तरह दीख पड़ीं। लगा कि मुझे इसे लाँघना नहीं है, नहीं लाँघना है...! खड़े-खड़े अवश हाथों से गुच्छा फर्श पर जा गिरा। ठाकुर ने झुककर उठाया और सगेपन से कहा, 'बहू, खाली एक भंडार की ताली दिए जातीं...इन सबकी सँभाल तो...'

आनन्द ने जैसे किसी दूसरे प्रदेश से बुलाकर कहा, "सामान लग गया है...।"

रूप, बरामदे की नीचेवाली तीन सीढ़ियाँ मैं कैसे उतरी थी, कैसे गमले से टकराकर मैं गिरते-गिरते बची थी, कुछ पता नहीं। कार में बैठी तो एक बार फिर ठाकुर का चेहरा दीख पड़ा। डबडबाती आँखों से बूढ़े हाथ में थमी तालियाँ देखीं तो मन-ही-मन बोली, 'ठाकुर, अब इस घर की सँभाल तुम्हीं करोगे... तुम्हीं...'

रूप, उस रात आनन्द के साथ होटल में पहुँचकर सोने से पहले कपड़े बदलते-बदलते ठिठक गई। सामने के बड़े दर्पण में एक बार अपने को देखा, एक बार अटैची से निकाले अपने पुराने कपड़ों की ओर देखा और उसी तरह अस्त-व्यस्त ढंग से साड़ी लपेटकर बड़े कमरे में आई और आनन्द को देख सिर पकड़कर वहीं-का-वहीं खड़ी रह गई...

यही सोचती रही कि आनन्द अपने हैं तो यह कपड़े किसके हैं ! कपड़े अपने हैं तो फिर मैं किसकी हूँ ! कुर्सी की बाँहों पर सिर रखकर सिसकने लगी !

'शिवा...'

काँपते से कंठ से आनन्द का यह पहला सम्बोधन उस पल मुझे क्या

कहता था, रूप, यह तुमसे नहीं कह सकूँगी।

उस रात के बाद बहुत सी रातें आईं और आती चली गईं। आती चली गईं उस दिन तक, जब एक-एक करके मैंने जाना कि अपने तन पर पहने आनन्द के कपड़ों में भी मैं उसकी नहीं, कुछ दूसरी हूँ।

रूप, आज पिछली बातों को क्यों उघाड़ने बैठ गई हूँ, नहीं जानती। बस, यही लग रहा है कि तुमसे बिछुड़ने के पहले के किसी अधिकार को लौटा लाई हूँ जिसके बूते पर यह सबकुछ तुमसे कहती चली जा रही हूँ।

रूप, शिमले रिज पर तुम्हें एक बार देखा था। आनन्द की प्रतीक्षा में खड़ी, आया के साथ जाती किसी सुन्दर-सी बच्ची को थपथपाने को ही थी कि एकाएक तुम्हारे पास से निकल जाने पर चौंक गई। उतराई खत्म हो जाने पर तुम ओझल हो गए, पर जँगले के साथ लगे-लगे मैंने उस दिन पहली बार जान लिया कि पीठ कर लेना सचमुच में क्या होता है। क्या होता है आगे से पीछे हो जाना ! मैं भटकी निगाह से तुम्हें ही नहीं, अपने पीछे को देखती रह गई थी।

रूप, पता नहीं दुकान पर खड़े आनन्द की सतर्क आँखों ने तुम्हें देखा था कि नहीं, पर मेरे मुख पर जमी वह दृष्टि दूर-दूर तक उतरती चली गई थी। खाने के बाद आनन्द जी कड़ा कर, अपने को सँभालते-सँभालते बोले, "शिवा, रूप यहीं हैं।" मैं कुछ बोली नहीं। शॉल की दोहरी तह जमाती रही।

"शिवा...!"

यह कैसा छटपटाहट का-सा स्वर था ! आँखें ऊपर कीं तो आनन्द के बदले चेहरे को देखकर सहम गई। कोई गहरी यातना मानो जकड़कर कुछ टूक-टूक किए जा रही थी। आनन्द पास आए और मेरे हाथ से शाल खींचते हुए निठुरता से बोले, "रूप यहाँ हैं, यह क्या तुम नहीं जानतीं ?"

मैं भरपूर आँखों से सामना किए रही।

"शिवा," मेरे उत्तर न देने पर आनन्द उत्तेजित से एक पग लौटे और फिर एकाएक आगे बढ़ मुझ पर झुकते हुए दर्दीले स्वर में कहा, "शिवा, हम दोनों ने रूप को क्या कर दिया है...?"

रूप, रात-भर कमरे की बिजली जलती रही। मैं आनन्द को देखती थी, आनन्द मुझे, और फिर दोनों धीरे-धीरे सिर झुकाए बढ़ती तुम्हारी छाया को। आनन्द की वह पछताती-सी पराजित दृष्टि मुझसे मानो बार-बार यही कहती

थी–हमने क्या कर लिया है...!

रूप, जो हो ही जाए, उसका फिर कहना-कराना किसके वश होता है ! यह नहीं कि तुमसे मोह नहीं था, तुम्हारे दिए घर से प्रीति नहीं थी–पर आनन्द के साथ उठ आए तूफ़ान से जब एक बार घिरी तो डूबकर कहाँ से कहाँ बह गई। अपने किए को कुछ छोटा मानकर नहीं कहती हूँ, पर रूप, कैसा एक वह खिंचाव था जो आँखें बन्द किए बढ़ा आ रहा था ! पास, और पास ! और एक दिन सब बन्धन, सब सीमाएँ लाँघकर वह बिना देहरी के द्वार पर जा टिका।

महीनों होटल में रहने के बाद एक दिन आग्रह से बोली, "नन्दी, अब घर चलो।"

आनन्द जैसे सुनकर उलझ गए हों, पर हँसने का प्रयत्न करते हुए कहा, "शिवा, क्या यहाँ अच्छा नहीं लगता ?"

"नहीं आनन्द, कब तक पड़े रहेंगे होटल में...।"

आनन्द एकाएक कोई शब्द नहीं ढूँढ़ पाए। कुछ खीझ के-से स्वर में बोले, "इतनी अच्छी जगह में भी उकता गई ?"

उठकर पास चली आई और मौन तिरस्कार से एक नजर देखकर बोली, "ठीक ही कहते हो आनन्द, जगह बुरी नहीं, बुरी तो मैं हूँ जिसे एक घर से निकाल तुम दूसरे घर का अधिकार नहीं देना चाहते।"

सच्ची बात सुनने के झूठे क्रोध में आनन्द काँपने लगे। कन्धों से झँझोरकर बोले, "शिवा, तुम्हें क्या हो गया है...!"

अपने को अलग करती हुई बोली, "आनन्द, मुझे कुछ नहीं हुआ। जो होना था सो पहले हो चुका। अब होने-न होने के मानी एक बराबर हैं।" नाते-रिश्तों की छोटा कर देनेवाली नज़रें, मित्रों और परिचितों की उघाड़नेवाली दृष्टि और जी पर किसी बहुत बड़े अपराध का एक बोझ–रूप, तुम्हें मैंने कम यातना नहीं दी, तुम्हारे दर्द को कम निर्दयता से नहीं उछाया पर चारों ओर से खुली जिस गृहस्थी में मैंने इतने वर्ष बिता दिए उसमें न भली गृहस्थी का परदा था, न परिवारवाले घर की-सी गरमाई थी, बस, दिन-रात जागती एक प्यार की चाह थी। प्यास थी एक दूसरे को बाँध लेने की। एक-दूसरे को जी लेने की। उन क्षणों से तुलना नहीं करती हूँ जब अपने प्यार को शब्दों में बाँध तुमसे कहा करती थी, "रूप, देर होती है, अब जाओ अपने काम पर।"

और...इस ओर आगे कुछ सोचने के लिए मुझे पहले धूल हो जाने दो रूप !

सरदियों की मेंह में भीगी साँझ। तुम्हें दो दिन बाद दौरे से लौटना था। आनन्द घंटों से पास बैठे थे और मैं हाथ में बुनाई लिये जाने कैसी आँखों से उन्हें देखती रही थी। देखती थी और देख-देखकर ठिठक जाती थी। वह उमड़ता-सा विवश-सा तुम्हारे मित्र का चेहरा—चाइना के ठंडे लगते प्यालों में कॉफी उड़ेलती-उड़ेलती काँपकर रह गई। आनन्द ने कॉफी गिरते देख बढ़कर हाथ को थामना चाहा, कि हाथ से छूते ही ठहर गए। हाथ पर पड़े हाथ आँखों से एक-दूसरे को कुछ कहते थे और बह-बह आते थे। रूप, पिछले कई महीनों का संयम पल-भर के लिए कड़ा होकर रुका और रुकते ही पानी हो गया। आनन्द मेरी ओर घिरे, मैं उनकी ओर।

"शिवा...", "आनन्द...", "शिवा..." हर बार सम्बोधन के साथ ज्वार उठता था और किनारों को छूकर चला जाता था। फिर लौटने के लिए, एक बार फिर...

रूप, सुधि खो गई। मैं, मैं नहीं, कुछ और हो गई और इसके बाद तुम सब जानते हो।

रूप, तन का धर्म मन के धर्म से कुछ अलग नहीं होता, आज तक यही जानती थी, पर उस रात तुम्हें द्वार पर आया जान भी मैं एकाएक आनन्द से अलग नहीं हो पाई। बाँहें खुलती नहीं थीं, नहीं खुलती थीं और तुम खड़े-खड़े देखते थे मुझे और आनन्द को।

रूप, अभागी वह घड़ी थी और अभागे हम दोनों थे जो तुम्हारे और अपने सौभाग्य से एक साथ ही दूर हो गए। ऐसे भाग्यहीन हो गए जिन्हें कोई सा सौभाग्य नहीं सोहता ! आज अकेली हो गई हूँ। पर जैसे यह भी कोई नया दुर्भाग्य नहीं है। लगता है, वही पुराने दुर्भाग्य की कड़ी है जो समय के साथ खुल-खुलकर मुझसे लिपटती जाती है।

रूप, गई शाम मीनू और विन्नी पास आए। दिन-भर बिछौने पर पड़ी थी। भरसक उदासी छिपाते हुए बोली, "आओ, बैठो।"

विनय की गम्भीर दृष्टि पल-भर को मीनू की ओर गई और साहस पाकर लौट आई। कुछ कहने को कहा, "स्कूल कब खुलेगा मीनू...?" मीनू ने भाई की ओर देखा और सयानों के-से ढंग से कहा, "छुट्टी तो आजकल नहीं

पड़ती...''

चुप रह गई। बात आगे चलाने का मन नहीं हुआ। कुछ देर रुककर पूछा, ''कॉफ़ी लोगे विनय...?''

''जी नहीं। धन्यवाद।''

शॉल समेटती हुई उठ गई। बैठे-बैठे आनन्द के बच्चों को देखने लगी। जिसके साथ अपना सबकुछ लगा दिया था, उस आनन्द के बच्चों की उस उदासीनता में छिपी कड़ुवाहट के लिए मुझे क्या कहना-सुनना है ! कुछ नहीं। बैठे-बैठे पता नहीं क्या सोच रही थी कि सुना विनय कुछ कहता है।

ताऊजी तो इस घर को किराए पर उठाने को कह गए हैं। अब इसमें के सामान का क्या होगा...?''

सुना और नहीं भी सुना। चुप रही।

विनय ने दुहराकर पूछा, ''सामान का क्या करना होगा ?''

पूछने की रुखाई पर ध्यान अटक गया और इतने दिनों बाद पहली बार बोध हुआ कि बच्चों के पास मेरे लिए, मुझे पुकारने के लिए कोई सम्बोधन नहीं।

''भैया, ताऊजी तो कहते थे यह सब बेच देना होगा...।''

पतले स्वर से ही पहचान पाई कि मीनू बोलती है।

कुछ कहने को ही थी कि अनायास उठ खड़ी हुई। नौकर को बुलाकर चाय के लिए कहा, खिड़कियाँ खोल परदे खींचे और बच्चों के सामने सोफे पर आन बैठी। संयत गले से कहा, ''सामान की चिन्ता न करो, कुछ-न-कुछ हो जाएगा। हाँ, कल जाकर बच्चों के लिए कपड़े ले आना विन्नी। सिलवाकर बँटवाना चाहती हूँ।''

विन्नी मानो कुछ झिझक गया। संकोच से कहा, ''ताऊजी ही जल्दी उधर आने का आदेश दे गए हैं।''

विन्नी के उस संकुचित चेहरे में विन्नी के पिता को देखती रही। वही ढंग है। वही अपनी सफाई देने की उतावली !

पहली बार स्नेह-भरे स्वर में बोली, ''सोचा मत करो विन्नू, सब ठीक हो जाएगा।''

चाय बनाकर बच्चों के आगे की तो जाने क्यों मन भर आया। जी में सोचा, अगर सबकुछ बीत ही जाना था तो आनन्द के रहते भी यह घर आनन्द

के बच्चों से भरा रह सकता था। पर रूप, सब दिन तो सब बातें एक-सी नहीं सोची जातीं। बच्चों के कमरों से लौटकर अँधेरे में लेटी तो बार-बार अपने से यही कहती रही—अँधियारे में कुछ हाथ नहीं लगा। पराए प्यार का झूठा अधिकार तक नहीं। कोई दावा तक नहीं।

अगले दिन कपड़ों में लगी रही। विनय को साथ लिये ढेर-सा सामान खरीदा। सिलवाने के लिए दर्जी बुलवाया और स्वयं भी उनमें जुटी रही। कोई भारी आयोजन दीखता था। बिछौने, गद्दे, कम्बल, दिल चाहता था, सबकुछ बाँट दूँ। सबकुछ दे दूँ। घर-का-घर दान कर दूँ।

अगले दिन कपड़ों की बड़ी आलमारी खोली और एक-एक करके साड़ियाँ फर्श पर डालने लगी। विस्मित-सी मीनू पास आई और बोली, "इनका क्या होगा...? ये भी दे दी जाएँगी क्या ? इतनी कीमती साड़ियाँ..."

मीनू की ओर बिना देखे सूखे गले से कहा, "अब इनका और क्या होगा ! समय ही चुक गया...।"

दुपहर ढलते अगणित बच्चों में कपड़े बँट गए। अनाथ बच्चों के अनाथ चेहरे कपड़ों पर झुकते थे और टुकुर-टुकुर मेरी ओर देखते थे। पास खड़े विनय से आज्ञा के-से स्वर में बोली, "विनय, छोटीवाली आलमारी से दो-चार सौ छुटे रुपए निकाल लाओ...और मीनू, भाई से लेकर सबको पाँच-पाँच, दस-दस, देती जाओ।"

रुपए बाँटते बहन-भाई को देखती रही। पराई होने की निर्दयता से मन में सोचा कि यह दोनों भी अनाथों की पंक्ति से अलग नहीं। जब मैं ही इनकी कुछ नहीं होती हूँ...

रुपए बाँटते बहन-भाई को देखती रही। पराई होने की निर्दयता से मन में सोचा कि यह दोनों भी अनाथों की पंक्ति से अलग नहीं। जब मैं ही इनकी कुछ नहीं होती हूँ...

रूप, जैसे चलते-चलते अनायास दुर्भाग्य हाथ लग जाता है वैसे ही अगर कभी सौभाग्य की छाँह भी पकड़ाई में आ पाती ! पर अब मुझे ही किसके लिए आस बाँधनी है ? कोई आगे नहीं, पीछे नहीं। तुम्हारे और अपनी बच्ची के लिए चाहती हूँ न रोऊँ, पर मीनू को देखते ही जी का दिलासा बह जाता है। वह होती अगर तो मैं, नहीं रूप, उसके न होने से ही तो आज इतनी सी लज्जा बची रह सकी है कि तुम्हारा नाम ले-लेकर तुम्हें सब लिखती चली गई

हूँ। उसी की बिछुड़ी ममता जैसे उमड़-उमड़कर कहती है...रूप...रूप...

रूप, मैं आज तुम्हारी कुछ नहीं हूँ। आनन्द के बच्चों को आनन्द का सबकुछ सौंपकर तीन-चार दिन में यहाँ से चली जाऊँगी। फिर न कभी घर देखूँगी...न घर का सामान, न सामान से लिपटी अतीत की स्मृतियाँ...। कहाँ रहूँगी, कहाँ जाऊँगी, कुछ पता नहीं। रूप, अब किसे आज जानना है मैं कहाँ हूँ—मैं क्या हूँ ? मैं किसी की कुछ नहीं, कोई नहीं...।

*मार्च, 1955*

# टीलो ही टीलो

एक बार टीलो
दो बार टीलो
तीन बार टीलो
टीलो ही टीलो...टीलो टीलो...

बच्चों के चंचल ताजे स्वर गूँज-गूँज जाने लगे। टीलो टीलो...उत्साह से दौड़-दौड़ आती टोलियाँ अलग-अलग दिशाओं से आकर जँगले के पास मिल गईं। अंकों के रहस्य को छोटी-छोटी मुस्कानों में समेटे नन्ही उँगलियाँ अधरों पर टिक गईं कि कहीं कोई बोल न निकल पाए। कहीं कोई भेद न निकल जाए ! हाथ में दूध-पतरी और कोयले पकड़े दोनों ओर की बाल-सेनाएँ अनुशासन में बँधी खड़ी रहीं। दोनों ओर के कप्तान आगे बढ़े, अपने-अपने हाथ में पकड़े दूध-पतरी और कोयले के टुकड़े चूमे–

"रात है कि तारा
तारा हमारा..."

सबसे लम्बे बब्बू ने बढ़कर 'टॉस' की। हिलती बाँहों के आवेश में

ऊँचे-ऊँचे स्वर एक बार फिर गूँजे–

"रात है कि तारा

तारा हमारा..."

रात नीचे बिछी रही और तारा ऊपर उभर आया ! तालियाँ-तालियाँ...तारा हमारा !!

दूध-पतरीवाली टोली ने 'टॉस' में सचमुच तारा जीत लिया। उत्साह और चाव से हाथ हिले, सिर हिले और रात की ओर के नन्हे-मुन्ने पल-भर को हारे-हारे से मौन खड़े रह गए। सामने से ललकार पड़ी–

"खोजने का दम है !"

पराजित टोली ने जैसे तरेरकर मार की–

"बहुत है, बहुत है।

ढूँढ़ने का दम है–

बहुत है, बहुत है ! !"

"बहुत है कि कम है..."

यह जैसे हार जानेवालों का उपहास था ! एक साथ कई गले मिलकर चिल्लाए–

"बहुत है, बहुत है

पास आकर देख लो

हिम्मत हो तो देख लो..."

एकाएक सबको शान्त करती हुई पप्पी की छोटी सी पतली आवाज़ आई–

"हिम्मत दोनों ओर की–

एक बार टीलो

दो बार टीलो

तीन बार टीलो

टीलो ही टीलो ! ! !"

हाथों में दूध-पतरी लिये टोली चढ़ाई के लिए सँकरी-सी पगडंडी पार कर गई। कितने गम्भीर क्षण हैं, संकेतों से जुड़े-जुड़े। बोलचाल, खींचातानी, लड़ाई-झगड़ा सब चुक गया है। अब तो आँखें चौकन्नी हैं। कोयले के निशानों को ढूँढ़ने के लिए, ढूँढ़कर काटने के लिए...

अगुआई करता रज्जो खुमानी के पेड़ तले पहुँचकर रुक गया। एलान के-से बढ़े स्वर में कहा–

"बड़ पत्थर के नीचे..."

आगे बढ़कर किसी ने पत्थर उलटाया और उछलकर दूर कूद गया। काले निशान की जगह पत्थर से लगा बिच्छू हिल रहा था। टीलो करवाती टोली इस सौभाग्य से खुश हो आई। ताड़ में बैठे सुक्कू ने पत्थर के निशाने से बिच्छू को चित्त कर दिया !

साथियों को उत्साहित करने के लिए दम्मो ने आवाज़ दी–

"हिम्मत हो तो खोज लो..."

रज्जू ने चारों ओर नज़र दौड़ाई–जँगले के पिछवाड़े अपने बड़े भाई जत्ती के संग, उँगली पकड़े चलती छोटी सी मीनू ने तुक मिला दी–

"जँगले की पिछवाड़े
पिट गए बेचारे..."

जत्ती ने घुड़की दी–"चुप्प !"

खड्ड की ओर बंसी के बिना और कौन नीचे उतरकर टीलो देखेगा ! अपने से छोटों को धकेलकर बंसी आगे बढ़ आया। कलाबाजी में अपने प्रतिद्वन्द्वी रंजी की ओर देखा और उछलकर जँगले पर हाथ टिकाकर नीचे लटक गया। रज्जो ने साँस रोके पूछा, "कुछ दीखा...?"

बंसी ने हाथ की पकड़ कड़ी की, सावधानी से घिसटते हुए ऊपर तक पहुँचकर फिर से छलाँग लगा दी।

रज्जो ने दुहराया, "कुछ दीखा ?"

कालू ने मुँह बिचकाते कहा–

"बंसी को क्या दीखा–
शेर के पीछे चीता !"

रज्जो ने हाथ फैलाकर तरेरा, "बोलोगे तो...!"

"तो क्या पीटोगे ?"–कालू ने ढिठाई से पूछा।

रज्जो रोब में आगे बढ़ा कि आवाज़ सुनकर रुक गया।

"ढीने की कोठरी में...टीलो-टीलो..."

टोलियाँ कूदती-फाँदती उतराई उतर गईं और लकड़ी की पुरानी कोठरियों के बन्द किवाड़ों के ऊपर-नीचे छानबीन शुरू हो गई। लकड़ी की मटमैली

दहलीज पर काले-ही-काले निशान...

रज्जो हाथ बढ़ाकर सफ़ेदी से दो लकीरें खींचकर काटता चला गया और कई स्वर एक साथ गूँजे, "टीलो-टीलो..."

किसी ने झट सुझाव दिया, "कोठरी के पीछे।"

पहाड़ के साथ लगी गज़-भर की गली में फैले निशानों की गिनती होती गई और लकीरें खिंचती गईं ! करमू के नलके पर, सूखी ताड़ के तख्तों पर, टोकरियों के नीचे—

"टीलो इनकी ढूँढ़ लो
हाथ बढ़ाकर खींच दो।"

रज्जो की उतावली टोली को दूना उत्साह देते हुए अस्पताल तक ले गई। दोनों ओर के पहाड़ों की राह को बन्द किए लोहे का ऊँचा फाटक फाँदने में देर नहीं लगी। एक के पीछे दूसरा, तीसरा, चौथा—सभी कूद-कूद गए !

मीनू जत्ती के कुरते का आस्तीन खींचते हुए बोली, "भैया, हमें कौन चढ़ाएगा ?" क्षण-भर को मीनू को साथ लाने के झंझट को देख जत्ती ने तेवर चढ़ाया, फिर एकाएक बड़प्पन से बहन को उठाकर फाटक पार करवा दिया।

छोटे कद के पप्पी ने सबसे पीछे एड़ियाँ उठाईं, हाथ ऊपर किए और अनुरोध के स्वर में कहा, "जत्ती भैया, हमें भी थाम लो !"

जत्ती पीछे मुड़ा और हँसकर बोला, "ठिगनू से, किसकी टोली में हो पप्पी !"

पप्पी ने पीले चेहरे पर अपनी बड़ी-बड़ी आँखें फैलाईं और जत्ती के पास आकर विश्वसनीय स्वर में कहा, "जत्ती भैया, तुम नहीं जानते, जो हारने लगता है, मैं तो उसी के साथ हो जाता हूँ—यह देखो, दोनों रंग हैं अपनी जेब में।"

नन्ही सी हथेली पर दूध-पतरी का छोटा सा टुकड़ा और कोयला चमकने लगा। जत्ती ने जैसे प्यार में आकर, पतले-पतले बालोंवाले सिर पर धौल दिया और हल्का सा धक्का देते हुए बोला, "आज तो बब्बू की टोली हारेगी।"

पप्पी ने सीधी राह पर से पगडंडी पर छलाँग मारी और मुड़कर जत्ती से कहा, "जत्ती भैया, बब्बू की टोली नहीं हारेगी—नहीं हारेगी..."

मीनू के साथ जत्ती नीचे पहुँचा, तो अस्पताल से नीचे जाती उतराई के किनारे-किनारे पहाड़ पर कटी टीलों की अगणित रेखाएँ चमक रही थीं। विजयी टोली के साथ खड़े रज्जो के चेहरे पर शेख़ी थी और साथी बार-बार तालियाँ

पीटते थे–

“खूब बने थे अगुआ,
बब्बू बन गए बबुआ ! !”

बब्बू ने जलती निगाह से एक बार रज्जो की ओर देखा और भरसक अपने को सँभालते हुए कहा, “रज्जो, पीटने को मैं ऐसा पीट सकता हूँ कि...पर खेल आगे नहीं बढ़ेगा।”

बब्बू की विवशता पर खिल-खिल जाती बहुत बड़ी मुस्कान रज्जो के ओठों पर उभरी और पलक झपकने के संकेत के साथ ही टोली-भर में फैल गई।

रज्जो ने उपहास-भरे स्वर में पूछा, “कहीं और भी है टीलो ? अब तो खेल खत्म हुआ समझो !”

बब्बू ने जाने कैसी आँखों से अपने साथियों की ओर देखा। नज़र कहती थी–क्या सचमुच हार चले हैं...!

संकेत-ही-संकेत में कुछ कहा गया, कुछ सुना गया और एक साथ कई गले चिल्लाए–

“टीलो अभी बहुत है
हिम्मत हो तो ढूँढ़ लो।”

कदम फिर आगे बढ़े। उत्साह ने पलटा खाया। रज्जो को लगा, पीछे आती बब्बू की टोली उतनी पीछे नहीं जितनी पीछे वह समझ बैठा था। इस बार चाल में ढिलाई नहीं थी। संकेतों में निराशा नहीं थी।

स्लेट-पत्थर के नीचे–तीखी नज़र इस गोपनीय स्थान पर पहुँची।

पत्थर के ढेर-के-ढेर उलटे हो गए, पर निशान कहीं दीखे नहीं !

रज्जो के हाथ दूध-पतरी लिये ठिठके रह गए–बब्बू की आँखों में चमक आई। आगे बढ़कर कटाक्ष किया, “कहो कप्तान, अब किधर !”

“लाल सराय के आसपास !”

रुककर ज़रा-सा चौंककर बब्बू ने बेबसी की-सी हामी भरी और अपने साथियों की ओर देखकर रज्जो के पीछे-पीछे हो लिया ! पासा फिर पलटा और अगली टोली तेज़ हो गई !

“लाल सराय आया बच्चा,
हो जाए कट्टम-कट्टा।”

सराय के खुले आँगन में बच्चों के 'टीलो टीलो' के उन्मुक्त स्वर गूँज-गूँज

जाने लगे। शेरमुखे लोहे के नलके पर सबसे पहले रज्जो का हाथ पड़ा—कट्टम-कट्टा। बिजली के काले खम्बे पर—कट्टम-कट्टा ! टीन की नीची छत—यह कट्टम-कट्टा।

बब्बू ने हाथ मिलाया और बाँहें फैलाकर ज़ोर से कहा—

"हारने की सोचो मत,
हार जाए पतरी।
मेंह हो, बरखा हो
काम आए छतरी !"

टोली-की-टोली नाच उठी और अगणित कोयलों के टुकड़े हवा में उछलने लगे।

"मेंह हो, बरखा हो..."

रज्जो ने गला फाड़कर इस गूँज को चीर दिया।

लद्दाखी मुहल्ले—सुनते ही सराय खाली हो आई और नन्हे-नन्हे आकार फुर्ती से चढ़ाई पर दौड़ने लगे। इस बार जत्ती का स्वर सबसे ऊँचा था—

"हारने की सोचो मत,
हार जाए पतरी !"

मस्जिद के आसपास टीलो की ढूँढ़ पड़ी। देवदार के तने पर सैकड़ों की गिनती। बब्बू ने फीके मुँह से जत्ती की ओर देखा—आज तो सचमुच उन्हें हार जाना है। रज्जू ने उछल-उछलकर दीवार की मुँडेर तक हाथ बढ़ाए। टोली के हौसले बढ़ आए।

"अब भी टीलो खेलोगे ?"

बब्बू ने निराश-निराश आँखें टोली की ओर फिराईं—सब टीलो चुक गई थी, अब हारने के सिवाय क्या चारा था ! एकाएक दूर नीचे खड्ड में से धीरे-धीरे ऊपर बढ़ती एक नन्ही सी छाया को पहचानकर सँभल गया। ध्यान से देखा तो खड्ड की पगडंडी पर झुक-झुककर पप्पी ऊपर बढ़ा आ रहा था।

"अब भी टीलो खेलोगे ?"

बब्बू ने अपने को पूरी तरह हिला-हिलाकर सिर हिलाया—

"सौ बार खेलेंगे !"

"सौ बार जीतेंगे ! सौ बार, सौ बार..." इस जोश-भरी ललकार के साथ-साथ सभी आँखें खड्ड की ओर घूम गईं।

"पप्पी है भई, पप्पी है !

जीत हमारी पक्की है..."

मुँह के आगे हाथ रखकर जत्ती ने ज़ोर से पुकारा, "पप्पी !"

साथ ही कई स्वर मिलकर हवा में गूँज गए, "पप्पी !"

एकाएक आँखों में कुछ झलका, पप्पी ने हँसता हुआ पीला मुँह ऊपर किया, हाथ हिलाया, जैसे कहता हो—जीत तुम्हारी पक्की है...

पहाड़ पर पड़ते धूप के लिशकारे में पप्पी की नीली कमीज़ एक बार हिली, दो बार हिली—फिर एकाएक जैसे क्षण-भर को, केवल क्षण-भर को पप्पी का हाथ ऊपर उठा और पलक झपकते खड्ड की गहराई में ओझल हो गया !

"पप्पी...!"

न कहीं पप्पी का सिर चमका, न कमीज़, न पप्पी, न पप्पी की बाँहें...

सहमी-सहमी आँखें एक-दूसरे पर जमी रह गईं। साँस रोके बब्बू ने बंसी का हाथ छुआ, जैसे कुछ अनुरोध करता हो, "बंसी, पप्पी...!"

बंसी ने देर नहीं की। एक बार खोई-खोई आँखों से बब्बू की ओर देखा, रज्जो की ओर देखा और सराय के दाहिने जाती पतली पगडंडी से नीचे हो चला ! बंसी एक बार दीखता है, नहीं दीखता, फिर दीखता है..

झाड़ी की आड़ से इधर निकलकर एक हाथ हवा में हिलता है...

नहीं-नहीं, पप्पी नहीं...पप्पी कहीं नहीं !!...

साँस रोके दोनों टोलियाँ खड्ड की सँकरी पगडंडी से ऊपर आते बंसी को देखती रहीं।

बंसी सँभल-सँभलकर पाँव उठाता मुड़कर नीचे की ओर देखता, फिर आगे की ओर कदम उठाता। सराय के पिछवाड़े पहुँचते-पहुँचते उसका चेहरा दीखने लगा था। झुकी-झुकी उदास आँखें, ढीली बाँहें...

ऊपर पहुँचा तो कोई कुछ पूछने को आगे नहीं बढ़ा, कोई कुछ कहने को आगे नहीं हुआ। भयभीत आँखों के जोड़े टुकुर-टुकुर तकते रहे...

कई क्षण बाद बब्बू ने अस्फुट स्वर में पूछा, "बंसी, पप्पी...?"

बंसी ने आँखें नहीं मिलाईं, केवल सिर हिलाया, हाथ हिलाया—नहीं !

रज्जो ने कठिनता से घुटते गले को खोला, "पप्पी नहीं ?"

नहीं...और बस !

सिर डाले एक-दूसरे के आगे-पीछे बच्चों की दो टोलियाँ चली जा रही हैं।

उदास, चुपचाप !

"भैया...पानी पिऊँगी..." मीनू ने चौराहे पर नल देखा और मचल पड़ी, "भैया..."

जत्ती कुछ बोला नहीं। छोटे-छोटे पाँव उठाती मीनू की उँगली पकड़े चढ़ाई की ओर खींचता लिये चला।

"जत्ती भैया, हमारा भी हाथ थाम लो..."

जत्ती ने मुड़कर एकबारगी फिर पीछे की ओर देखा–दूर खड्ड में...।

एकाएक सीमेंट की सीढ़ियों पर दोनों टोलियाँ रुक गईं। सबके घर दीखने लगे थे। जत्ती के घर के साथ लगा पप्पी का घर...टीन की छत पर पप्पी के कपड़े सूख रहे थे...कौन आगे बढ़ेगा...कौन खबर करेगा...भय में डूबे मन-ही-मन सबने दोहराया...बब्बो, रज्जो, बंसी...

आशंका से बब्बो का कंठ भर आया। जत्ती का कुरता छूकर बोला, "जत्ती, तुम कहना, तुम कहना...तुम्हीं कहोगे जत्ती..."

रज्जो ने सूखते गले से, धीमे से कहा, "बंसी, पप्पी वहाँ सचमुच नहीं था...?"

बंसी ने सिर हिलाया, "नहीं !"

"छिपा होगा।"–कालू की आवाज़ में चिन्ता नहीं, खिलवाड़ थी। रज्जो से इस लापरवाही के-से बोल को झेला नहीं गया। आगे बढ़कर कान उमेठे और आँखों से तरेरकर कहा, "चुप रहो !"

बारी-बारी से, एक-दूसरे से छिपे-छिपे सबने पीछे की ओर देखा, सराय तक की पगडंडी खाली पड़ी थी।

पप्पी–पप्पी–पप्पी !

जत्ती कई क्षण साथ-साथ लगे अपने और पप्पी के घर की ओर देखता रहा, फिर एकाएक मीनू को पास से धकेलते हुए ऊपर भाग चला। पप्पी के घर की सीढ़ियों पर जी धड़कने लगा। बरामदे का दरवाज़ा खुला था। कमरे की दहलीज पर रुका तो मौसी को मशीन के आगे बैठे देख सहम गया। मौसी ने सिर उठाया, दाँत से तागा तोड़कर हँसते हुए बोली, "क्यों जत्ती, अभी टीलो चुकी नहीं ? पप्पी दुपहर को घर से निकला..."

"मौसी..." जत्ती पास होकर मशीन पर झुक आया।

मौसी प्यार से सिर पर थाप देते-देते रुक आई। देखा, जत्ती के उड़े-उड़े

चेहरे पर घबराहट थी, डर था।

"किसी से मारपीट हुई क्या ?"

"नहीं..."

मौसी फिर हँसी..."टीलो में हारे हो न !"

"नहीं..."

इनकार के इस करुण स्वर से मौसी जैसे भयभीत हो गई, "पप्पी तो नहीं लड़ा किसी से...?"

अटक-अटककर कुछ कहना चाहते हुए भी जत्ती ने केवल सिर हिला दिया, "नहीं !"

मौसी कुछ समझ नहीं पाई। मशीन की हत्थी पर हाथ टेकते हुए पूछा, "बोल, पप्पी कहाँ है—कहाँ छोड़ आया उसे ?"

मौसी ने सूई के नीचे कपड़ा रखा और जत्ती की हिचकी सुनकर ठिठक गई। रोते-रोते—"मौसी, पप्पी..." आवाज़ आँसुओं में बह गई। मौसी ने सहमकर जत्ती का कन्धा हिलाते हुए पूछा, "पप्पी है कहाँ ?"

"मौसी..."

जत्ती ने बड़े-बड़े आँसुओं को बह जाने दिया और आँखों पर हाथ रखकर रुलाई के स्वर में बोला, "खड्ड में—मौसी, पप्पी खड्ड में नीचे..."

"पप्पी..."—मौसी ने चीख मारी और बेहोश हो गई।

टोली जहाँ खड़ी थी, खड़ी रही और दिन ढलते-ढलते उन्हीं सीढ़ियों पर बैठ गई। न कोई कुछ बोलता है, न कोई कुछ कहता है। नज़रें बार-बार सरायवाली खड्ड की ओर उठती हैं और लौट आती हैं। कुछ देर पहले सफ़ेद कपड़े से पप्पी को ढाँककर दो सिपाहियों के साथ पप्पी के पापा इन्हीं सीढ़ियों से नीचे उतर गए थे। पर उस कपड़े में से पप्पी तो दीखता नहीं था...

वह पप्पी के कपड़े हों या पप्पी का सिर था या टीलो खींचते दो गोरे-गोरे हाथ भी थे ! क्या था कपड़े के नीचे—अब क्या पप्पी इन सीढ़ियों पर कभी नहीं आएगा ? अब वह अपने नन्हे हाथों से कभी हार जानेवाली टोली की टीलो नहीं खींचेगा। अब कभी वह अपनी पतली सी आवाज़ से टीलो नहीं बोलेगा !

टीलो-टीलो...

अपने-अपने बिछौने में पड़े पप्पी के साथी रात-रात-भर उस खड्ड के आसपास घूमते रहे। दूर-दूर सराय के नीचे सब टीलो ही टीलो है ! काली रेखाओं से बड़े-बड़े पत्थर भरे हैं। 'लाल पानी' को जाती पगडंडी की घनी छाँह पप्पी के नन्हे-नन्हे हाथों के रहस्य को समेटे चुपचाप वृक्षों के घेरे से लगी खड़ी है।

पेड़ के पीछे छिपा पप्पी एकाएक सिर निकालकर हँसता है—

"टीलो मेरी काली है,

मैंने हार बचा ली है।"

जत्ती देर तक लेटा-लेटा अपनी खिड़की से पप्पी के घर की खिड़की देखता रहा। पास-पड़ोसियों के संग जत्ती के पापा चुपचाप सिर झुकाए घर लौट आए हैं। पप्पी के घर से कोई आवाज़ नहीं आती, सिर्फ़ बीच-बीच में मौसी की हिचकियाँ सुन पड़ती हैं।

जत्ती की पलकें झपकीं। नींद में देखा : बिछौने के पास पप्पी खड़ा है। कन्धा हिलाकर कहता है—'उठो जत्ती भैया, उठो मीनू, बब्बू की टोली तो जीत गई। वह देखो खड्ड में काली टीलो। अगली बार मैं दूध-पतरी की ओर जाऊँगा। रज्जो को जिताऊँगा...'

जत्ती सुबह देर से उठा तो कानों में एक ही गूँज थी, 'रज्जो को जिताऊँगा...'

मुँह-हाथ धोए बिना नाश्ता लिये जल्दी-जल्दी बाहर निकल आया। पप्पी के बरामदे की ओर आँखें उठाईं तो जँगले पर हाथ रखे पप्पी नहीं, मौसी खड़ी थी। देखते ही सहम गया। आँख बचाकर चबूतरे के एक ओर जा लगा।

"जत्ती, जत्ती..." भर-भर आते कंठ से मौसी ने आवाज़ दी।

जाने किस संकोच और डर से जत्ती दीवार के साथ लगा खड़ा रह गया।

मौसी ने तनिक झुककर सिर हिलाते हुए अनुरोध किया, "जत्ती ! इधर आओ !"

सीढ़ियों पर बढ़ते हुए जत्ती के पैरों की आहट नहीं हुई। चुपचाप पास आन खड़ा हुआ तो मौसी कुछ बोल नहीं सकी। रुक-रुककर साँस लेती थी और रोती थी। देर बाद हाथ से जत्ती को छुआ, कुछ कहने को हुई कि और भी ज़ोर से रो पड़ी।

"मौसी..."

मौसी को कुछ कहना चाहते हुए उन दो नन्हीं आँखों पर जाने कैसी धुन्ध छा गई कि कुछ कहते नहीं बना।

मौसी ने धोती के छोर से जत्ती की आँखें पोंछीं और भर्राए कंठ से पूछा, "जत्ती, मेरा पप्पी कुछ कहता था ?"

जत्ती ने सिर हिलाया।

"बोल बेटा, क्या कहता था...?"

जत्ती क्षण-भर लालसराय की छत की ओर देखता रहा, फिर आँखों की बरसात को मौसी की झोली में छिपाकर सिसकते हुए बोला, "यही कहता था, 'जत्ती भैया...बब्बो को जिताऊँगा'..." मौसी ने हिचकी ली, साथ लगे जत्ती का सिर उठाया, भरपूर अनुरोध से पूछा, "कुछ और भी...?"

जत्ती ने सिर हिलाकर रोते-रोते कहा, "हिम्मत दोनों ओर की—एक बार टीलो..."

पप्पी की माँ जत्ती की गीली आँखों में पप्पी को ढूँढ़ती रही—पप्पी के विछोह को झेल लेनेवाली हिम्मत को ढूँढ़ती रही और सुनती रही जत्ती के गले में निकलती पप्पी की पतली-पतली आवाज़ को—

"हिम्मत दोनों ओर की—
एक बार टीलो
दो बार टीलो
टीलो ही टीलो..."

*अगस्त, 1954*

# अभी उसी दिन ही तो

जाड़े में डूबी-डूबी अँधियारी साँझ ! आकाश के परदे पर बादलों के बनते-मिटते चित्र फैल रहे थे—ठिठुरती हवाएँ जा-जाकर लौटती आ रही थीं, आँगन का पुराना पीपल खड़ा-खड़ा डोल रहा था। पशमीने के मटमैले शॉल को समेटे सकुन्ती ने एक बार बुझे-बुझे भारी मन से पश्चिम की ओर देखा, पीपल की डोलती पतली टहनियों की ओर देखा और थके भाव से डोलती अन्दर आ बैठी। घर पर मौन है। बहुएँ-बेटे आज सब बाहर हैं। नए वर्ष का नया पहला दिन। नई उमंग, नई उम्मीदें और नए स्वप्न। सकुन्ती ने सिकुड़ी उँगलियाँ आँखों पर फेरीं—नए स्वप्न। धुँधला-धुँधला देखनेवाली आँखें आँचल से पुँछकर रह गईं। अब नए स्वप्न...? यह घर—अपना घर, जिसमें बहनेवाले प्राणों के कण-कण पर उसके निर्माण की छाप है, आज एक छूटा हुआ, बीता हुआ स्वप्न-भर क्यों लगता है ! उसके राजकुमार-से बेटे, सुन्दर-सलोनी बहुएँ और भोले-भाले पोते-पोतियाँ—अतीत के उन मीठे आलिंगनों ने कितने नए बन्धनों और सीमाओं का निर्माण कर दिया—पर जाने क्यों आज के इन गुँथे-गुँथे डोरों में वह किसी अनचाही गुंजल की तरह अटकी पड़ी है ! यह घर उसका है,

उसका अपना है, तब से है जब इस आँगन में वह अधिकारपूर्ण गर्व से नन्हे-नन्हे बच्चों की देखभाल करते-करते खीज और ममता से मुस्कुरा दिया करती थी। और उस मुस्कुराहट को प्यार से चूम लेनेवाली पति की वह मीठी और अपनेपन में घुली दृष्टि...और उस दृष्टि का अनुसरण करनेवाली वह स्वयं...आज कहाँ हैं वे दिन–खुले-खुले हल्के, और बँधी-बँधी उनींदी रातें... एक जमाना बीत गया लगता है। बच्चों की किलकारियों से घिरी-घिरी साँझों में उत्सुकतापूर्ण प्रतीक्षा। सुरुचिपूर्ण सहेजे घर में वह पति का स्वागत कर रही है। बच्चे पिता से लिपटे जा रहे हैं और वह गहरे सन्तोष से खाने के प्रबन्ध में व्यस्त। उसका अपना परिवार, जिस पर मीठे-मीठे दिन-रात–जैसे बिना जाने ही वर्षों तक बीतते गए। अपनत्व की छाँह में उल्लासमय स्वप्न खिलते रहे।

और एक दिन बच्चों की गम्भीर मुद्राओं के मध्य गहरी काली अमावस की रात उसके आँचल तक फैल गई–उसको निरखनेवाली दो आँखें मुँद गईं, माँग की सिन्दूरी रेखा पुँछ गई और दिन के उजाले के साथ उसके रंग-बिरंगे झीने कपड़ों की छाया बदल गई। घर पर, उस पर रक्षक की तरह छाई रहनेवाली पति की उपस्थिति उठ गई और उस उपस्थिति से उपजी उसकी अपनी सत्ता जैसे अपने लिए सदा के लिए मिट गई।

फिर फीके-फीके सूखे दिन। घर का प्रबन्ध और बच्चों का नियन्त्रण। माँ के अनुशासन से अलग उसके नियन्त्रण में अब जैसे अपनी सत्ता का मोह नहीं शेष रह गया था–एक कर्त्तव्य-भर था जिसे अब पति के सहयोग के बिना उसे निभाना था।

सकुन्ती टिक-टिक करती घड़ी की ओर देखती है। रात सिर पर उतरी आ रही है। और बच्चे अपने परिवारों-सहित अभी तक नहीं लौटे। घर-भर में कोई आहट नहीं, सिवाय इसके कि रसोईघर की ओट में नौकर बरतनों से उलझ रहे हैं। बाहर तीखी ठंडी हवाएँ पेड़ों को झुलाती चली जा रही हैं। एक ऐसा ही सिहरता-सा दिन था–जब वह नर्म-नर्म गर्म कपड़ों में अपने को समेट अन्तिम बार सहदेव के घर से लौटी आ रही थी। और फिर उसके बाद वह मधुर घने बहनेवाले दिन कभी नहीं लौटे। कैसी रात थी वह ? देर तक सिरहाने पर बिखरे-बिखरे बालों से ढकी दो छलछलाती आँखें–उसे लगा था कि अब उन पलकों में उस भारी-भारी बिदाई के बाद कोई रंग नहीं आएगा। पर एक दिन शहनाई के स्वरों ने उसे रुलाकर हँसा दिया। नयनों का रंग बदला, अधर

मुस्कुराए, चाँदनी में धुले आकाश पर रुपहला चाँद निकल आया, स्वप्नों ने करवट ली। आँखें खुलीं तो उनमें कोई चित्र नहीं, उसे थाम लेनेवाली दो बाँहें रम चुकी थीं। लेकिन आज–आज वह दिन न होने से लगते हैं। इतनी दूर छूट चुके हैं वह चित्र और चित्रों को सँजोनेवाले ! नए वर्ष तब भी आते थे–प्रियजनों की ढेर-सी शुभकामनाओं में जैसे पति-पत्नी की शुभकामनाओं की छाया सबसे गहरी और अपनी होती थी। आज शाम बच्चों को बाहर जाते देख सकुन्ती न जाने कैसी हो गई थी। बेटों के गम्भीर चेहरों पर गर्वपूर्ण मुस्कुराहट ऐसे बिछी थी जैसे अपने-अपने परिवार के लिए संकेत करता स्वामित्व का बोझ। उसका मातृत्व मन-ही-मन सन्तोष में भीग गया था। जिन दिनों की कल्पना कर वह बच्चों को गोदी में डाले-डाले लोरियाँ गाया करती थी, वे दिन आज उसकी पकड़ में हैं। और सीढ़ियों पर से उतरती उसके बेटों की परछाइयाँ उसे हरे-भरे छाँहदार वृक्षों की तरह लगी थीं, जिनकी नई-नई शाखाएँ दूर-दूर तक फैलती जाती हैं।

उनके पीछे द्वार बन्द होते ही, घर-भर का सूनापन अन्तर में भर गया। लगा, जीवन के उल्लास और विश्वास के लिए वह जड़ हो गई है और वह जड़ता बुढ़ापे के साथ-साथ उस पर छाई जा रही है। एकाएक अपने विवाह के बादवाला दिन आँखों में झूम गया जब पहले-पहल वह सास के पाँव लगी थी। वर्षों के भार से झुकी देह, सिकुड़ी चमड़ी–और अपने सिर पर आशीर्वाद वाला काँपता हाथ–सकुन्ती ने अनजाने में ही सिहरकर सोचा था कि सास की आशीष में उनके अपने बीते हुए जीवन की ममता उमड़ आई थी। पर...उस स्पर्श में वह वृद्ध हाथ नहीं, बिछुड़ते जीवन का मोह काँप गया था। और आज–आज सकुन्ती स्वयं वृद्धा है, वह वृद्धा है जिसके लिए नए वर्ष का नया दिन अब नया नहीं रह गया।

सकुन्ती थके-थके मन से उठी–शॉल उतारकर कुर्सी पर रखा और जाकर बिछौने पर लेट गई। कितनी सरदी का दिन है आज ! अच्छी तरह कपड़ा लपेटा। सोचा इतने वर्षों बाद की थकान के बाद आज भी इस सिरहाने पर सिर डाल देने से सुख होता है। शायद वह सुख उन बीते हुए क्षणों की, वर्षों की देन है जो आज भी उससे छूटा नहीं। संग छूटा, साथ छूटा–पर यह, इसका राग-रूप बदल-बदल जाने पर भी इसका मोह-सत्य नहीं छूटा। पति के मरने के बाद, बच्चों को ढाँढस बँधाकर, जब वह पहली रात उस सूने कमरे में सोने

गई थी तो देहरी पर पाँव जैसे जड़ हो गए थे। और फिर क्षण-भर बाद हमेशा-हमेशा के लिए शान्त हो जानेवाला अन्धड़ उस पर से होकर गुज़र गया था। आज उसके ऊपर की घनी छाया मिट गई थी, और किसी के हाथों में सँभली हुई काया—सकुन्ती हाहाकार करके बिछौने पर गिर पड़ी थी। वही सबकुछ था, लेकिन बदला हुआ, वही रात थी जिसकी गहराई उसे दिन में विभोर कर दिया करती थी—पर आज वह उसे अन्धा कर गई। अब से इन आँखों में दिन का फीकापन होगा और रात में रूप-रंग-विहीन नींद।

सकुन्ती ने आँखें बन्द कर लीं। उसे अब यह सब क्यों सोचना है ! समय नहीं बीता, वह स्वयं बीत गई। कभी बहुओं की दूर-दूर रहनेवाली नम्र दृष्टि की जाँच कर जी में आता है कि जिन्हें पहले मधुर दिनों का आभास—मात्र परिचय भी नहीं, वे सास को किसी और दृष्टि से क्योंकर देख सकती हैं। फिर आज तो उनकी मोह में डूबी-डूबी आँखें पीछे नहीं—आगे देख रही हैं, जहाँ पति की छाया में सिमटता उनका आँचल है और उस आँचल में लिपटते उनके बच्चे। अब सकुन्ती तो पिछवाड़े है।

सीढ़ियों पर आहट हुई। बच्चे लौट आए हैं। सकुन्ती ने आँखें खोलीं। बच्चे उसे बिना मिले अपने-अपने कमरों को लौट जाएँगे ? सामने के बरामदे से बच्चों की उछलती-कूदती आहट दूर हो गई। सकुन्ती ने एक लम्बा निःश्वास लिया, और आँखें मूँद लीं। आज नए वर्ष के नए दिन, इस बीती हुई पुरानी याद को कौन याद करेगा !

सकुन्ती की पलकों में अतीत के घने स्वप्न तैर रहे थे। तन से लिपटी अशक्त मूर्च्छा, उसे समझने की क्षमता उसमें शायद अब नहीं थी। देर गए, कन्धों पर बोझ का स्पर्श पाकर धीरे से आँखें खोलीं तो उस पर झुकीं उसके बड़े बेटे की दो गीली आँखें झाँक रही थीं। क्षण-भर अपलक देखती रह गई। वही आँखें हैं—वही स्वच्छ और भोली दृष्टि—पर नहीं, उसमें आज कुछ और भी है। सकुन्ती ने सूखा दुर्बल हाथ बेटे के सिर की ओर बढ़ाया—सिर उसके वक्ष पर झुक गया, और जब उठा तो आँखों में, सकुन्ती को लगा, नए वर्ष का नहीं, अन्तिम वर्ष की विदाई का बोध था। मोह-ममता छलछलाकर काँपते स्वर में बोली, "सुखी रहो..." बेटे ने आवेश में एक बार माँ का आलिंगन किया और आँखों में विवशता भरकर दबे पाँव बाहर हो गया।

इस बार सकुन्ती ने आँखें नहीं खोलीं। इस ठिठुरती रात में उसका

बेटा—जो...उसे सबसे अधिक जानता है—उसे भूला नहीं, नहीं भूला। अभी उसी दिन तो आँखों के अन्दर उसके बचपन की तस्वीरें घूम गईं और पलकों के बाहर आँसुओं की अनछुई दो लड़ियाँ—जिन्हें पोंछनेवाली आज की ठिठुरती रात के सिवाय और कोई न था।

*दिसम्बर, 1952*

# दोहरी साँझ

साँझ दोहरी होने को आई। सूरज की डूबती-डूबती छाया ऊँचे गुम्बद पर घिर आई। खंडहरों में खड़े पके पत्तों के पेड़ हवा से खड़खड़ाए और धरती पर बिखर गए। चबूतरे पर हवा थिरकती रही। जँगले में पथरीली जाली जैसे अपनी ही कारीगरी में जकड़ी रही। मिट्टी और पत्थर की छाया से लिपट-लिपट साँझ की उदासी सिबुकती रही।

जया ने सीढ़ियों से उतरते-उतरते अविनाश की बाँह थामी। जी उदास हो आया। बिछुड़े वर्षों की आँखों में छूट गए, भूल गए चेहरे उभर-उभर आए।

"इधर आओ माँ, सँभलकर पग धरो..." अविनाश ने माँ को घेरते हुए थामा। बेटे के बलिष्ठ हाथों के नीचे की बाँह हल्के से काँपकर रह गई।

'इधर आओ, इधर आओ जया—जया...'

माँ के पाँव सधे नहीं। ऊपर का अन्धकार उसके पैरों तले बिछता चला जा रहा है। अवश-सी देह से लगा आँचल सिहरता है।

'जया सँभलकर, दूर मत रहो, इधर आओ न...'

माँ का विवश सा बोझ यत्न से सँभाले अविनाश धीमी चाल से चला जा रहा है।

माँ चुप है, पर जैसे कहीं दूर–दूर की आहट पर सुन रही है।

'जया, इस स्थल को, इस साँझ को तुम भूलोगी नहीं–नहीं भूलोगी जया...'

गहरा मीठा अनुरोध।

और जया के कंठ नहीं, आँखों की पलकें महेन्द्र के हाथों पर झुक जाती हैं। वह नहीं भूलेगी इस शाम को, अपने को और महेन्द्र की उस मोह में भीगी दृष्टि को। महेन्द्र और जया ऊपर से नीचे उतर आ रहे हैं। हाथ को हाथ थामे हैं और उन हाथों के नीचे मोह का आवेश है।

जया–

'कहो महेन...'

'जया...'–यह प्यार की आवाज़ है। इस बार जया सिहरती नहीं। अविनाश की बाँहों पर झुकती है। झुकती है और सिमटती है।

"माँ, क्या जी अच्छा नहीं...?"

माँ बेटे की बाँह पर हल्का, बीता हुआ सा हाथ फेरती है। और–विलग हो गए क्षण साँझ की हवा में तैरते हैं। अविनाश का भीगा दबाव जया के तन को छूता है।

कितने सगे बोल हैं, पर सगापन इनका माँ तक नहीं पहुँचता।

"थक गई हो माँ क्या...पल-भर आराम करो....दीवार पर बैठ सकोगी...?"

माँ मौन है, पर बैठती है। ऊँचे-ऊँचे गुम्बद और मीनारों की आकृति गाढ़ी हो रही है। और उस गाढ़ी छाया तले महेन्द्र और जया। जया चाँद की श्वेत रेखा देखती है और सिर झुकाती है। महेन्द्र खिलखिलाकर जया की ओर देखते हैं। कैसा है यह देखना ! 'जया, मैं ऊपर नहीं–अपने पास देखूँगा...' और महेन्द्र की आँखें बरबस कहती हैं–'तुम्हारे पास झुकूँगा।'

जया बढ़ते हुए आलिंगन हाथों पर झेलती है और भटकते-भटकते लोटकर कहती है, 'ऐसे नहीं महेन...' महेन्द्र ठिठकते हैं। बँधा-बँधा मोह जया की ओर देखता है। शब्द नहीं हैं पर आँखें कहती हैं, 'इस अटक को पार करूँगा जया, एक दिन अवश्य करूँगा।'

पर वह अटक कब पार हो सकती ! नहीं हो सकी। समय उन हाथों से निकलकर दूर जा गिरा। जया और महेन्द्र फिर ऐसी साँझ में कभी नहीं मिल सके। नहीं मिल सके।

"माँ, पतझर की ये कैसी रूखी-सूखी हवाएँ हैं, मन को उदास कर जाती हैं।"

बेटे के सिर को सहलाते हाथ में प्यार कितना गहरा है, यह अविनाश समझता है। माँ कुछ कहना चाहती है, पर कह नहीं पाती। यही तो उसका अशक्त, धीमे-धीमे हिलनेवाला हाथ कह रहा है।

"अवि, अवि"—अविनाश चौंकता नहीं, बँध जाता है, 'अवि' करके उसे माँ नहीं, छाया बुलाती है और आज ऐसे बुझे-बुझे अँधेरे में माँ कहती है, "अवि..."

अविनाश ममता से माँ को घेरता है। माँ एक बार याद करती है और भूलती है। भूलती है और याद करती है।

'महेन, उस राह पर से ज़रा हटकर भी हम मिल सकते थे। मिल न सकना क्या हमेशा-हमेशा के लिए बिछुड़ जाना होता है !'

"माँ..."

"कहो अवि..."

"माँ, पूछता नहीं हूँ—कहता हूँ, छाया के लिए ऐसी कठोर क्यों हो गई हो तुम !"

बेटे के कहने में माँ के लिए उलाहना नहीं—स्वीकृति के बाद उदासीनता दिखनेवाली वेदना थी। जया ने अविनाश को देखा और नहीं देखा। अविनाश ने माँ को देखा और नहीं देखा। वहाँ महेन्द्र थे, यहाँ छाया थी।

महेन्द्र अपने हाथों में सिर झुकाकर कहते हैं, 'जया, कुछ और याद रख सकने के लिए मैं यह सब कैसे भूल सकूँगा ?'

जया रोती है।

'अवि, बस एक बार यह कहो—एक बार अवि, तुम्हारे बिना मैं कैसे रह सकूँगी !'—छाया आँचल के सहारे सिसकती है।

प्यार के पल लिपटकर छूटते हैं।

स्वीकृतियाँ, उलाहने, कृतज्ञता...विदाई में कहीं दूर खिसकते हैं।

जया है और छाया है। अविनाश और महेन्द्र...

"जो तुम्हें मानना नहीं था, वह मैं कैसे कह पाया माँ—यह सोचता हूँ, पर छाया के लिए तुम कड़ी बनी रहीं, यह कैसे हो सका, यह क्यों हो सका...?"

अब क्या माँ नहीं हिलेगी !

जया बेटे को देखती है। इस बार आँखों में ऐसा अधिकार नहीं। पर माँ का प्यार कैसे छूटेगा उससे ?

"बेटा, कुछ देर को भूल जाओ कि मैंने मना किया, लेकिन अब भी क्या उधर लौट जाने का मन है...?"

यह कैसा स्वर है ! पहलेवाला ठंडापन नहीं। कहीं माँ के लिए बँधे हुए, गठे हुए शब्द। अविनाश झिझकता है। इसलिए नहीं कि माँ से क्या कहे, पर इसलिए कि कैसे कहे।

"कहो अविनाश—यह आज्ञा है या अनुरोध !"

"माँ, कैसे कहूँगा तुमसे माँ, मन वहाँ से कभी छूटा ही नहीं तो लौटने की बात क्या होगी....!"

"अविनाश..." माँ अपना हाथ खींचती है, "जो कह रहे हो उसे अपने में जानते हो, समझते हो ?"

"जानता हूँ माँ !"

अविनाश का स्वर संयत है। संयम में मोह की उमड़न है। अविनाश एक बार फिर दुहराता है, "जानता हूँ माँ..."

माँ जया नहीं, माँ बनकर लौटती है, "नहीं अविनाश, तुम नहीं जानोगे। कोई कहने-भर से जान लेता तो... ।"

जान लेता...

जया ठिठक जाती है, यह तो वह नहीं जो वह कहना चाहती है। कोई कहने-भर से जान लेता—यह किसे कह रही है ? बेटे को, या अपने को...? कहने-भर से जाना नहीं जा सकता तो जानने के लिए वर्षों की लम्बी अवधि भी क्या कम नहीं होती ?

भूल गई, सो गई स्मृतियाँ उसकी अपनी आँखों में छलछला आएँगी—यह वह भी कब जानती थी...!

अविनाश माँ को देखता है, चेहरे पर रुखाई है। भीतर जो टूट रहा है उसे रुखाई बहने नहीं देती।

"बेटा, छाया से तुम्हें मोह है, मैं जानती हूँ, पर छाया इस परिवार में

आएगी तो उतनी ही नहीं, जितनी तुम्हारे निकट है। छाया के साथ उसका परिवार, परिवार का अच्छा-बुरा सब आएगा अवि !''

माँ कहाँ संकेत करती हैं, अविनाश समझता है, पर अब भी उदासीनता को माँ के ठंडे बोल काट देते हैं।

''माँ, अच्छा और बुरा कहाँ नहीं, तुम्हीं कहो... ।''

इस बार जया कुछ करती नहीं, अँधियारे में देखती-भर है। सिर पर भटके हुए पंख फड़फड़ाते हैं।

''माँ, छाया को एक बार तुम देखो तो।''

देखा है, कई बार देखा है—जया बेटे को रुखाई से कहना चाहती है, पर फिर भी क्या कह पाई ! दो लम्बे निःश्वास। साँझ आकाश से उतरकर नीचे बिछती चली जा रही है। लाल पत्थर का रंग नहीं दीखता। और घास पर दो माँ-बेटे—यत्न से रखी गुलाब की क्यारी में हवा की निर्दयता से पंखुरियाँ बिखरती हैं।

''माँ !''

माँ बोली नहीं।

''चलो माँ !''—अविनाश बाँह बढ़ा माँ को सहेजता है। बजरी की सड़क पर जया के पाँव की आहट अविनाश को आहट नहीं, रगड़-सी लगती है। आज ऐसी उदास शाम में माँ के साथ इन रूखे खंडहरों में यहाँ आने का प्रयोजन ही कहाँ था ! तैयार होकर अविनाश जब कमरे से निकला तो घर के पिछवाड़े लान में माँ को चुपचाप मौन बैठे देख पिता की याद हो आई। पास जाकर बोला, ''माँ, चलो। आज कहीं घूमने चलें।''

माँ ने 'हाँ'-'ना' कुछ नहीं की। देखती-भर रही। अविनाश ने आदर से हाथ पकड़कर उठाया तो चल पड़ी। माँ-बेटे एक-दूसरे को समझते-समझाते फिर दूर जा पड़े। बेटे के मन से कटुता नहीं जाती। छाया के लिए उसने माँ को कितना कहा, कितना समझाया, पर वह जमी रहीं। क्या है जो छाया में नहीं है, पर माँ कुलीनता को सबसे आगे रखती हैं। और कुलीनता में रखती हैं भरे-पूरे धनी परिवार को। कहाँ से लाएगी छाया ऐसा परिवार ! एक बात और कि उसके 'पिताजी' उसके पिता नहीं चाचा हैं। ऐसे अभाव को वह माँ के लिए पूरा कर सकेगी !

कार भाग रही है, माँ चुप है, बेटा चुप है। घर के फाटक पर जया आँचल

समेटती है और रुकते-रुकते लौटती है, "अवि बेटा, चलो छाया के घर, आज उसे देखूँगी।"

अविनाश झिझकता है, "नहीं माँ, वहाँ..."

"घर पर कोई तो होगा !"

"शायद," अविनाश कार को मोड़ता हुआ कहता है, "वह और उसके चाचा होंगे।" क्षण-भर बाद, "माँ, इन दो को छोड़ कुटुम्ब-भर में कोई नहीं।" माँ की ओर देख बेटा जैसे उसे कह रहा है–समझ लो, बस इतना-भर ही परिवार है !

छोटी सी कॉटेज के सामने गाड़ी रुकी। जया और अविनाश उतरे। बरामदे के सामने पिता के साथ छाया बैठी है।

"छाया, आज माँ आई हैं।"

छाया अभिवादन करती है और हँसती हुई अविनाश से कहती है, "अवि, मेरे पिता कुछ ही दिन हुए भ्रमण से लौटे हैं।"

"नमस्कार–माँ, आओ बैठो।"

माँ आगे बढ़ती आती हैं, पास आकर ठिठकती हैं, फिर चौंकती हैं, नहीं-नहीं, यह वह नहीं है–

"महेन...!"

"आओ जया..."

महेन और जया ! छाया ने पिता का यह सम्बोधन कभी नहीं सुना। अविनाश ने माँ के नाम में इतनी मिठास कभी नहीं सुनी।

जया...

महेन...

आँखों में वह परिचय है जिसे अवि और छाया नहीं जानते, नहीं जानते। महेन्द्र आगे बढ़कर जया के दोनों हाथों को भरकर गहरे स्नेह से कहते हैं, "बैठो जया !"

'जया, मैं तुम्हें कैसे भूलूँगा ! कैसे भूलूँगा जया...' यही तो वह महेन है...

जया भीगकर महेन्द्र के हाथ का चुम्बन लेती है और वर्षों के बाद एक बार फिर उन्हीं बाँहों पर झुकती है। बीच की लम्बी अवधि जैसे छाया और अविनाश में बँधी खड़ी रह गई है। जया का जी एक बार फिर छलकता है,

गीले स्वर से कहती है, "महेन, आज मैं तुम्हारी बेटी को मिलने आई थी..."

महेन्द्र स्नेह से मुस्कुराते हैं, "मेरी नहीं जया, छाया तुम्हारी बेटी है।"

जया प्यार से भर-भर आती आँखों से महेन्द्र का अधिकार उठाती है। उनमें अविनाश का चेहरा झिलमिलाता है। लगता है, अपनी बीत गई जिन्दगी की एक यही प्रतिछाया तो वह पीछे छोड़ जाएगी। और उसके बिना जो कुछ भी उसमें है, वह डूब जाएगा जीवन की इस दोहरी साँझ में जिसके अँधियारे में सब रूप-रंग-आकार और अनुराग लय हो जाते हैं। लय हो जाती हैं नई पुरानी मिली और बिछुड़ी स्मृतियाँ—यही वह दोहरी साँझ है।

*सितम्बर, 1953*

# डरो मत, मैं तुम्हारी रक्षा करूँगा

उस तूफ़ानी-सी रात में जब ऊपर का आकाश नारों से गूँज रहा था, दो बाँहों ने किसी सुन्दर सुकुमार शरीर को थामकर आश्वासन दिया, ''डरो मत, मैं तुम्हारी रक्षा करूँगा।''

बाँहें बाँहों से मिलीं और भय से सिकुड़ी हुई दो आँखें मुस्कुरा दीं। आँखों से आँखें मिलीं और पृथ्वी के आँचल पर शबनम चू पड़ी।

आकाश के मोती भू पर फूल बनकर खिल गए और एक दिन... 'मारो-मारो, काटो', 'अल्ला-हो-अकबर', 'हर-हर-महादेव'...बहार के गुलशन को रौंदते हुए वह हज़ारों कदम, खून में तैरती हुई वह आँखें और हथियारों को तौलते हुए वह हाथ...!

उस बन्द मकान में, साँस रोके हुए दो प्राणी डोलते-डालते, डूबते-डूबते, ज़िन्दगी और मौत की कशमकश में।

'मारो-मारो' की आवाज़ें करीब आ रही हैं। और करीब, और करीब–हल्की सी चीख निकली और दो मजबूत बाँहों ने उस मूर्च्छित-से शरीर को थामकर धीमे से कहा, ''डरो मत, मैं तुम्हारी रक्षा करूँगा।'' सहसा द्वार पर

हज़ारों की भीड़, किवाड़ टूट गए—'मार दो, जला दो'—और पलक झपकते हाथों से हाथ छूट गए। पुराने वायदे टूट गए।

"मैं इसकी रक्षा करूँगा, मैं..." स्वर उखड़ गया। किसी ने गला दबाकर सिर दीवार के साथ दे पटका—और सुकुमार बाँहें अपनी ओर खींच लीं।

सिर घूमा, आँखें घूमीं, ज़मीन घूमी, आसमान घूमा...और उस चक्कर में देखा—वह नन्हा सा मीठा शरीर ख़ूँख्वारों के हाथों में ! हाय—एक धार चमकी और सोने से भरी सुनहली बाँहें कटकर नीचे गिर पड़ीं।

"डरो मत...मैं तुम्हारी रक्षा करूँगा।"

एक सुनसान दुपहरी में कैम्प के सामने कुछ लारियाँ आ खड़ी हुईं। बच्चे, बूढ़े घायल उतर रहे हैं। भूख से और प्यास से विकल। गिरते-पड़ते, लेकिन इस पिछली सीट पर...? एक निर्जीव युवक...पथराई आँखें, सूखे बाल और नीले अधर...ड्राइवर ने हमदर्दी के गीले स्वर में उस बेजान शरीर को झकझोरकर कहा, "उठो भाई, अपना वतन आ गया..." वतन ! ओठ फड़फड़ाए—दो सोई-सोई भरी हुई बाँहें उठीं, ओठ फड़फड़ाए, "डरो मत, मैं तुम्हारी रक्षा करूँगा..." आवाज़ मौत की ख़ामोशी में खो गई। पथराई हुई आँखों की पलकें जड़ हो गईं—वतन की यात्रा खत्म हो गई। और रक्षा करनेवाली बाँहें हमेशा के लिए स्थिर हो गईं। ड्राइवर ने सर्द हाथों से उठाकर बुझे हुए शरीर को ज़मीन पर लिटा दिया। मिट्टी मिट्टी से मिल गई। लेकिन सुनो, मिट्टी से एक धीमी सी आवाज़ उठ रही है।

डरो मत, मैं तुम्हारी रक्षा करूँगा। मैं...

*अक्तूबर, 1950*

# जिगरा की बात

दुपहर ढलने को आई, कुएँ पर बैलों की जोड़ी बदल गई। झाड़ियों पर पड़े सूखते कपड़ों से धूप की परछाई उतर गई, अमरो ने हाथ का साफ़ा निचोड़ा और छनकर नीचे फैला दिए। खेतों की हरियाली फागुन की हवाओं में डोल रही थी। कुएँ पर छाए पीपल के पात खड़खड़ाकर डालियों से टूट-टूटकर बिखरे चले जा रहे थे। अमरो ने लकड़ी की पाटी धोकर एक ओर रखी, सिर का कपड़ा जरा ऊँचा किया और पानी में हाथ डुबो मुँह पर छींटे दिए। कुएँ के ठंडे ताजे पानी ने कूट-कूटकर धोए कपड़ों की थकान को ढीला कर लिया। बालों पर गीला हाथ फेरा, छोर से मुँह पोंछा और उठकर सूखे कपड़ों की तह करने में लग गई। गाढ़े की चद्दर, चारखाना तहबन्द, कमाल जुलाहे का बुना धारीदार खेस और सरदारे का लम्बा-चौड़ा कुरता। कुरते के सल निकालते अमरो मन-ही-मन मुस्कुराई। मालिक नज़र सीधी रखे, शेरों-सी देह है। इलाके-भर में है कोई उसके बेटे-जैसा ! कभी साफ-सुथरा साफ़ा बाँध, हाथ-भर का शमला छोड़ सरदारा गाँव में निकलता है तो दुश्मनों के दिलों पर बीत जाती है।

अमरो ने कपड़ों की तह की ओर सिर कपड़े धोनेवाली लकड़ी की पाटी रखे कच्ची राह पर हो गई। आज उसका बेटा शहर गया है। कमाई कर आएगा। गाँव में ही कब कमाई की कमी है ! बाप-दादा के हाथों की ज़मीन-खेती है, पर लड़के को उनमें सब्र हो तब न ? उसका तो आए दिन शहर आना-जाना लगा रहता है। लोग तरह-तरह की बातें करते हैं। कोई कहता है, 'अरे पला-पलाया जवान है। शोहदों के गुट्ट में होगा।' कोई इस पर यकीन नहीं करता और हँस-हँसकर कहता है, 'भाई, कौन जानता है किस अच्छी-बुरी जगह जाता है ? सिर पर बाप नहीं माँ है, तो लाड़ से आए दिन लड़के को चीरे ही रँग-रँग देती है।'

अमरो ने डग लम्बे किए। वह क्या किसी का मुँह पकड़ेगी ? दुनिया को किसी की बढ़ौती नहीं सुहाती। जो कोई कुछ कहता है, कहे। अभी तो लड़का भाड़े के घोड़े पर बैठकर निकलता है, तो लोक-जहान उसे दाँतों में लाते हैं। कभी मालिक की मेहर से दरवाज़े पर अपना घोड़ा बँध गया, तो जाने दुनिया क्या-क्या तोल तौलेगी !

अमरो ने लकड़ी की पाटी और धुले कपड़े जाकर आँगन में डाल दिए। चारपाई पर दम-भर साँस लिया और चूल्हे-चौके में लग गई। मुँह-अँधेरे लड़का जाते-जाते कह गया था, 'माँ, आने को कुछ पता नहीं कि किस घड़ी आन पहुँचूँ। साग-रोटी बना रखना।' अमरो ने मन-ही-मन खैर मनाकर कुंडी चढ़ा दी थी। लड़के के आने का कुछ पता नहीं, पर यह तो माँ से छुपा नहीं कि बेटा पहर-दो पहर गई रात से पहले नहीं आएगा। उपलों की आग पर हँडिया रखी और लकड़ियों को फूँक मार-मारकर मक्की की रोटियाँ सिकने लगीं। अमरो के साफ रंग में स्वास्थ्य की लाली थी और मज़बूत गठन पर सरदारे की माँ होने की रंगत झलक मार रही थी। सरदारे के सिवाय अपने और किसी भी बच्चे को वह पाल-पोसकर लोक-जहान में खड़ा नहीं कर सकी, इसका दुख उसे आज भी सताता है। अपने पाँच लड़कों और एक लड़की में से आज सरदारा ही किसी के पैरों का सदका जीता-जागता है। बाप भी छोटी उम्र में चल बसा। बिचारे का सुरगों में बास हो। वह रहता तो क्या भाइयों की जोड़ी न मिलती ! अमरो की गठन पक्की थी और इसके साथ ही उसका जिगरा भी। अपने चार लड़कों और एक लड़की के मरने को वह जी कड़ा करके झेल गई थी। जब कभी पास-पड़ोस की औरतें शोक प्रकट करतीं, तो हाथ फैलाकर

कहती, "बहना, भुगतना था सो भुगता। जिस मालिक ने देकर ले लिये, उसके घर में अब भी कोई कमी नहीं।" और अन्त में जब सरदारे का बाप भी ठंडे ताप से चल बसा तो अमरो ने सरदारे का मुँह देखा। उसके पीछे भले कोई न हो, आगे तो है ! एक ही जड़ सौ पात खिलाती है। लड़का बड़ा होगा, घर-बाहर भरेंगे, भाग लगेंगे।

साग-रोटी हो गई। अमरो चरखे के आगे आ बैठी। डलिया पूनियों से भरी पड़ी है, दीये जलने तक तो खत्म हो ही जाएगी। सूत की तारें निकालते-निकालते अमरो सोच रही है कि घर में बहू के आने तक चार-छह खेस बन ही जाएँ तो अच्छा है। कई बार लड़के को ब्याह के लिए कह चुकी है, पर जाने किन धन्धों में पड़ा है। ऊपर आते-आते अमरो का हाथ रुक गया, और एकाएक लगा जैसे उन धन्धों की खबर उसे है। नहीं तो—नहीं तो सास के जमाने के गढ़े चाँदी के गहने सोने में न बदल जाते ! सोने के सामने चाँदी के सिक्कों की कीमत ही क्या है ! पर...उस 'पर' के बाद अमरो की आँखों के आगे काली रात घूम गई—वह काली रात, जिसमें उसका सरदारा चुपचाप परछाईं की तरह ड्योढ़ी में आ खड़ा होता है। और वह मन-ही-मन बेटे की कार-कमाई के सदके जाती, उसकी थाली परस देती है।

मन की तार अटक गई। अमरो ने हाथ की पूनी नीचे रख दी। लोगों का मुँह चाहे वह न पकड़े, पर उसकी आँखें तो बेटे की दबी-दबी चाल परख सकती हैं, उसके हाथ से बँधी-बँधाई पोटली लेते उसका भेद समझ सकती हैं।

शाम खेतों के पार उतर गई। अँधियारे नीलेपन में अमरो का आँगन घिर गया। और किसी अनदेखी उदासी से मन। सरदारे के बापू की याद हो आई। दस जनों से डरकर रहता था, गाँव-भर से सुलह-सफाई थी। ताप की बेसुधी में जाते-जाते भी कहा, 'अमरो, सबसे बनाकर ही रखना, जीता रहा तो लड़का तुम्हें सुख देगा।...'

और सचमुच लड़के ने सुख कब नहीं दिया ! कभी माँ की बात नहीं पलटी बच्चे ने...

अमरो ने ऊपर की चद्दर अच्छी तरह ओढ़ी, एक लम्बी साँस ली और दीया जलाने के लिए बत्ती तेल में भिगोई। बाहर ड्योढ़ी में किसी के पाँवों की आहट से चौंकी। मुड़कर देखा तो रोज की तरह चमन की घरवाली भागो आग लेने को खड़ी थी। "आओ बहन, देखती हूँ चूल्हे में कोई जलता उपला है या

नहीं। आज तो लम्बी सोच में ऐसी बैठी...''

भागो अमरो के साथ ही आँगनवाले चूल्हे पर झुकी और धीमे स्वर से मुँह-ही-मुँह में बोली, ''अमरो, रब्ब की रब्ब ही जानता है, अभी-अभी लड़का जोड़ी कुएँ से खोलकर आया है। कहता है, परली राह पर सिपाही सरदारे का नाम पूछता चला आ रहा है...''

अमरो का जी धक् रह गया, हाथ से उपला राख में गिर पड़ा। पर झटपट सँभलकर बोली, ''बहना, उसे सिपाही क्यों पूछेगा ? पूछता भी होगा तो कोई पटवारी से ऊँची-नीची बात कर दी होगी, और तो...''

भागो गम्भीरता से बीच में ही अमरो की बात काटकर धीरे से बोली, ''अमरो, मालिक जाने, बाकी सुनने में तो कुछ और ही आया है...''

अमरो ने तीखी निगाह से भागो की ओर देखा, जो उसके सुनने में आया था वह उसकी आँखों में था। देखते ही जी जला और कड़े स्वर में बोली, ''अरे जो तुम्हारे सुनने में आया है, उसे अपने पास ही रखो। उन अभागों की नज़रें जाएँ जो मेरे सरदारे को नज़र लगाएँ।''

भागो कुछ कड़ी बात कहते-कहते रुकी। अमरो के मुँह कौन लगे ! सुलह की आवाज़ में बोली, ''बहना, मुँह जले मेरा जिसके मुँह से बात निकल जाती है, नहीं तो कौन लोग मुझे अपने हैं और लड़का पराया है ! बेटे ने फिकर से कहा तो तुमसे कहने चली आई।''

''हाँ-हाँ, क्यों नहीं भागो,'' अमरो ढीली पड़ी, ''तुमसे क्या छिपाना ! यही, लोगों की बात कहती थी। हीरे-से लड़के को अच्छी-बुरी तोहमत लगाते अदीदों को झिझक नहीं होती। मेरे कौन से पाँच-सात हैं ! ले-देकर यही एक कमाई है। कोई अवा-तवा कहता है तभी जी जलता है।''

भागो ने सूखे उपले पर जलता अंगारा रखा और चुपचाप ड्योढ़ी के बाहर हो गई।

वहीं चूल्हे के पास पाटले पर बैठे-बैठे अमरो की आँख फड़की, जी धड़का। भागो जो कह गई है...अगर सच है तो...पर क्या इन बातों से वह डरेगी ? उसका बेटा ही नहीं डरता तो...

बाहर सरदारे को ऊँची रूखी-सी आवाज़ पड़ी।

''अरे ओ...है कोई यहाँ सरदारा...?''

चिन्ता में डूबी अमरो को यह भभकी-सी लगी। झटपट उठकर दहलीज

के पास आई। सिपाही को देखते ही हाथ फैलाकर बोली, "अरे कुछ होश कर, मालिक उसकी उम्र बड़ी करे, अभी तो मेरा बेटा जीता-जागता है और तुम उसी के दरवाजे पर आकर पूछने लगे, है कोई यहाँ सरदारा...?"

सिपाही को यह सुनने की उम्मीद न थी। तेवर चढ़ाकर बोला, "माई, सँभलकर बोल, देखती नहीं कहाँ से आया हूँ ? वह लड़का कहाँ है ?"

अमरो की आँखों में सबकुछ घूम गया, पर वह डरे क्यों ? बिगड़कर बोली, "मुझ पर अपनी थानेदारी न झाड़ ! मैंने भी दुनिया देखी है। वह दूध पीता बच्चा नहीं जिसे झोली में छिपाकर रखूँगी।"

सिपाही करीमबक्श ने जलती निगाहों से अपरो को देखा। बुढ़िया कितनी घाघ है ! नहीं तो औरत की जात और सन्तरी के नाम से खौफ न खाए !

सिपाही ने अपनी वर्दी के ज़ोर-ज़बर को अपने तेवरों पर चढ़ाकर पीठ मोड़ी और पटवारी के घर की ओर हो लिया।

अमरो कुछ क्षण खड़ी-खड़ी अँधेरे में घुलती सिपाही की वर्दी देखती रही। नुक्कड़ पर नज़र पहुँचते ही बेटे के लिए जी उछला। ओढ़नी से आँखें पोंछकर चूल्हे को तेज करने में लग गई। लड़का थका-भूखा आएगा। घी-भरी कटोरी में शक्कर डाली। धुआँ बराबर आँखों को गीला कर रहा है। और सिर पर अन्धी काली रात उतरी आ रही है। क्या आज ही रात...अमरो ने उठकर थाली साफ की। घड़ा पकड़कर पासवाले कुएँ की ओर चली। रस्सी बाँधकर घड़ा नीचे बहाया। ऊपर खींचते-खींचते लगा जैसे बाँहों में जान नहीं रह गई। क्या इतना ही जिगरा है उसका ? अमरो अशक्त-से हाथों से घड़ा खींच बाँहों में थाम घर की ओर मुड़ी, तो सरदारे की भारी आवाज़ सुनकर ठिठक गई।

"माँ..."

एकाएक अमरो कुछ कह नहीं पाई।

"माँ..."

अमरो इस बार सँभली, "वारी जाऊँ बच्चा, बड़ी देर कर दी—तुम्हारी राह तकते-तकते मेरी तो आँखें पक गई हैं।"

सरदारे को माँ के शब्दों में कोई नयापन नहीं लगा। यह कहना तो उसकी रोज की आदत है। माँ के साथ कदम बढ़ाकर कुछ हल्के से बोला, "कुछ साग-रोटी बना रखी हो तो जल्दी दो, मुझे अभी वापस जाना है।"

अमरो कुछ कहने को हुई, फिर रुकी।

"माँ, मैं हाथ धोकर आया, तुम रोटी परोसो।"

अमरो ने थाली में साग-रोटी और घी-शक्कर रखा। सरदारे ने खाने में देर नहीं की। माँ सामने बैठी लड़के को देख रही है.। वह आज जल्दी में है। "बेटा, इतनी रात गए कहाँ जाना है ?"–अमरो का स्वर भारी था। सुनकर सरदारे का हाथ रुक गया। एक बार भरपूर माँ की ओर देखा और नज़र नीची कर ली। जो माँ की आँखों में था वह उसके दिल में है और जो सरदारे की आँखों में था उसे समझना अब अमरो के लिए बाकी नहीं रह गया था।

अमरो ने जी कड़ा किया, सरदारे ने पानी का कटोरा मुँह को लगाया।

"बच्चा आज..."

सरदारे का हाथ अब घी-शक्कर की कटोरी पर था।

अमरो ने फिर शुरू किया, "बच्चा, आज तुम्हें कोई...पूछता आया था।"

"कौन ?" सरदारे का स्वर सदा की तरह रोबीला था।

अमरो झिझकी, पर कब तक झिझकेगी ! उपलों की राख को लकड़ी से कुरेदती-कुरेदती अस्फुट-से स्वर में बोली, "गर्कजाना सिपाही पूछ रहा था !"

"माँ...!!"

सरदारे का हाथ घी-शक्कर की कटोरी पर ठिठका रह गया। आँखें फैली की फैली। उपलों की राख में से बुझते-बुझते अंगारे चमकते रहे। पलक झपकते सरदारे की झुकी देह तन गई, हाथों का ज़ोर आँखों पर छा गया और पैर भारी तनाव से उठते...उठते...

"ठहरो..." थानेदार की कड़कड़ाती आवाज़।

अमरो जब तक पाटले से उठे, सरदारे के हाथ हथकड़ी में थे।

सन्तरी करीम खाँ ने निर्दयी आँखों से अमरो को देखा। मुस्कुराने से बड़ी-बड़ी मूँछें हिलीं। देखते ही अमरो के तन-बदन में आग लग गई। तिरस्कार से भरी कड़ी आवाज़ में बोली, "अरे यह दाँत दिखाना अपनी माँ को, और हाँ थानेदार, क्या अन्धेर है ! बताओ तो बच्चे को किस कसूर में पकड़े लिये जा रहे हो ?"

सन्तरी ने ऐसे देखा जैसे किसी नाचीज को देख रहा हो और पके गले से दो गालियाँ निकालकर अट्टहास करते हुए कहा, "तुम्हें नहीं पता माई ? माल तो डाके का बेटा तुम्हारी ही झोली में डालता होगा।"

अमरो का एक मन आया थानेदार की मिन्नत करे लड़के के लिए, पर

जाने कैसे तड़पकर बोली, "अरे गालियाँ देना अपनी कुछ लगती को। जिगरा है तो झोलियाँ भरता है ! तुम्हें क्यों आग लगती है..."

खूँख्वार मुँह लाल हो गया। तरेरकर आँखों-ही-आँखों में सन्तरी को हुक्म दिया।

"ऐ बीबी, जबान सँभाल ले, नहीं तो हमसे बुरा कोई न होगा ! अभी तो देख इस तेरे लाड़ले को ले जाता हूँ हवालात।"

अमरो डटी रही। तनकर हाथ फैलाकर बोली, "अरे, शेर के पूत को डर काहे का ? हिम्मत थी तो डाका मारता था, चोरी तो नहीं करता था..."

सन्तरी को सरदारे की हथकड़ी खींचते देख नरम होकर बोली, "जा बेटा, डरें तुम्हारे दुश्मन ! तुमने क्या किसी की चोरी की है ! तुमने धन्धा-मेहनत करके कार-कमाई की है। उस मालिक की दरगाह में फैसला होगा, तो काल-कोठरी तुम्हें नहीं, इन पुलसियों को मिलेगी।"

सिपाही सरदारे को ठोकर लगाकर बोला, "शैतान की खाला, इसे अन्दर भेजकर तुझसे नाक रगड़वाऊँगा !"

अब तक आसपास लोग इकट्ठे हो गए थे। अमरो हाथ हिला-हिलाकर बकारा करने लगी, "अरे, मुँह धो डालो ! नसीहतें निकलवाना अपनी माँ से ! मैं सरदारे की माँ हूँ सरदारे की, समझे ?"

जवाब में सन्तरी ने पाँव से सरदारे को दो-चार ठोकरें मारीं, लेकिन इस बार ठोकर से सरदारे के पाँव डगमगाए नहीं—पैरों को जमाकर खड़ा रहा। मुँह पर भी अब पहले की-सी कोई शंका-भय नहीं था। माँ की ओर देखा। अमरो को जैसे उस नज़र ने पहाड़-सा हौसला दे दिया हो। आँखों से लाड़ बरसाती अर्थपूर्ण स्वर में बोली, "जाओ बेटा, शेरों को ऐसी भभकी क्या ? हाथ बँधे हैं तो क्या..."

आसपास औरत-मर्दों की भीड़ अचम्भे से बारी-बारी सरदारे और अमरो की ओर देख रही थी। अमरो ने ऊँची आवाज़ में सबको सुना-सुनाकर हाथ हिलाते हुए कहा, "मेरा बच्चा मिट्टी का माधो नहीं, जिन राहों से जाता है उन्हीं राहों से लौट आएगा। सदके जाऊँ अपने लाल पर !"

देखते-देखते गाँव के अँधियारे अँधेरे में थानेदार, सिपाही और सरदारे के ऊँचे-लम्बे वजूद विलीन हो गए। अमरो की आँखें जब गली के मोड़ पर से अपने आँगन को लौटीं, तो चूल्हे की राख बेजान-सी होकर ठंडी पड़ गई थी।

थाली देखकर मन भर आया, कटोरी में अब भी थोड़ा सा घी-शक्कर पड़ा था। जाने कब बेटे को अपने हाथ की रोटी खिलाएगी ! छम...छम...अमरो की आँखें बरसने लगीं और जब देर बाद हल्की होकर चारपाई पर लेटी तो आँखें पोंछते-पोंछते सोचा—'क्यों उसने दिल छोटा किया ! मालिक मेहर करे लाल पर, यह वक्त तो उसके सगुण मनाने का है। सही-सलामत घर आए बच्चा...कल ही उसके कपड़े-चीरे धुला-रँगाकर रक्खूँगी...'

और दूसरे दिन धूप चढ़ते ही अमरो ने सरदारे के कपड़े धोकर छत पर फैला दिए। दूर-दूर से हवा में सूखता लाबी साफ़ा नज़र आ रहा था और नीचे आँगन में बैठे-बैठे अमरो मन-ही-मन पास-पड़ोसनों के आने पर ठोक-पीटकर, जवाब देने की तैयारी में थी।

*अगस्त, 1952*

# खम्माघणी, अन्नदाता !

सूरज हल्का पड़ा, दिन गहरा हुआ और शाम हो गई। चट्टानों की लम्बी शृंखला के साथ-साथ बसी हुई प्राचीन राजधानी किसी मौन निस्तब्धता में डूब गई। सैकड़ों वर्षों का इतिहास जैसे अँधियारे की मूर्च्छना में तैरता चला गया।

सामने पहाड़ पर खड़ा मज़बूत किला और ऊँचे-ऊँचे महल भी जैसे अतीत में खो गए और उनका अस्तित्व आज जनमत के पतले-पतले डोरों में झूल गया। विशाल राजद्वार पर खड़े प्रहरी किसी बीते युग की निशानी मात्र रह गए।

सदियों की सत्ता आज महाराज के बुझे-बुझे मुख पर खिंची विवशता की रेखाओं में बिखरकर रह गई। बलिष्ठ भुजाएँ क्षण-भर के लिए तड़पकर स्थिर हो गईं। सोने की मूठवाली तेज तलवारें बिना संघर्ष के खामोश हो गईं।

महारानी की मनुहार भी जैसे आहत होकर शैया पर पड़ी है।

महाराज सोचते हैं...'आज की भयानक अँधेरी रात बीत जाए, बीतती चली जाए, चलती जाए...विराम न आए !'

आज कुछ बदल रहा है, कुछ बिगड़ रहा है और इस बदलने और बिगड़ने

के क्रम में महाराज किसी उखड़े हुए ग्रह की तरह कहीं बीच में लटक रहे हैं।

किसी असह्य मजबूरी से महाराज के दाँत कटकटा उठे। आज तो सबकुछ बुझता-बुझता-सा लग रहा है। दूर-दूर से नजर आनेवाले ऊँचे बुर्ज पर लगी लाल बत्ती भी जैसे नजर नहीं आ रही। महाराज के लिए आज सारी-की-सारी नगरी किसी अन्धे अभिशाप से लिपट गई है।

महाराज सोचते हैं—'यह कैसी विडम्बना है ? राजा का राज्य क्या बस यों ही चला जाएगा ? सत्ता का अधिकार और अधिकार का प्रभुत्व सब-कुछ बदल जाएगा ? बिना किसी विरोध के, रक्तपात के ?'

महाराज सोचते हैं—'सुबह होगी, हम भी होंगे, पर हाय, हमारे देवकुल का देवत्व न होगा ! यह कैसी विडम्बना है सचमुच ! यह समाचार झूठ भी तो नहीं। सच ही तो है। हाँ, बिल्कुल सच ! पर यह कैसा सच है ? जैसे पैरों के नीचे से ज़मीन खिसकी जा रही हो। पहले कभी ऐसा नहीं हुआ। आज जैसे भूकम्प के झटके लग रहे हैं। हे भगवान्, यह कैसा भूकम्प है ? सबकुछ तो डोल रहा है ! धरती डोल रही है। मन डोल रहा है। न्याय डोल रहा है। फिर कहा जाता है कि यह जनशक्ति का चमत्कार है। जनशक्ति पर ही तो टिका रहा है युग-युग का न्याय ! राजसत्ता अपनी थी—पर आज जनसत्ता !'

महाराज के मन के भीतर से कोई बोल उठता है—'जनसत्ता के सामने तुम खंडहर मात्र ही तो हो ! आज कहाँ है तुम्हारा वह अमरत्व ? कहाँ है तुम्हारा वह दैवी अंश, जिसके बल पर तुम्हारे पूर्वज गद्दी पर आरूढ़ थे ?'

महाराज को अजब झुँझलाहट होती है—'यह कौन है जो यों बोल सकता है ? क्या कहा ? मेरे शासन के पिछले तीस वर्ष किसी अर्थहीन जड़ता की तरह विलीन हो जाएँगे ? मेरे अधिकार और अधिकार का अभिमान कल साँझ के सागर में हमेशा के लिए डूब जाएँगे। नहीं, यह कैसे हो सकता है ? आख़िर अभी तो हम जीवित हैं। अभी तो हमारी वंश-परम्परा गर्व से सिर उठाए खड़ी है। नहीं-नहीं, अभी हमारे पुरखाओं की साधना में शक्ति का अन्त नहीं हुआ, ह्रास नहीं हुआ ! पुरखाओं की शक्ति क्या यों ही मिटा करती है ? यह शक्ति कोई पानी का बुलबुला नहीं, कि जिसके जी में आए इसे बस एक फूँक मारकर उड़ा दे !'

टन-टन-टन !

यह टन-टन महाराज भी सुनते हैं। ड्योढ़ी पर सैनिकों के बदलने का समय

हो गया। हमेशा से यही तो होता आया है। आज भी आवश्यक था क्या ! परम्परा की भी कुछ शक्ति है। टन-टन-टन ! यह टन-टन तो जिस समय की पुकार है, उसे महाराज ख़ूब समझते हैं।

प्रहरी ऊँचे स्वर में पुकारता है।

सोने का समय हो गया। एक साथ कई आवाज़ें हवा में गूँज जाती हैं—

'खम्माघणी, अन्नदाता !...खम्माघणी अन्नदाता !...खम्माघणी—खम्माघणी, खम्माघणी...'

महाराज कानों पर हाथ रख लेते हैं। जैसे यह सब सहन नहीं हो पा रहा। आज यह हो क्या गया ? आज तो कुछ भी अच्छा नहीं लग रहा। ठीक है कि इतिहास बदलता है। इतिहास तो वैसे बदलता ही आया है। पर यह भी कैसा विचित्र परिवर्तन है कि राज की जड़ें हिल रही हैं ! आज समय के रथ के पहिए इतनी तेज़ी से चल रहे हैं, जैसे रात-की-रात में समय का रथ बहुत आगे निकल जाना चाहता हो। 'खम्माघणी...खम्माघणी...' यह तो व्यंग्य है, हमारा उपहास है। आज कौन है अन्नदाता ?

आज का स्वामी कल स्वामी नहीं रहेगा। आज का धनी कल धनी नहीं रहेगा। रह जाएगा केवल एक अधिकारहीन व्यक्ति और उसका शक्तिहीन अस्तित्व, किसी धुँधली छाया में लिपटा हुआ।

'आज तक हम प्रजापति थे...' महाराज चौंककर सोचते हैं, 'तो क्या कल तक हम प्रजापति नहीं रहेंगे ? हमारी सत्ता प्रजा का हित था। हमारा अधिकार प्रजा का सुख था। पर कल यह सब क्या होने जा रहा है ? इसके विरुद्ध एक भी आवाज़ नहीं उठ रही। कोई भी नहीं, जो स्वामिभक्ति से कहता हो—ऐसा नहीं होगा। हमें अपनी रक्षा के लिए महाराज की आवश्यकता है—महाराज, जिन्हें युग-युग से देवत्व-शक्ति प्राप्त रही है।'

महाराज सोचते हैं—'यह बात नहीं कि हम आज पहले के समान गगनचुम्बी जयकारों में अपना नाम नहीं सुनना चाहते। क्यों नहीं हमारे प्रजाजन उत्तेजित होकर कहते—हम प्रजापालक चाहते हैं ! हम यहीं 'घणी' चाहते हैं। जो हो ! भाग्य की विडम्बना : आज यह सब कौन कहेगा ? और क्यों कहेगा ?'

महाराज चाहते हैं कि हाथ बढ़ाकर इस ज़ोर-जबरदस्ती को रोक दें। पर यह सब कैसे रोका जाए ? क्या सचमुच प्रजा और पालक के बीच लम्बी खाई

पट गई ? बीच में कितनी भूख, कितनी प्यास, कितनी तृष्णा, कितना उत्पीड़न, कितनी बेबसी ऊपर उभर आई है ?

महाराज जैसे कोई स्वप्न देख रहे हों—यह कैसा स्वप्न है ? कुछ भी तो समझ में नहीं आता। महाराज की आँखों में यह कैसा विचित्र दृश्य घूम रहा है ? आज तो जैसे देश-देश की भूखी और नंगी जनता इधर से ही उमड़ पड़ी है। नहीं-नहीं, इतने भूखे और नंगे लोग केवल हमारे राज्य के नहीं हो सकते !

महाराज मानो काँपते दिल से पूछना चाहते हैं—'ये लोग इधर क्यों आ रहे हैं ? अपने महाराज से ये लोग क्या कहना चाहते हैं ?' और फिर जैसे महाराज शान्त भाव से इन भूखे और नंगे लोगों को देखते हैं और सोचते हैं कि आज इनके सामने क्या घोषणा की जाए ? कैसे इनकी तसल्ली कराई जाए ? भूखे और नंगे लोगों का यह दृश्य मानो महाराज के मन को झिंझोड़ रहा है। महाराज खड़े हो जाते हैं, फिर बैठ जाते हैं और सोचते हैं—'आज हमारी कल्पना को क्या हो गया ? हमें कैसे भयावह स्वप्न दिखाई देते हैं ?' जैसे यह जन-समूह महाराज की ओर ही बढ़ा आ रहा है। 'अरे, अरे ! यह कैसा जन-समूह है ? ये तो कोई क्रान्तिकारी मालूम होते हैं। कितना बुरा समय आ गया ! आज तो जनता को जो चाहे अपनी ओर मोड़ ले। जनता भी जैसे कोई उठाऊ चूल्हा हो कि जिसने चाहा, उठाकर इसका मुँह अपनी ओर कर लिया। कहा यह भी जाता है कि सब कार्य जनता की शक्ति से चलाए जाएँगे। अरे, अरे ! जनता ! जनता तो एक अन्धी शक्ति है।'

महाराज के मन में जैसे कोई पुकारकर कहता है—'अब क्यों घबरा रहे हो ? अब क्यों काँप रहे हो ? अब देखें तुम्हारी वीरता। बस, इतने से ही डर गए ? अरे महाराज, तलवार देखो, तलवार की धार देखो। यों बड़ी-बड़ी डींग हाँकनेवाले तो हजारों होंगे दुनिया में। पर केवल बातें बनाने से क्या होता है ? तुमने जनता की परवाह न की। तुम्हें हमेशा अपनी ही पड़ी रही। तुमने सदा अपना ही आराम देखा। तुमने कुएँ खुदवाए तो अपने लिए, बाग लगवाए तो अपने लिए। जब देखो अपने ही भोजन, अपने ही स्वाद की बात चलती रही। संगीत-उत्सव हो तो केवल इसलिए कि महाराज ख़ुश हो जाएँ, कल नृत्य-सभा जमनी चाहिए तो इसलिए कि महाराज को नृत्य के प्रति विशेष आकर्षण है। जनता को इससे क्या मिल सकता था ? जनता की भूख इससे कैसे मिट सकती थी ? तुमने कभी जनता को आँख खोलकर न देखा। अब जनता से

डरो। जनता आ रही है। जनता को कोई नहीं रोक सकता। जनता तो आएगी ही, आकर रहेगी।'

महाराज सोचते हैं—'समय रहते हम सोते रहे। सचमुच हमने बहुत सा बहुमूल्य समय यों ही खो दिया। समय रहते कुछ न कर पाए। जब समय था, हमारे हाथ में सत्ता थी, हम कुछ न कर पाए। आज राज्य के अन्तिम क्षणों में कोई गहरी वेदना हमारे हृदय को छू रही है।'

यह कैसी वेदना है ? अब तक शायद जनता में ही इसका निवास रहा। आज वेदना वहीं से सरककर इधर आ रही है। सरकती आ रही है और महाराज की उन आँखों में फैल रही है, जो हमेशा सौन्दर्य को परखा करती थीं। महाराज की आँखें तो वेदना का स्पर्श कर ही नहीं सकती थीं। महाराज की आँखों में तो उनके पुरखाओं की ज्योति ही चमक सकती है। महाराज किसी निराशा में डूब-डूबकर लेट जाते हैं। अब क्या करें ? अब कुछ नहीं हो सकता। हो सकता तो क्या वे इसी तरह थककर लेट जाते ? आज चिन्ता से घिरे हैं। और एक उनकी प्रजा है, जो निश्चिन्त होकर आनेवाले कल का मधुर स्वप्न देख रही है। शायद वह नहीं जानती कि आज की रात उनके प्रिय महाराज की चिर-पुरातन परम्परा की कल्पनाओं का अन्त कर देगी।

महाराज के मन के किसी कोने से फिर वही आवाज़ सुनाई देती है। महाराज झुझलाते हैं। यह कौन चोर है जो मन में छुपा बैठा है ? सामने आकर क्यों बात नहीं करता ?...पर यह बात, सुनी आवाज़, अनसुनी भी तो नहीं की जा सकती। क्या कह रही है यह आवाज़ ? जरा हम भी सुनें। सुनने में क्या हर्ज है ?

महाराज बड़े धैर्य से इस आवाज़ को सुनना चाहते हैं—'क्या कहा कि आज महाराज की आवश्यकता नहीं रही ? ज़रा और ऊँचा कहो। क्या कहा कि आज जनता की चेतना रात के प्रगाढ़ अन्धकार में भी चमक रही है ?...नहीं-नहीं, ऐसा मत कहो। महाराज की तो सदा आवश्यकता रहेगी। जनता भी अपनी जगह रहे। हम मान लेते हैं। पर इसका यह अर्थ कैसे हुआ कि महाराज बुरे हैं ? महाराज तो कभी बुरे नहीं हो सकते। खेल देखो, यह नया खेल भी, हम कब रोकते हैं ? पर याद रखना, महाराज की तो बहुत शीघ्र आवश्यकता पड़ेगी। याद रहे, हम उस समय यह भी तो कह सकते हैं—अब हमारे पास समय नहीं रहा, हम और कामों में व्यस्त हैं ! पर नहीं, हम ऐसा

नहीं कहेंगे। हम ऐसा कहना कभी पसन्द नहीं करेंगे।'

रात खामोश है। अन्धकार गहरा है। महाराज के निकट, बिल्कुल निकट, परिस्थितियों का दैत्य खड़ा है। वे विचलित हैं। अब कोई दूसरी राह नहीं है। कल कहाँ होगा आज के शासनकर्ता का मत—उसका हुक्म !

महाराज के मन से जैसे फिर वही आवाज़ सुनाई देने लगती है—'महाराज, आप किस पुराने युग में साँस ले रहे हैं ? अब तो समय का रथ बहुत आगे निकल आया। अब किसी एक ही आदमी का राज्य नहीं टिक सकता। अब तो जनमत है। जनमत का बल है। उसी बल पर जनमत आज आपके सामन्ती मत से सबल है। महाराज ! जरा अन्तर को कुरेदें और समझ लें कि यही बल, यही शक्ति आपकी सत्ता का अधिकार थी, आधार थी। इसके खिसक जाने से आप क्योंकर खड़े हो सकते हैं ?'

महाराज काँप उठते हैं। जी हाँ, आज उनकी समूची परम्परा को सँभालने का कोई सम्बल नहीं रहा। उनके देवत्व को थामनेवाला आज कोई देवत्व नहीं रहा। उनके अधिकार को पालनेवाला आज कोई आधिपत्य नहीं रहा।

रात बीती और सूर्य-अभिवादन का बिगुल बज उठा।

कितनी शीघ्रता से यह रात बीत गई ! महाराज किसी खोए हुए पथ से लौटते हैं। आँखें खोल देते हैं। आज ही का दिन है। हाय री भाग्य की निर्दयता ! पर नहीं, अब कोई भावुकता नहीं, कोई दुर्बलता नहीं—निर्णायक घड़ी आन पहुँची है।

महाराज शैया पर पड़े-पड़े सोचते हैं कि शायद यह सब नहीं होगा। नहीं हो सकेगा। अपनी आँखों के सामने भला कोई एक चिरपुरातन परम्परा का गला घोंटे जाते कैसे देख सकता है ? बल्कि यहाँ तो यह कहा जा रहा है कि हम स्वयं यह कार्य करें। जी हाँ, यह अपराध कैसे किया जा सकता है ? एक प्रकार से महाराज तय कर लेते हैं कि वे इतिहास के पहियों को यों मनमानी नहीं करने देंगे। यह तो अन्याय है कि जिधर सड़क नहीं है, उधर को ही हो लें ये पहिए ! आखिर रास्ता देखकर ही तो चलना चाहिए इतिहास को भी। होगा इतिहास का सारथी ! यह तो सारथी का कार्य नहीं कि एक अन्याय को मिटाने के लिए दूसरा अन्याय करे। अरे, अरे ! महाराज तो महाराज है। हाँ, हाँ, महाराज तो महाराज हैं। महाराज ही !

शैया से उठकर महाराज महारानी से मिलते हैं। महाराज उदास नज़र आते

हैं, पर शीघ्र ही उनकी उदासी पर एक बनावटी-सी .ख़ुशी उभरती है। वे महारानी का मन रखने के लिए कहते हैं, "महारानी, हम ऐसा नहीं होने देंगे। देवत्व का अन्त हम इतना शीघ्र नहीं होने देंगे।"

महारानी कहती हैं, "यह आप क्या कह रहे हैं, महाराज ! यही बात थी तो पहले से इनकार कर दिया होता। अब तो आपकी प्रतीक्षा हो रही होगी। आपको आज जनता के सामने खड़े होकर नई सत्ता की घोषणा करनी होगी।"

"घोषणा !" महाराज विरोध के स्वर में कहते हैं, "आज हम घोषणा नहीं करेंगे। आज हम घोषणा नहीं होने देंगे...!"

•

जन-समारोह आरम्भ होने में देर नहीं। असीम भीड़ महाराज की प्रतीक्षा कर रही है। जैसे हर कोई पूछ रहा हो—महाराज अब तक क्यों नहीं आए ? सर्वप्रिय मन्त्री बार-बार मंच पर आते हैं और जनता से खामोशी से महाराज की प्रतीक्षा करने की प्रार्थना करते हैं।

अब तो मालूम होता है कि जन-समूह अधिक प्रतीक्षा नहीं कर सकता। मालूम होता है, आज सभा की कार्रवाई को काबू में रखना सहज नहीं।

सर्वप्रिय मन्त्री स्वयं महाराज को लाने जाते हैं। दूसरे मन्त्री सभा को काबू रखने की चेष्टा कर रहे हैं।

सर्वप्रिय मन्त्री आधे घंटे के विलम्ब के पश्चात् महाराज को अपने साथ लाने में सफल हो जाते हैं। सभा में हर्षध्वनि गूँजती है।

सर्वप्रिय मन्त्री को साथ लिये महाराज नए विधान की नई घोषणा करने के लिए मंच पर पधारते हैं। दूर-दूर तक भीड़-ही-भीड़ नज़र आती है।

इस असीम जन-समारोह को देखकर महाराज पहले ठिठकते हैं। जैसे वे पूछना चाहते हैं कि आखिर इस समारोह में लोग महाराज से चाहते क्या हैं !

महाराज का जय-जयकार हो उठता है। गौरव से महाराज का मस्तक चमकने लगता है : अभी हमारी प्रजा को हमारा ध्यान है, हमारी खुशी का ध्यान है।

खत्म हो रही कहानी का हारा हुआ नायक भी थोड़ा खुश हो जाए, शायद यही सोचकर यह जन-समूह महाराज का जयघोष कर रहा है। अरे, अरे, यह अपार जन-समूह नए युग की आशा में उमड़ आया है—आज जनता महाराज

को झुक-झुककर, नतमस्तक होकर हाथ बाँधे, 'खम्माघणी' करना भूल गई।

महाराज नपी-तुली चाल में मंच की ओर बढ़ रहे हैं। जैसे कोई शक्ति ज़ोर-ज़बरदस्ती से उन्हें मंच की ओर लिये जा रही हो। यह सब क्या बहुत ज़रूरी था ? ये लोग क्या राज-काज चलाने की शक्ति रखते हैं ? यदि यह सत्य है तो फिर महाराज को ही क्यों बीच में घसीटा जा रहा है ?

"आज का दिन राज्य के इतिहास में सुनहरे अक्षरों में लिखा जाएगा," महाराज मंच से घोषणा करते हैं और जन-समारोह का हर्ष और उल्लास तालियों में गूँज उठता है।

महाराज की आवाज़ फिर उभरती है, "आज से जनता का राज्य आरम्भ होता है। आज हम महाराज के रूप में अन्तिम बार आप लोगों के सम्मुख खड़े हो रहे हैं। हमारी यही इच्छा रही कि जनता ही राज्यसत्ता को सँभाले। जब तक जनता ने चाहा कि महाराज उनकी सेवा करें, हम महाराज के रूप में करते रहे। आज यह सत्ता फिर से जनता को ही सौंपी जा रही है। जनता अब स्वयं सूरज बनकर चमकेगी। ऐसा हमारा विश्वास है...और हमारा विश्वास सच्चा है।"

जन-समारोह में तालियाँ गूँजती हैं और फिर एक-एक करके बीसियों वक्ता मंच पर आते हैं और जहाँ एक ओर महाराज को बधाई देते हैं वहाँ दूसरी ओर जनता को बधाई देते हैं। यह सब खुशी से तो न किया जा सकता था। यह आशा करना कि कोई अपना राज्य मिटते देखकर खुश हो—यह तो एक बहुत बड़ी जबरदस्ती है।

सभा समाप्त हो चुकी।

महाराज हतप्रभ-से कदम उठाते वापस आ रहे हैं। इतनी अवज्ञा ? इतनी अवज्ञा...? पर नहीं...ऐसा तो न होगा, ऐसा तो नहीं हो सकता। महाराज तो महाराज हैं...पर जनता इस नए युग में भी अपने महाराज को, अपने सर्वप्रिय महाराज को, सहज़ ही भूल तो न जाएगी !

यह सत्य है कि जनता खुशी में पागल हो रही है। नया विधान तो सदा जयकारों में फूट ही पड़ता है। किसी शुभ्र क्रान्ति के टूटे-टूटे तन-मन को नव-प्राण देने की शक्ति तो नए विधान में ही हो सकती है। यह सब महाराज ने कर दिया—अपनी प्रजा के लिए, अपनी प्रजा की खुशी के लिए, और अब क्या प्रजा अपने महाराज को भूल सकेगी ?

महाराज सोचते हैं—'इतिहास का नया युग इसे ही तो कहते हैं। स्वतन्त्रता का जन्म इसे ही तो कहते हैं। पर क्या प्रजा अपने महाराज को भूल जाएगी ?'

बिगुल बजता है। कुछ सेवक चलचित्र के समान 'खम्माघणी' कहकर विस्मय से खड़े रह जाते हैं। महाराज वही हैं, पर कुछ बदल गया है। महाराज नहीं बदले, महाराज की परम्परा बदल गई।

महाराज की बड़ी-बड़ी आँखें देख रही हैं।

किले के नीचे इकट्ठी विशाल जनता के माथे पर नया सूरज !

महाराज झुंझलाकर सोचते हैं—'आज हमारे कानों से ये कैसे धीमे-धीमे प्राणहीन स्वर टकरा रहे हैं—'खम्माघणी, अन्नदाता ! खम्माघणी... खम्माघणी...खम्माघणी अन्नदाता !'

*मार्च, 1951*

# सिक्का बदल गया

खद्दर की चादर ओढ़े, हाथ में माला लिये शाहनी जब दरिया के किनारे पहुँची तो पौ फट रही थी। दूर-दूर आसमान के परदे पर लालिमा फैलती जा रही थी। शाहनी ने कपड़े उतारकर एक ओर रखे और, 'श्री...राम, श्री...राम' करती पानी में हो ली। अंजलि भरकर सूर्य देवता को नमस्कार किया, अपनी उनींदी आँखों पर छींटे दिए और पानी से लिपट गई !

चनाब का पानी आज भी पहले-सा सर्द था, लहरें लहरों को चूम रही थीं। वह दूर—सामने कश्मीर की पहाड़ियों से बर्फ पिघल रही थी। उछल-उछल आते पानी के भँवरों से टकराकर कगारे गिर रहे थे, लेकिन दूर-दूर तक बिछी रेत आज न जाने क्यों खामोश लगती थी ! शाहनी ने कपड़े पहने, इधर-उधर देखा, कहीं किसी की परछाईं तक न थी। पर नीचे रेत में अगणित पाँवों के निशान थे। वह कुछ सहम सी उठी !

आज इस प्रभात की मीठी नीरवता में न जाने क्यों कुछ भयावना सा लग रहा है। वह पिछले पचास वर्षों से यहाँ नहाती आ रही है। कितना लम्बा अरसा है ! शाहनी सोचती है, एक दिन इसी दरिया के किनारे वह दुलहिन बनकर

उतरी थी। और आज...शाहजी नहीं, उसका वह पढ़ा-लिखा लड़का नहीं, आज वह अकेली है, शाहजी की लम्बी-चौड़ी हवेली में अकेली है। पर नहीं—यह क्या सोच रही है वह सवेरे-सवेरे ! अभी भी दुनियादारी से मन नहीं फिरा उसका ! शाहनी ने लम्बी साँस ली और 'श्रीराम, श्रीराम' करती बाजरे के खेतों से होती घर की राह ली। कहीं-कहीं लिपे-पुते आँगनों पर से धुआँ उठ रहा था। टन-टन—बैलों की घंटियाँ बज उठती हैं। फिर भी...फिर भी कुछ बँधा-बँधा-सा लग रहा है। 'जम्मीवाला' कुआँ भी आज नहीं चल रहा। ये शाहजी की ही असामियाँ हैं। शाहनी ने नजर उठाई। यह मीलों फैले खेत अपने ही हैं। भरी-भराई नई फसल को देखकर शाहनी किसी अपनत्व के मोह में भीग गई। यह सब शाहजी की बरकतें हैं। दूर-दूर गाँवों तक फैली हुई जमीनें, जमीनों में कुएँ—सब अपने हैं। साल में तीन फसल, जमीन तो सोना उगलती है। शाहनी कुएँ की ओर बढ़ी, आवाज़ दी, "शेरे, शेरे—हुसैना, हुसैना... ।"

शेरा शाहनी का स्वर पहचानता है। वह न पहचानेगा ! अपनी माँ जैना के मरने के बाद वह शाहनी के पास ही पलकर बड़ा हुआ। उसने पास पड़ा गँड़ासा 'शटाले' के ढेर के नीचे सरका दिया। हाथ में हुक्का पकड़कर बोला, "ऐ हुसैना, हुसैना... ।" शाहनी की आवाज़ उसे कैसे हिला गई है ! अभी तो वह सोच रहा था कि उस शाहनी की ऊँची हवेली की अँधेरी कोठरी में पड़ी सोने-चाँदी की सन्दूकचियाँ उठाकर—कि तभी 'शेरे, शेरे...'। शेरा गुस्से से भर उठा। किस पर निकाले अपना क्रोध ? शाहनी पर ! चीखकर बोला, "ऐ मर गईं क्या !...रब्ब तुम्हें मौत दे..."

हुसैना आटेवाली कनाली को एक ओर रख, जल्दी-जल्दी बाहर निकल आई, "आती हूँ, आती हूँ—क्यों छा वेले तड़पता एँ ?"

अब तक शाहनी नजदीक पहुँच चुकी थी। शेरे की तेजी सुन चुकी थी। प्यार से बोली, "हुसैना, यह वक्त लड़ने का है ? वह पागल है तो तू ही जिगरा कर लिया कर !"

"जिगरा !" हुसैना ने मान-भरे स्वर में कहा, "शाहनी, लड़का आखिर लड़का ही है। कभी शेरे से भी पूछा है कि मुँह-अँधेरे ही क्यों गालियाँ बरसाई हैं इसने ?" शाहनी ने लाड़ से हुसैना की पीठ पर हाथ फेरा, हँसकर बोली, "पगली, मुझे तो लड़के से बहू प्यारी है ! शेरे..."

"हाँ शाहनी !"

“मालूम होता है, रात को कुल्लूवाल के लोग आए हैं यहाँ ?” शाहनी ने गम्भीर स्वर में कहा।

शेरे ने जरा रुककर, घबराकर कहा, “नहीं—शाहनी...” शेरे के उत्तर की अनसुनी कर शाहनी जरा चिन्तित स्वर से बोली, “जो कुछ भी हो रहा है, अच्छा नहीं। शेरे, आज शाहजी होते तो शायद कुछ बीच-बचाव करते। पर...” शाहनी कहते-कहते रुक गई। आज क्या हो रहा है ! शाहनी को लगा जैसे जी भर-भर आ रहा है। शाहजी को बिछुड़े कई साल बीत गए, पर—पर आज कुछ पिघल रहा है—शायद पिछली स्मृतियाँ...आँसुओं को रोकने के प्रयत्न में उसने हुसैना की ओर देखा और हल्के से हँस पड़ी। और शेरा सोच ही रहा है, क्या कह रही है शाहनी आज ! आज शाहजी क्या, कोई भी कुछ नहीं कर सकता। यह होके रहेगा—क्यों न हो ? हमारे ही भाई-बन्दों से सूद ले-लेकर शाहजी सोने की बोरियाँ तोला करते थे। प्रतिहिंसा की आग शेरे की आँखों में उतर आई। गँड़ासे की याद आ गई। शाहनी की ओर देखा—नहीं-नहीं, शेरा इन पिछले दिनों में तीस-चालीस कत्ल कर चुका था। पर...पर वह ऐसा नीच नहीं...सामने बैठी शाहनी नहीं, शाहनी के हाथ उसकी आँखों में तैर गए। वह सर्दियों की रातें—कभी-कभी शाहजी की डाँट खाके वह हवेली में पड़ा रहता था। और फिर लालटेन की रोशनी में देखता था, शाहनी के ममता-भरे हाथ दूध का कटोरा थामे हुए, ‘शेरे, शेरे, उठ, पी ले।’ शेरे ने शाहनी के झुर्रियाँ पड़े मुँह की ओर देखा तो शाहनी धीरे-से मुस्कुरा रही थी। शेरा विचलित हो गया—‘आखिर शाहनी ने क्या बिगाड़ा है हमारा ? शाहजी की बात शाहजी के साथ गई, वह शाहनी को जरूर बचाएगा। लेकिन कल रातवाला मशवरा ! वह कैसे मान गया था फिरोज की बात ? सबकुछ ठीक हो जाएगा...सामान बाँट लिया जाएगा !’

“शाहनी चलो, तुम्हें घर तक छोड़ आऊँ।”

शाहनी उठ खड़ी हुई। किसी गहरे सोच में चलती हुई शाहनी के पीछे-पीछे मजबूत कदम उठाता शेरा चल रहा है। शंकित-सा इधर-उधर देखता जा रहा है। अपने साथियों की बातें उसके कानों में गूँज रही हैं। पर क्या होगा शाहनी को मारकर ?

“शाहनी।”

“हाँ शेरे।”

शेरा चाहता है कि सिर पर आनेवाले खतरे की बात कुछ तो शाहनी को बता दे, मगर वह कैसे कहे ?

"शाहनी..."

शाहनी ने सिर ऊँचा किया। आसमान धुएँ से भर गया था : "शेरे..."

शेरा जानता है, यह आग है। जलालपुर में आज आग लगनी थी, लग गई ! शाहनी कुछ न कह सकी। उसके नाते-रिश्ते सब वहीं हैं।

हवेली आ गई। शाहनी ने शून्य मन से ड्योढ़ी में कदम रखा। शेरा कब लौट गया, उसको कुछ पता नहीं। दुर्बल सी देह और अकेली, बिना किसी सहारे के ! न जाने कब तक वहीं पड़ी रही शाहनी। दुपहर आई और चली गई। हवेली खुली पड़ी है। आज शाहनी नहीं उठ पा रही। जैसे उसका अधिकार आज स्वयं ही उससे छूट रहा है ! शाहजी के घर की मालकिन... लेकिन नहीं, आज मोह नहीं हो रहा। मानो पत्थर हो गई हो। पड़े-पड़े साँझ हो गई, पर उठने की बात फिर भी नहीं सोच पा रही। अचानक रसूली की आवाज़ सुनकर चौंक उठी।

"शाहनी, शाहनी, सुना ट्रकें आती हैं लेने ?"

"ट्रकें...?" शाहनी इसके सिवाय और कुछ न कह सकी। हाथों ने एक-दूसरे को थाम लिया। बात-की-बात में खबर गाँव-भर में फैल गई। लाह बीबी ने अपने विकृत कंठ से कहा, "शाहनी, आज तक कभी ऐसा न हुआ, न कभी सुना। गजब हो गया, अन्धेर पड़ गया।"

शाहनी मूर्तिवत् वहीं खड़ी रही। नवाब बीबी ने स्नेह-सनी उदासी से कहा, "शाहनी, हमने तो कभी न सोचा था।"

शाहनी क्या कहे कि उसी ने ऐसा सोचा था ! नीचे से पटवारी बेगू और जैलदार की बातचीत सुनाई दी। शाहनी समझी कि वक्त आन पहुँचा। मशीन की तरह नीचे उतरी, पर ड्योढ़ी न लाँघ सकी। किसी गहरी, बहुत गहरी आवाज़ से पूछा, "कौन ? कौन-कौन हैं वहाँ ?"

कौन नहीं है आज वहाँ ? सारा गाँव है, जो उसके इशारे पर नाचता था कभी। उसकी असामियाँ हैं जिन्हें उसने अपने नाते-रिश्तों से कभी कम नहीं समझा। लेकिन नहीं, आज उसका कोई नहीं, आज वह अकेली है ! यह भीड़-की-भीड़, उनमें कुल्लूवाल के जाट। वह क्या सुबह ही न समझ गई थी !

बेगू पटवारी और मसीत के मुल्ला इस्माइल ने जाने क्या सोचा। शाहनी

के निकट आ खड़े हुए। बेगू आज शाहनी की ओर देख नहीं पा रहा। धीरे से ज़रा गला साफ करते हुए कहा, ''शाहनी, रब्ब को यही मंजूर था।''

शाहनी के कदम डोल गए। चक्कर आया और दीवार के साथ लग गई। इसी दिन के लिए छोड़ गए थे शाहजी उसे ? बेजान सी शाहनी की ओर देखकर बेगू सोच रहा है—क्या गुजर रही है शाहनी पर ! मगर क्या हो सकता है ! सिक्का बदल गया है...

शाहनी का घर से निकलना छोटी सी बात नहीं। गाँव-का-गाँव खड़ा है हवेली के दरवाजे से लेकर उस दारे तक जिसे शाहजी ने अपने पुत्र की शादी में बनवा दिया था। गाँव के सब फैसले, सब मशविरे यहीं होते रहे हैं। इस बड़ी हवेली को लूट लेने की बात भी यहीं सोची गई थी। यह नहीं कि शाहनी कुछ न जानती हो। वह जानकर भी अनजान बनी रही। उसने कभी बैर नहीं जाना। किसी का बुरा नहीं किया। लेकिन बूढ़ी शाहनी यह नहीं जानती कि सिक्का बदल गया है...

देर हो रही थी। थानेदार दाऊद खाँ ज़रा अकड़कर आगे आया और ड्योढ़ी पर खड़ी जड़ निर्जीव छाया को देखकर ठिठक गया ! वही शाहनी है जिसके शाहजी उसके लिए दरिया के किनारे खेमे लगवा दिया करते थे। यह तो वही शाहनी है जिसने उसकी मँगेतर को सोने के कनफूल दिए थे मुँहदिखाई में। अभी उसी दिन जब वह 'लीग' के सिलसिले में आया था तो उसने उद्दंडता से कहा था, 'शाहनी, भागोवाल मसीत बनेगी, तीन सौ रुपया देना पड़ेगा।' शाहनी ने अपने उसी सरल स्वभाव से तीन सौ रुपए आगे रख दिए थे और आज...?

''शाहनी !'' दाऊद खाँ ने आवाज दी। वह थानेदार है, नहीं तो उसका स्वर शायद आँखों में उतर आता।

शाहनी गुम-सुम, कुछ न बोल पाई।

''शाहनी !'' ड्योढ़ी के निकट जाकर वह बोला, ''देर हो रही है शाहनी ! (धीरे से) कुछ साथ रखना हो तो रख लो। कुछ साथ बाँध लिया है ? सोना-चाँदी...''

शाहनी अस्फुट स्वर से बोली, ''सोना-चाँदी !'' ज़रा ठहरकर सादगी से कहा, ''सोना-चाँदी ! बच्चा, वह सब तुम लोगों के लिए है। मेरा सोना तो एक-एक जमीन में बिछा है।''

दाऊद खाँ लज्जित-सा हो गया, "शाहनी, तुम अकेली हो, अपने पास कुछ होना जरूरी है। कुछ नकदी ही रख लो। वक्त का कुछ पता नहीं..."

"वक्त ?" शाहनी अपनी गीली आँखों से हँस पड़ी, "दाऊद खाँ, इससे अच्छा वक्त देखने के लिए क्या मैं जिन्दा रहूँगी !" किसी गहरी वेदना और तिरस्कार से कह दिया शाहनी ने।

दाऊद खाँ निरुत्तर है। साहस कर बोला, "शाहनी,...कुछ नकदी जरूरी है।"

"नहीं बच्चा, मुझे इस घर से"—शाहनी का गला रुँध गया, "नकदी प्यारी नहीं। यहाँ की नकदी यहीं रहेगी।"

शेरा आन खड़ा हुआ पास। दूर खड़े-खड़े उसने दाऊद खाँ को शाहनी के पास देखा तो शक गुजरा कि हो-न हो कुछ मार रहा है शाहनी से। "खाँ साहिब, देर हो रही है..."

शाहनी चौंक पड़ी। देर—मेरे घर में मुझे देर ! आँसुओं की भँवर में न जाने कहाँ से विद्रोह उमड़ पड़ा। मैं पुरखों के इस बड़े घर की रानी और यह मेरे ही अन्न पर पले हुए...नहीं, यह सबकुछ नहीं। ठीक है—देर हो रही है। देर हो रही है। शाहनी के कानों में जैसे यही गूँज रहा है—देर हो रही है—पर नहीं, शाहनी रो-रोकर नहीं, शान से निकलेगी इस पुरखों के घर से, मान से लाँघेगी यह देहरी, जिस पर एक दिन वह रानी बनकर आ खड़ी हुई थी। अपने लड़खड़ाते कदमों को सँभालकर शाहनी ने दुपट्टे से आँखें पोंछीं और ड्योढ़ी से बाहर हो गई। बड़ी-बूढ़ियाँ रो पड़ीं। उनके दुख-सुख की साथिन आज इस घर से निकल पड़ी है। किसकी तुलना हो सकती थी इसके साथ ! खुदा ने सब कुछ दिया था, मगर—मगर दिन बदले, वक्त बदले...

शाहनी ने दुपट्टे से सिर ढाँपकर अपनी धुँधली आँखों में से हवेली को अन्तिम बार देखा। शाहजी के मरने के बाद भी जिस कुल की अमानत को उसने सहेजकर रखा, आज वह उसे धोखा दे गई। शाहनी ने दोनों हाथ जोड़ लिये—यही अन्तिम दर्शन था, यही अन्तिम प्रणाम था। शाहनी की आँखें फिर कभी इस ऊँची हवेली को न देख पाएँगी। प्यार ने जोर मारा—सोचा, एक बार घूम-फिरकर पूरा घर क्यों न देख आई मैं ? जी छोटा हो रहा है, पर जिनके सामने हमेशा बड़ी बनी रही है उनके सामने वह छोटी न होगी। इतना ही ठीक है। सब हो चुका है। सिर झुकाया। ड्योढ़ी के आगे कुलवधू की आँखों से

निकलकर कुछ बूँदें चू पड़ीं। शाहनी चल दी—ऊँचा-सा भवन पीछे खड़ा रह गया। दाऊद खाँ, शेरा, पटवारी, जैलदार और छोटे-बड़े, बच्चे-बूढ़े, मर्द-औरतें सब पीछे-पीछे।

ट्रकें अब तक भर चुकी थीं। शाहनी अपने को खींच रही थी। गाँववालों के गलों में जैसे धुआँ उठ रहा है। शेरे, खूनी शेरे का दिल टूट रहा है। दाऊद खाँ ने आगे बढ़कर ट्रक का दरवाजा खोला। शाहनी बढ़ी। इस्माइल ने आगे बढ़कर भारी आवाज़ से कहा, ''शाहनी, कुछ कह जाओ। तुम्हारे मुँह से निकली आसीस झूठी नहीं हो सकती !'' और अपने साफे से आँखों का पानी पोंछ लिया। शाहनी ने उठती हुई हिचकी को रोककर रुँधे-रुँधे गले से कहा, ''रब्ब तुम्हें सलामत रखे बच्चा, खुशियाँ बख्शे...।''

वह छोटा सा जनसमूह रो दिया। ज़रा भी दिल में मैल नहीं शाहनी के। और हम—हम शाहनी को नहीं रख सके। शेरे ने बढ़कर शाहनी के पाँव छुए—''शाहनी, कोई कुछ नहीं कर सका, राज ही पलट गया...'' शाहनी ने काँपता हुआ हाथ शेरे के सिर पर रखा और रुक-रुककर कहा, ''तुम्हें भाग लगे चन्ना।'' दाऊद खाँ ने हाथ का संकेत किया। कुछ बड़ी-बूढ़ियाँ शाहनी के गले लगीं और ट्रक चल पड़ी।

अन्न-जल उठ गया। वह हवेली, नई बैठक, ऊँचा चौबारा, बड़ा 'पसार', एक-एक करके घूम रहे हैं शाहनी की आँखों में ! कुछ पता नहीं, ट्रक चल रहा है या वह स्वयं चल रही है। आँखें बरस रही हैं। दाऊद खाँ विचलित होकर देख रहा है, इस बूढ़ी शाहनी को। कहाँ जाएगी अब यह ?

''शाहनी, मन में मैल न लाना। कुछ कर सकते तो उठा न रखते। वक्त ही ऐसा है। राज पलट गया है, सिक्का बदल गया है...''

रात को शाहनी जब कैम्प में पहुँचकर जमीन पर पड़ी तो लेटे-लेटे आहत मन से सोचा—'राज पलट गया है...सिक्का क्या बदलेगा ? वह तो मैं वहीं छोड़ आई।...'

और शाहजी की शाहनी की आँखें और भी गीली हो गईं।

आसपास के हरे-हरे खेतों से घिरे गाँवों में रात खून बरसा रही थी।

शायद राज पलटा खा रहा था और—सिक्का बदल रहा था...

*जुलाई, 1948*

# आज़ादी शम्मोजान की

तिरंगों की छाया में शुभ्रवसना नगरी मुस्कुरा उठी। दीपमालाओं से अँधेरे-खामोश आँगनों की सीमाएँ भी जगमगा उठीं। आज आज़ादी का त्योहार था। कोटि-कोटि जन उल्लास में झूमते हुए राजमार्ग पर बिखर गए। घर-बाहर सजे, बाजार सजे और सज गईं रूप की वे दुकानें, जहाँ रूप रोज-रोज इस्तेमाल होकर बासी और श्रीहीन हो जाता है।

शम्मोबीवी ने अपनी रूखी-सी कलाई पर पड़ी पीतल और काँच की चूड़ियों को झनकारकर किसी टूटे हुए अलसाये भाव से अँगड़ाई ली। सस्ती-सी रेशमी सलवार पर गहरे गुलाबी रंग की कमीज और कमीज में लिपटी हुई थकी-टूटी देह और देह के भार से अकड़ी हुई एक औरत की हड्डियाँ जैसे चरमरा उठीं। दरवाजे पर लगी रंग-बिरंगी मोतियों की झालर कोठों पर से आती हुई फीकी हवा से ज़रा हिलकर मौन हो गई। कोने में पड़ी मेज पर नीले से फूलदान में कई दिनों के मुरझाए फूल सलवटों से भरी मैली शैया को देखकर संकोच में डूब गए। मगर शम्मोबीवी के लिए यह सब कुछ नया नहीं। संकोच में डूबे हुए फूलों पर उसकी नजर नहीं जाती। उनसे कहीं अधिक वह स्वयं

उस गर्त्त में डूबी है, जहाँ संकोच अर्थहीन हो जाता है। सालों पुराने इस पानदान में से पान लगाकर चबाते-चबाते उसे यह सोचने की जरूरत नहीं पड़ती कि पान का रस चूस लेने पर पीकदान में थूकने की आदत क्यों बेमतलब नहीं ?

और आज शम्मोबीवी जानती है कि आज़ादी का दिन है। जिन कोठों पर बैठकर वह राहगीरों को निमन्त्रण दिया करती है, उन्हीं पर आज तिरंगी झंडियाँ लगाई जाएँगी। 'भूरे, भूरे...' उसने आवाज़ लगाई। शम्मोजान की सीढ़ियों पर बैठा भूरा किसी नौजवान छोकरे को हाथ के इशारे से शम्मो के शरीर का नाप बतलाते हुए ऊपर आ पहुँचा और बोला, "हाँ, बाई, आज झंडियाँ लगेंगी न ?"

"रोशनी भी करनी है भूरे।"

"जरूर, बाई। लीलो, चम्पा, बन्नो सबके कोठे सज चुके हैं।" और भूरे ने अपनी सुरमा-लगी तीखी आँखों से एक बार शम्मोजान को सिर से पाँव तक देखकर उसके गले के नीचे लगे सोने के बटनों पर अपनी नजर टिका दी।

शम्मोजान ने उस टकटकी को समझते हुए भी उसे अनदेखा करके कहा, "ज़रा जल्दी करना भूरे, फिर लोग आ जाएँगे।"

भूरे ने अनमने भाव से झंडियाँ लगानी शुरू कीं। पतले-पतले पतंग के काग़ज़ों की-सी आवाज़-शम्मोजान अन्दर बैठी सुन रही है। उसके पोले पड़े दाँत सुपारी चबाते जा रहे हैं। सामनेवाले कमरे से मुन्नीजान निकल आई और बोली, "कहो बहन, क्या हो रहा है; आज तो पूरा बाज़ार सजा है।"

"हाँ मुन्नी, आज तो शहर-भर में रोशनी है..."

बीच में ही बात काटते हुए मुन्नीजान ने अपने कर्कश और फटे से स्वर में कहा, "लेकिन यह क्यों हो रहा है, क्यों हो रहा है ?" और यह सवाल करते हुए अपना महीन दुपट्टा मैले से गावतकिये पर फेंक मुन्नीजान चारपाई पर लुढ़क गई। उसके तलवों पर बदरंग सी मेहँदी लगी थी।

शम्मोजान ने कहा, "आज आज़ादी का दिन है मुन्नी !"

"दिन नहीं, रात कहो, रात !"—मुन्नी ने ऐसे चीखकर कहा, मानो कहीं पड़ी हुई दरारों से फूटकर उसकी आवाज़ बाहर निकल आना चाहती हो। और वह अपने पपड़ी-जमें होंठों को फैलाकर हँस पड़ी।

शम्मोजान ने सहानुभूतिपूर्ण दृष्टि से उसकी ओर देखा और कहा, "मुन्नी, कहते हैं, आज लोगों को आज़ादी मिल रही है, जुलूस निकल रहे हैं, जलसे

हो रहे हैं।''

मुन्नी ने अपनी कसी और तंग कमीज में से ज़रा लम्बी साँस लेकर कहा, ''क्या कहा, आजादी ? लोगों को आज मिल रही है आज़ादी ! आज़ादी तो हमारे पास है। हम-सा आजाद कौन होगा, शम्मोजान ?'' और हा-हा अट्टहास कर गुलाबी रंग से लिपी-पुती नारी-देह लट्ठे की मैली चादर पर फैल गई।

शम्मोजान कब तक वहाँ बैठी रही, मुन्नी को कोई खबर नहीं। बेखबर सोई पड़ी मुन्नी के अंग-प्रत्यंग की थकान को शम्मो समझ रही है। अपने अन्दर ढके परदों को उघाड़कर अगर वह भी देखे, तो एक टूटी आहत छाया उसकी उनींदी आँखों में झलक जाएगी। सालों बीते जब शम्मोजान लाज-शर्म छोड़कर पहली बार इन दीवारों के अन्दर बैठकर मुस्कुरा दी थी कि अब वह आज़ाद है। जिस आज़ादी को अभी-अभी मुन्नी ने अपनी बेसुरी आवाज़ में याद किया था, वह आज कितनी विकृत और कितनी कुरूप हो चुकी है, यह आज उसे भूला नहीं।

रात काफी हो चुकी। बाहर रोशनी अधिक है, पर बाजार मन्दा है। ग्राहक बड़ी-बड़ी इमारतों पर लगी रोशनी देखने में व्यस्त हैं। कितनी ही बाइयाँ तिरंगों से सजे अपने कोठों पर खड़ी-खड़ी उन बाँहों की प्रतीक्षा कर रही हैं, जो अधिक नहीं, तो आज की रात तो उन्हें बाँध सकें। वे जानती हैं कि यह रोज-रोज का टूटना, जुड़ना और छूटना...वर्षों से बस एक ही क्रम ! अगर किसी दिन उस पर विराम आ गया, तो शिथिल हो गए हाथ-पैरों में धीमे-धीमे बहता रक्त एकबारगी जम जाएगा।

शम्मोजान देखती है कि मुन्नी आज जिस आज़ादी की बात सोचकर गहरी नींद में सो गई है, उससे उठकर क्या वह फिर अपनी मलिन आँखों को कजरारा करेगी, क्या वह अपने बालों को मोतियों से सँवारकर छज्जे पर जा खड़ी होगी ? शम्मो को मुन्नी के लिए इसमें शक है, अपने लिए नहीं। वह तो अभी जग रही है, सोई नहीं है। वह जो कुछ है, अपने-आपसे भूली हुई नहीं है। लेकिन भूलना क्या, उसे तो याद करने की ज़रूरत ही महसूस नहीं होती। यह ठीक है कि उसे अभी जिन्दगी काटनी है, अपने को बेचना नहीं, खरीदना है, ऐसे दामों में जिन्हें वह क्या, उसके कुल के वे सब देवी-देवता भी न चुका पाएँगे, जिनके द्वार पर उसने नहीं, तो उसके पूर्वजनों ने नाक रगड़कर वह वरदान प्राप्त किया होगा। मगर वह सबकुछ क्यों दुहराए ?

मुन्नीजान को उसी बेहोशी में छोड़ शम्मोजान कोठे पर आ खड़ी हुई। उसी समय भूरे ने अपने गलीज से स्वर में कहा, ''बाई, चलो, आज अच्छी चीज लाया हूँ।''

एक लम्बी 'हूँ' के बाद क्षण-भर विराम लेकर शम्मो ने एक बार अटकी सी नजर से आज़ादी के चिरागों को देखा, हवा में खड़खड़ाती उन झंडियों को देखा और फिर अपने सधे-सधाये कदम उठाकर कमरे की ओर चल पड़ी।

बाहर झंडे हवा में लहरा रहे थे, चिराग हल्के-हल्के जल रहे थे, लोग आज़ादी से गले मिल रहे थे और अन्दर शम्मोजान अपनी पुरानी आज़ादी बाँट रही थी, जो उसके पास शायद अभी भी बहुत थी...बहुत थी।

*जुलाई, 1951*

# कामदार भीखमलाल

कामदार भीखमलाल ने बालों पर गहरा हाथ फेरा, कोने में पड़ी लकड़ी की पेटी पर से उठाकर साफ़ा सिर पर रखा और दहलीज के पास पड़ी जूती पहनकर बाहर निकल आए। माथे पर कामदारी के तेवर थे। तेवरों के नीचे किन्हीं खुफ़िया परदों में से झाँकती दो आँखें थीं और आँखों को रोबदार बनाता हुआ सिर से लिपटा बहुत बड़ा साफ़ा था। उनकी जूती की एड़ियाँ घिसी हुई थीं, लेकिन चाल में दम था। उनकी कमर कुछ झुकने लगी थी, लेकिन उन्हें इसका नहीं बल्कि चलते-चलते दाएँ-बाएँ और आगे देखने के अलावा पीछे न देख सकने का गम था। उनकी नज़र ही तो उनके कर्तव्य की धार थी। और उस धार के नीचे अच्छे-से-अच्छे कटकर रह गए थे ! बड़े-से-बड़े अहलकार से लेकर छोटी-से-छोटी डावरी को पल-भर में परख लेने की समझ-बूझ उनमें थी। अब तो खैर वह बात नहीं रह गई, लेकिन दरबारी राज के दिनों में बड़े-बड़े पहरों के रहते भी कामदार भीखमलाल महलों में से गुप्त-से-गुप्त बातों की टोह ले लिया करते थे। दरबार रात को महल के किस हिस्से में थे, कौन से जनाने से उनका जी उचट गया है और कौन सी दासी-बाँदी के पैरों में सोना डालने

की बात सोची जा रही है ! नई पासवान की ओर से महाराज पर किस बात का दबाव डाला जा रहा है, कुँवर शिकार के बहाने किस खोज में जा रहे हैं ! और न जाने क्या-क्या और महलों की खोज-खबरों के साथ-साथ राज के हरेक महकमे के जरूरी हालात, उन हालातों से उलझे नाम और नामों से जुड़े चार पीढ़ियों तक के इतिहास, शहर में बनते-बिगड़ते, नए-पुराने नाते-रिश्ते और रिश्तों से उपजते नए झगड़े और मित्रताएँ—कुछ भी उनसे भूला नहीं था। उनकी परख कुछ ऐसी तेज़ थी कि बहुत गहरे से चीज़ों को कुरेद लाती थी। सुबह काम पर जाते-जाते उनकी आँखें कुछ-न-कुछ जाँचने में ज़रूर सफ़ल हो जातीं। उनके सीढ़ियों से नीचे उतरते ही छत पर खड़ा उनका पड़ोसी जल्दी से पीछे क्यों हट गया है, इसी सोच में कामदार कुछ कदम उठाते और नुक्कड़ तक पहुँचते-पहुँचते मोदी की छत पर खड़ी उसकी सयानी लड़की की छाया देखकर बेफिक्री की एक लम्बी साँस लेते। तो बात यह है ! पड़ोसी की ठीक डोलनी-सी हालत तो कितने दिनों से देख रहे थे। पानवाले की दुकान पर खड़ा सोनी का छोटा लड़का—पानवाला कितने यत्न से पान लगा रहा है ! और आन-की-आन में भीख़मलाल देखते कि बिना पैसा दिए लड़का घर की ओर भागा जा रहा है। और पानवाले की भग्न-सी दृष्टि दौड़ते हुए लड़के का अनुसरण कर रही है। हूँ, तो अब आई बात ऊपर ! सोनी की विधवा बहू...। राम, राम !

दो-चार अभिवादनों का उत्तर देते कामदार आगे बढ़ रहे हैं। चौंककर एक ओर हटते हैं—नई डॉक्टरनी की बग्घी दौड़ी आ रही है। डॉक्टरनी की पतली महीन धोती—और ढीले बाल...गढ़ी की ओर से लौटती हुई गाड़ी कहाँ गई होगी ? सेठ के यहाँ ? नहीं—सेठ की घरवाली आजकल मायके है। तो...कल शाम फराशखाने के पास जाते हुए बड़े डॉक्टर का ध्यान आया। गढ़ी के पास एक उसी की ही तो कोठी है ! ओह...तो अब आना-जाना शुरू हो गया है ! डॉक्टरनियों के यही लच्छन हुआ करते हैं। आती हैं, और धूल फाँककर चली जाती हैं !

कामदार अब तक कोतवाल के घर तक पहुँच गए थे। क्या मकान बनाया है ! पर मकान के लिए इतना रुपया आया कहाँ से होगा ? मन-ही-मन बहुत कुछ सोचा और आखिर नतीजे पर पहुँचे कि दरोगा की बताई बात गलत नहीं हो सकती ! छोटी बाईजी साहब के कुँवर की कृपा थी जो कोतवाल की बहन

पर हुई थी—नहीं तो इतनी बड़ी हवेली खड़ी कर लेना कोतवाल के बस का काम नहीं।

कामदारजी ने चाल ज़रा तेज़ कर दी। आज उन्हें बहुत सा काम करना है। पिछले चार-पाँच साल के खरीदे हुए घास का हिसाब उन्हें महल के खाते में डालना है। अच्छा-भला सबकुछ चल रहा था, पर जाने अंग्रेज़ों के पाँव खींचते ही यह भुखमरे मकड़ी के जाले की तरह फैलते चले आ रहे हैं। सुना है हिसाब-किताब देखने कोई अहलकार आ रहा है। कामदार कुछ क्षण किसी गहरी चिन्ता में डूबे रहे। फिर एकाएक आँखों के आगे से जैसे धुन्ध छँट गई। जब उनकी बदली दो साल के लिए चुंगी में हो गई थी तो यहाँ मज़हर अली काम करते रहे...

अब कोई चिन्ता नहीं—कोई फिकर नहीं। कामदारजी जल्दी-जल्दी ड्योढ़ी में पहुँचे। लकड़ी के तख्त पर रखे डेस्क पर उनकी कलम-दवात पड़ी थी। पगड़ी उतार एक ओर रखी और घास का हिसाब बनाने में जुट गए। हिसाब बना और ऐसा बना कि मुंशी मज़हर अली के नाम के साथ ही कामदार साहब के सिर से पूरा-का-पूरा बोझ उतर गया। उनके हिसाब में अब कोई गड़बड़ न रह गई थी। उल्टे साल-भर का घास हाथीखाने में वक्त पर मौजूद रहेगा। कुछ देर सुस्ता लेने के बाद कामदारजी ने कुछ ज़रूरी चिट्ठियों के जवाब लिखे और नम्बर चढ़ाकर, अपने हुक्म में खड़े लड़के को दे दिए। सबकुछ समझा लेने के बाद यह हिदायत देना नहीं भूले कि आती बार नई उसतानी के घर झाँक आना। उसके रंग-ढंग कुछ अच्छे मालूम नहीं देते। दो-चार बार वह उसे डाकखानेवाले बाबू के साथ बातें करते देख चुके हैं। बाबू के यहाँ घरवाली है, बच्चे हैं पर मन फिरते कब देर लगती है ! वह गुजराती बाबू—उसके यहाँ आते ही पानी भरनेवाली धवलीबाई ने ऐसे डोरे डाले थे कि चार सालों में एक दिन भी बाबू की घरवाली मायके से नहीं आई।

कामदार साहब कुछ ऊँघने लगे थे। हल्की-हल्की नींद की खुमारी में उन्हें कई भूले-भुलाए चेहरे दीख पड़े। पिछले दरबार के दिनों में घूरे की नाचने-गानेवाली लड़की—जिसको किस्मत ने टूटे-फूटे कच्चे मकानों से महलों में चढ़ा दिया—चुंगी के दरोगा नियामत खाँ, जिनके घर के परदों से हर रोज़ नई आँखें झाँकती थीं और पुराने अस्पताल की दायी जंगी, जिसके फन्दों से निकलने की ताकत अच्छे-अच्छों में न थी। कामदार खुद एक बार उसमें फँस

चुके थे, पर भला हो उस घाघ-सी बुढ़िया का। जाने क्यों वह उस मामले में ढीली पड़ गई थी। कामदार भीखमलाल ने पल-भर के लिए आँखें खोलीं और मूँद लीं। इस ड्योढ़ी में काम करते उन्हें एक ज़माना हो गया है ! सिर पर से होकर कई राजे और उनके राज गुज़र गए। बड़े-बड़े नगर सेठ, उनका कारोबार और सट्टा। जिन दिनों ननकू सेठ की चढ़ती थी, उसके यहाँ के रंग ही कुछ और थे ! रुपया-पैसा, तीन ब्याहताएँ ! कामदार सोते-सोते जग पड़े। ओठों पर हल्की सी मुस्कुराहट फैल गई। सेठ की बुढ़ापे में ब्याही बहू ने जो लच्छन शुरू किए थे उसको सबसे पहले भाँपनेवाले भी भीखमलाल ही थे। लेकिन यह उनकी पहली खोज नहीं थी—ठाकुर के लड़के ने जिस तरह पोद्धार बनिए की लड़की को भगाने की सोची थी और ठीक वक्त पर कामदार साहिब ने इनकी टोह ले ली थी !

कामदार साहिब आज जब शाम को काम से फुरसत पाकर घर की ओर चले, तो आँखें हमेशा की तरह सजग थीं। पोखर के किनारे गन्धी की लड़की घड़ा रखे बैठी है—पंखेवाली छींट का लहँगा और फूलदार चोली...कामदार साहिब ने चाल को एक खास अन्दाज़ से हल्का किया, तेज़ किया और हाथ से साफ़े को अकारण ठीक करते हुए आगे बढ़ गए। पुरानी हवेली के पिछवाड़े से थाने की ओर मुड़ते ही हेडमास्टर का मँझला लड़का दिखाई दिया। कामदार हटकर एक ओर हो गए। दूर तक उसे देखते रहे। लड़का पोखर की ओर जा रहा था। कामदार मन-ही-मन हँसे। जिस हेडमास्टर के साथ उनकी बहुत देर से लगती थी, अब उसे भी समझेंगे।

चुंगी के दफ्तर पर नज़र मारते हुए वह गन्धी की दुकान पर जा बैठे। बहुत सी कामकाज की बातों के बाद वह जाने के लिए उठे, तो क्रोध और विवशता से गन्धी के ओठ काँप रहे थे।

उस रात लड़की को गन्धी द्वारा मार पड़ने की खबर कामदार साहिब को वक्त पर पहुँच गई और हेडमास्टर के यहाँ की कार्यवाही का हाल उनके विशेष संवाददाता द्वारा उन्हें सुबह होते ही पहुँच जाएगा। कामदार हमेशा की तरह आज भी सुख की नींद सोएँगे। देवी की कृपा से उनकी एकमात्र लड़की अपने परिवार में निश्चिन्त है। सुखी है। और अच्छा नागरिक होने के नाते जो ज़िन्दगी-भर की जिम्मेदारियाँ उनकी हैं, उन्हें तो निभाएँगे ही। यह तो उनकी समझ-बूझ और अनुभव है जो हमेशा उनका साथ देते हैं, नहीं तो अब दुनिया

में उनका कौन बैठा है ! दोनों छोटे भाई व्यापार में खूब कमा-कमाकर गहना घड़वा रहे हैं। उन्होंने कभी बड़े भाई की कुशल-क्षेम पूछने की ज़रूरत नहीं समझी। पर इधर कुछ महीनों से कामदार साहिब स्वयं उनके यहाँ जाकर बच्चों को देख आते हैं। भाई-भौजाई समझने लगे हैं कि इस उम्र में उन्हें बच्चों का मोह होने लगा है जो शायद बुढ़ापे की निशानी है, पर कामदार साहिब मन में सोचते हैं कि कुछ महीने ठहर वह दोनों परिवारों को इस खानदानी घर में रहने के लिए कहेंगे और रुपए-पैसे में अपने साझे होने का प्रमाण देंगे। जब तक बाप-दादा की जायदाद का बँटवारा नहीं हुआ तब तक कारबार और उसका नफा-नुकसान इकट्ठा है !

कामदार साहिब ने आँखें बन्द कीं और सपनों के उजाले में हेडमास्टर साहिब का लड़का दिखाई दे गया। उसके बाल रूखे थे और आँखें खूँख्वार-सी उन्हें घूर रही थीं। और उसके साथ गन्धी की लड़की नहीं, उनकी अपनी भौजाई खड़ी थी। कामदार साहिब को जैसे अनजानी सी घबराहट हुई और वहाँ से बचकर निकलना चाहते ही थे कि अचकचाकर देखा—जंगी ने उनके दोनों हाथ मुट्ठी में दबोच रखे थे और दूर से किसी के बिलखने की आवाज़ आ रही थी। कौन—मोदी की लड़की ?...नहीं-नहीं, छाया धीरे-धीरे इधर सरकती चली आ रही थी और वह...चाँदीवाले सेठ की बहू थी जिसे...जैसे किसी ने कामदार साहिब को किसी भयानक स्वप्न से झकझोरकर जगा दिया। सहमकर माथे पर हाथ फेरा—पसीने से बाल गीले थे, आँखें अँधेरे में उसी छाया को देखकर भय से सिकुड़ीं और एक हल्की चीख के बाद मुँद गईं...

'कामदार साहिब'...'कामदार साहिब'...दरवाजे पर थाप पड़ रही है। सुबह की रोशनी में दरोगा मुबारक अली कामदार साहिब को उस लड़के का ब्यौरा सुनाने आन पहुँचे थे।

*फरवरी, 1952*

# पहाड़ों के साये तले

भीमताल
20-9-49

सुषी !

डाक-बँगले के बरामदे में खड़ी-खड़ी सोच रही हूँ कि इस क्षण मैं पाँव तले की धरती के सिवाय, और कहीं नहीं हूँ, कहीं भी नहीं। खड़ी हूँ, सामने चाँदनी में तैरता ताल है। ताल पर मचलती लहरें हैं। लहरों में लहरों की गलबहियाँ हैं। और मैं खड़ी हूँ। चारों ओर खड़े पहाड़ों पर सुनसान फैला है। सुनसान में खोए वृक्षों को चाँदनी चमकाती है; चमकाती है, पर जगाती नहीं। ताल से भीग-भीगकर हवा मेरा आँचल फहराती है, पर सहलाती नहीं। और मैं पहाड़ों पर बिछे अँधियारे मौन की तरह स्वयं मौन बनी खड़ी हूँ। कुछ देर पहले आकाश नीचे झुका था और साँझ हो गई थी। मैं कमरे से उठकर बाहर आन खड़ी हुई। अँधियारे साये तले, ताल के बीचोबीच उठती लहरें काँप-काँपकर रह जाती थीं। किनारे सिर डाले पड़े थे। और पश्चिम की दूरी इन दो आँखों में उतरकर रह गई थी; लगा कि मेरी आँखें देखती हैं और नहीं भी देखतीं।

पल-भर को सामने का ताल, ताल पर छाए पहाड़, पहाड़ों के आकार—सब मिट गए। सब पुँछ गए। अपनी आँखों में बस मैं ही खड़ी रह गई। आगे-पीछे, कहीं कुछ न था। न ताल था, न ताल की दिशाएँ थीं, न ताल की सीमाएँ थीं। मैं खड़ी थी और चाँदनी फैली थी। मन में आया, न मैं कुछ हूँ और न चाँदनी। चाँदनी सब जगह होती है और कहीं नहीं होती, मैं कहीं नहीं हूँ और सब जगह हूँ। एक जगह ताल है और उसके किनारे हैं, किनारों से लगे पहाड़ों के सहारे हैं; पर चाँदनी कहाँ है ? कहाँ है आरू, किसमें है ? वह सब पर छाई है, सब पर बिखरी है, सब पर फैली है; लेकिन वह किसी में नहीं। वह सबको चूमती है, और सब इसकी छाया में अपने-अपने किनारों को चूमते हैं, अपनी बाँहों से लिपटी बाँहों को चूमते हैं। उस पल कहाँ होती है चाँदनी ? वह तो छन-छनकर सब पर एक साथ चमकती रहती है, एक साथ बरसती रहती है ! सुषी ! सोचती हूँ, अगर चाँदनी के उजाले से जी का अकेलापन भर जाता है, तो चाँदनी से धुले पड़े ये वीरान पहाड़ और जंगल सूनेपन में टकरा-टकराकर क्यों रह जाते हैं ? घने वृक्षों के झुंड-के-झुंड खड़े-खड़े हवा से हाहाकार कर, क्यों खड़खड़ाते हैं ?

कल दिन-भर पहाड़ी पगडंडी पर चली। भुवाली से उतरी, तो उतरती चली गई। उतराई पर पाँव अटके नहीं, ढलते चले गए। पहाड़ की सुहानी धूप और हवाएँ, लगा कि दोनों मुस्काती हैं और फिर जैसे रस में भीगकर, बिना चूमे ही एक-दूसरे को चूम जाती हैं। चलती गई। पतली राह पर चलते पाँव उछल-उछल जाते, और राह के रोड़े पैर की ठोकर खाकर नीचे लुढ़कते जाते।

एक ओर हटकर, पहाड़ पर छोटी सी ग्रामशाला है। आँगन में पुराना पेड़ खड़ा है। उसके नीचे बने चबूतरे पर स्लेट-पत्थर के टुकड़े बिखरे हैं। देखती हूँ और ठिठक जाती हूँ। मन होता है कि रुकूँ नहीं, भागती-भागती पहुँच जाऊँ गाँव के उस कच्चे मदरसे में, जहाँ स्लेट-पत्थर, दूध-पतली और घड़े के टूटे ठीकरे जीतने की होड़ लगती थी। कोट बिछाकर चबूतरे पर बैठी। स्कूल बन्द था। सामने देखा, मिट्टी के पूर में बारी-बारी हाथ मुट्ठी भरते हैं, थाप देते हैं और बन्द हो जाते हैं। मेरे हाथ मेरी झोली में हैं। मैं जीतती चली जा रही हूँ ढेर सी दूध-पतरी, ढेर सी ठीकरियाँ, ढेर सी। एकाएक भोला झपटता है। झोली खुली और ठीकरियाँ बिखर गईं। यहीं इस पेड़ के नीचे—पर यहाँ नहीं, इस पेड़ के नीचे नहीं। यह वह मदरसा नहीं, चबूतरा वह नहीं, ये मेरे हाथ

वे नहीं और मैं वह नहीं। वे नन्हे-नन्हे हाथों में पतली-पतली उँगलियाँ थीं, जिनमें से पत्थर की ठीकरियाँ पानी की तरह बह-बह जाती थीं। आज ये हाथ अपने में बँधे हैं; न थाप देते हैं, न बन्द होते हैं, न खुलते हैं।

उठी, कन्धों पर कोट डाला और चल पड़ी। स्कूल की टीन की छत पीछे छूट गई। अगले मोड़ पर पहुँचकर बिछुरते पाँव न जाने क्यों पीछे लौट आए। जल्दी-जल्दी चढ़ाई चढ़ी, चबूतरे पर हाथ फैलाकर, एक ठीकरी उठा ली और उसे मुट्ठी में रखे नीचे भाग गई। वह मदरसा, वह बचपन, वे हाथ—सब छूट गए थे, सब बीत गए थे। केवल हाथ में पड़ी ठीकरी वही थी। सुषी, चलते-चलते देर तक भारी मन से यह सोचती रही कि अतीत को कोई लौटा नहीं पाता। केवल मन के द्वार पर खड़ी स्मृतियाँ कभी-कभी उन्हें पुकारकर रह जाती हैं।

लकड़ी के ताल पर पहुँची, तो नल-दमयन्ती दीखने लगे थे। नीचे न उतरकर, ऊपर हो ली। क्षण-भर को भी लगा नहीं कि थकी हूँ। सात ताल का पहाड़ जैसे सरककर पैरों तले आ गया। बन्द पड़ी कोठियाँ और लकड़ी के फाटक। दूर उतर गई। घने जंगल से घिरी एक झील दीखने लगी थी। नीचे गहराई देखकर मन चंचल नहीं हो आया। सँकरी राह से लगी पहाड़ों की गहराई देखकर जी सँभला और पाँव भी। सात तालों की खोज में जब नीचे पहुँची, तो साथ-साथ जुड़े तालों के साथ, यह तीसरा ताल भी था। किनारे जाती पगडंडी से पूरी परिक्रमा कर डाली। ताल को बाँधते हुए बाँध पर घास उगी थी। ढीली होकर बैठी और फिर लेट गई। सब मौन था। खामोश था। सिर को अपने हाथों से घेरकर लेटी हूँ। ममता-भरी आँखों की तरह धूप सहज-सहज मुझ पर चमकती है, और ताल पर से ठंडी होकर मुझे, मेरे मन-प्राण को छू जाती है। सुषी ! उस मीठेपन में लगा कि ताल ने अपने ऊपर की गीली तह बदल ली है और मुझे साँस की गरमाई से ढाँप दिया है। मैं लेटी हूँ और कुछ सोचती नहीं हूँ। बस, आँखें मूँदे पड़ी हूँ। ये पहाड़, पेड़, शाखाएँ, झील, बाँध और बाँध के किनारे—सब हैं, और उन सबमें कोई दूसरी नहीं हूँ। एकाएक लगा, मुझसे जुड़ी ये बाँहें, पाँव—सब झर गए हैं, फूल हो गए हैं। केवल धरती पर पड़ा मेरा मस्तक आकाश की ओर उठा है और तृप्ति में डूबी आँखें अपलक ऊपर देखती चली जा रही हैं।

वे कुछ क्षण कैसे थे ! बार-बार चाहती हूँ, पर लौटा नहीं पाती हूँ। नहीं

लौटा पाती हूँ वे क्षण, वे मीठे पल, जो मन में गहरे उतर गए थे और उसकी हरएक तह को रस से तन्मय किए जा रहे थे, विभोर किए जा रहे थे।

सुषी ! वहाँ से लौटी, तो मन फीका था। आँखें फीकी थीं। उनमें रानीखेत की माल का कोई रंग नहीं था, कोई चित्र नहीं था। एक हल्की सी रुचिहीन जयकार कानों को खटखटा जाती थी। पर कपड़े बदलते-बदलते मन बदल गया। अपने को अपने सामने देखकर अनमनापन दूर हो गया। शॉल ओढ़ते-ओढ़ते आँचल ठीक किया और मुस्कुरा पड़ी। गुनगुनाते हुए सामने की खिड़कियाँ खोलीं। परदे खींचे, तो दूर-दूर तक रानीखेत के पैरों तले बिछे पहाड़ों को बिखरे पड़ा देख, स्वर जैसे ठिठककर रह गया। ऐसे अँधेरे में बिना देखे, हवाएँ बेरहमी से पेड़ों को झकझोर जाती होंगी। हिला-हिला जाती होंगी, उन छोटी-छोटी टीन की पहाड़ी छतों को, जहाँ घंटों प्रतीक्षा करने के बाद वे छोटे-छोटे बच्चे अब तक लौट गए होंगे। अब तक लौट गए होंगे वे बच्चे।

रात को सोई, तो फिर वही नन्हीं-नन्हीं आकृतियाँ आसपास घूमती रहीं। पहाड़ की पतली-पतली पगडंडियों पर पेड़ों की जगह ढेर से बच्चे उग आए थे। सूखी टहनियों की तरह फैली उनकी बाँहें पुकार-पुकारकर कहती थीं, 'हमें कोई ओट दो, हमें कोई ओट दो।'

रानीखेत<br>24-9-52

सुषी !

बत्ती की हलकी लौ में तुम्हें लिख रही हूँ। रात हुए बहुत देर हो गई। घड़ी की ओर देखती हूँ और सोचती हूँ कि आज यह थम क्यों नहीं जाती ! क्यों थम नहीं जाती ? कमरों में धीमी रोशनी है और भारी पुराना फ़र्नीचर किन्हीं बीते चंचल क्षणों की तरह उदास पड़ा है। बाहर अँधेरा है और सितारे हैं। चीड़ के पेड़ों पर लहराती हवा सरसराती है। खिड़कियों के भारी परदे पूरी तरह हिलते नहीं, पल-पल सिहरकर रह जाते हैं। होटल में बिल्कुल खामोशी है। कहीं कोई बोल नहीं, आवाज़ नहीं।

कुछ देर पहले कॉफ़ी पी थी। देर तक चीनी और क्रीम को चम्मच से हिलाती रही। घूँट जब अन्दर लिया, तो लगा कि आज तक कॉफ़ी इतनी अच्छी

कभी नहीं लगी। पैरों पर शॉल फैला लिया, सोफ़े पर अधलेटी पड़ी रही। रीते प्याले देखकर न जाने क्यों, रेस्तराँ में बैठी वृद्धा का चेहरा आँखों में घूम गया—बड़े-बड़े गुलाबी फूलोंवाला पुराना फ्रॉक, घिसे हुए ऊँची एड़ी के जूते, सफ़ेद बालों में बँधा नीले रंग का स्कार्फ़ और झुर्रियाँ पड़ा पका चेहरा। सुषी ! उस दिन सुबह-सुबह झुकी देह में चमकती, तरसती दो पुतलियाँ देखकर मैं देखती ही रह गई थी। रुक-रुककर हिलतीं वे सिकुड़ी बाँहें ! उँगलियाँ आगे की ओर प्याला खींच रही थीं, पेस्ट्री का टुकड़ा मुँह तक आकर रुक जाता था, झुके कन्धे और झुकते और लम्बी साँस जैसे कॉफ़ी का प्याला उठाने से पहले ही कॉफ़ी की कड़वी, मगर भली सुगन्ध को अन्दर खींच लेना चाहती थी। सामने की मेज़ पर बैठे-बैठे कितना देख सकी और कितना नहीं देख सकी, यह मैं नहीं जानती। ऐसा लगा था कि गले में कुछ अटककर आँखों को धुआँ गया है। जल्दी-जल्दी नाश्ता करके बाहर जाने को उठी, तो खुलेपन में उन गुलाबी फूलों के फीकेपन को देख नहीं पाई। पास से होकर निकलते-निकलते कॉफ़ी के कड़ए-तीखे घूँट के साथ मिली बुढ़ापे की विरस गन्ध मुझे कँपा गई। सुषी ! उस दिन के बाद कॉफ़ी और क्रीम के साथ, उस मिटती-मिटती सूखती देह को मैं कभी भी भूल नहीं पाई हूँ। वे दो अतृप्त पुरानी आँखें, जो अब कॉफ़ी के प्याले में कोई रस-रंग-रूप नहीं देखतीं, केवल शून्य में भटकती हैं और मैं तरसकर कॉफ़ी के प्याले को होंठों से लगा लेती हूँ।

सुषी ! उस दिन दुपहर में यहाँ पहुँची। सीढ़ियाँ चढ़कर बरामदे में से होती हुई, जब इस कोने के कमरे के सामने पहुँची, तो चौकीदार ने तनिक सा झुककर दाहिने को परदा उठाया, ''हुज़ूर ! यह आपके लिए...''

मैंने अन्दर पाँव रखा; कुछ देखा नहीं, सोचा नहीं, सोफ़े पर पड़ी कुशन सिर के नीचे रखी और बैठ गई। जो जैसा था, वैसा था। न कुछ परिचित लगा, न अपरिचित, न जाना, न अनजाना। कमरे मेरे लिए थे और मैं वहाँ पहुँच गई थी। बैरा ने कब सामान लगवाया, कहाँ लगवाया, यह सब मैंने देखा नहीं। मैं तो बैठी रही यह सोचकर कि अपनी जगह पर पहुँच गई हूँ, अपने घर में हूँ। ठीक से कह नहीं पा रही हूँ कि होटल के उन पराए से कमरों में मैं किस गहरे लगाव को जान सकी थी उस दिन। बिना किसी से अधिकार लिए, बिना किसी को अधिकार दिए उन कमरों की स्वामिनी हो गई थी।

भुवाली से रानीखेत बस में आई थी। पहाड़ों से लगी चक्करदार सड़क

भली लगती थी। आगे की सीट पर बैठी-बैठी मैं सेब खाती रही। गर्म पानी पर बस रुकी, तो उतरकर कुछ देर टहली। नीचे धार में बड़े-बड़े गोल पत्थर चमक रहे थे। उसी के साथ लगी धान की हरी-हरी क्यारियाँ थीं।

राह में पत्तों और पहाड़ी फूलों से स्वागत-द्वार सजाए जा रहे थे। सुना कि नेहरू आनेवाले हैं। एक ओर सड़क के किनारे बीस-तीस बच्चे बैठे थे। मैले-कुचैले गर्म कपड़ों में गोरे-गोरे रंगवाले, पहाड़ों से घिरी सड़क पर न जाने क्यों मुझे वे बेजान पुतलों की तरह लगे। आँखों में बचपन की चंचलता नहीं थी, बैठने के ढंग में पास खड़े अध्यापक का अनुशासन नहीं था, जड़ता थी। पहाड़ों के मौन आँचल में लगी रहनेवाली चलती-फिरती बेरंग परछाइयों का झुंड-का-झुंड जैसे धरती पर छा गया था। देखकर लगा कि कार के गुजरते ही किसी के संकेत पर ये जय-जयकार करेंगे, कार की रफ्तार में लिपटी एक मुस्कान बिखरते-बिखरते आगे बढ़ जाएगी। और फिर पहाड़ों पर शाम हो जाएगी, अँधेरा बढ़ जाएगा। गाय-बकरियों के झुंड की तरह अलग-अलग पगडंडियों से ये बच्चे अपने-अपने घर की ओर लौट जाएँगे। मैली-कुचैली गुदड़ियों में कोई-कोई आँखें सपने देखेंगी कि कार बढ़ती चली जा रही है, हार्न बज रहा है, फूलों के ढेर-के-ढेर, आगे-पीछे फूल-ही-फूल हैं, फूलों की बरखा हो रही है और पहियों के आगे फूलों की तह बिछती चली जा रही है।

रानीखेत पहुँचकर शाम को तैयार हुई। माल पर पहुँची, तो हल्की सी भीड़ थी। हल्की सी भीड़ इसलिए कि भीड़ नहीं थी। कुछ पतले-पतले सुगन्ध-भरे आँचलों पर भारी गर्म कपड़े, कुछ प्यारे-प्यारे नन्हे बच्चे, अच्छी कट के कपड़े, अच्छी कट के बाल और अच्छी कट के ममी और डैडी। सोचा, रानीखेत में बिजली होती, तो यह ताज़े-रंगीन चेहरे और भी सुन्दर दिखते और भी गुलाबी दिखते। अधिकारियों की तनी देह लिये कारें बार-बार इधर से उधर गुज़र जातीं। एक गौरवपूर्ण नागरिक नया सूट पहने और किश्तीनुमा टोपी लगाए, इस अन्दाज़ और अदा रो रुक-रुककर कदम उठाता था, जैसे प्रतीक्षा में बँधे पाँव सड़क पर आँखें बनकर बिछे जा रहे हों और दूरबीन बनी दो रोबीली आँखें अदृश्य मोटर की रफ्तार से पल-पल परिचित होकर राह की लम्बाई माप रही हों।

दूर कहीं से मोटर के मीठे हार्न की आवाज़ आई। पहाड़ों से लगा रानीखेत का पहाड़ ठिठककर रह गया। भीड़ चौकन्नी हो गई और किश्तीनुमा टोपी

स्वागत की उतावली में झुक आई। नेहरू पहुँच गए। जय-जयकार हुआ। मैं देखती रह गई कि राह के दोनों ओर बिखरी जनता कहाँ है। फोटोग्राफर और कैमरामैन की भीड़ देखकर एकाएक बोध हुआ कि अपार जनता ने शायद सूक्ष्म शरीर धारण कर लिया है, और उन न दिखनेवाले चेहरों को फोटोग्राफर अपने-अपने कैमरों में उतारते चले जा रहे हैं। वह सब कुछ, जो मेरी इन दो आँखों से परे है, कल असंख्य-असंख्य पत्रिकाओं के पृष्ठों पर उतर आएगा। यही तो आज की कला है। सुन्दर भी और सच्ची भी !

कौसानी
29-9-53

सुषी !

कौसानी के आँगन से त्रिशूल की चोटी देख रही हूँ। दूर आकाश के नीले छोर पर लगी तीन बर्फ़ीली ऊँचाइयाँ चमकती हैं, फिर और चमकती हैं और विस्मय से फैली मेरी ये दो आँखें मुँदती हैं, खुलती हैं और झुक जाती हैं। झुक जाती हैं इसलिए कि त्रिशूल का मस्तक मेरे मस्तक से ऊँचा है। मुँद जाती हैं इसलिए कि त्रिशूल की चमक धूप में चमकते शीशे से अधिक तेज़ है। खुल जाती हैं इसलिए कि इतना शुभ्र, इतना विशाल, आज तक इन आँखों ने नहीं देखा। इतने खुले में, इतने ऊँचे में लहराती यह हवाएँ ! मन होता है कि इनको चूम-चूम लूँ, रस में भीगकर इनके पंखों पर बह-बह जाऊँ।

यहाँ आई। चढ़ाई चढ़कर डाक-बँगले में पहुँची। एक बार खुली धूप को खुले में देखा, और बरामदे में बैठ गई। चाय आने में देर नहीं लगी। अल्मोड़ा से कौसानी तक की थका देनेवाली राह जैसे मंजिल पर पहुँचकर पैरों तले बिछ गई। और गर्म-गर्म चाय की प्याली ढीले थके तन को स्फूर्ति दे गई।

उठी, तैयार हुई। उत्तर की ओर खड़े पहाड़ की ओर हो ली। ऊपर, ऊपर, और ऊपर; पर लगता नहीं कि ऊपर चढ़ी जा रही हूँ। पहाड़ जैसे अपनी ऊँचाई को फैलाकर कम कर देना चाहते हैं। मीलों चलती चली गई। ऊँचे चीड़ के पेड़ों के झुंड-के-झुंड। जंगलात के नम्बरों के नीचे कहीं-कहीं पेड़ों की छाल उतारकर गोंद के लिए मिट्टी और टीन के छोटे मटके लगा रखे हैं। जल्दी-जल्दी उतावली से ऊपर बढ़ी जा रही हूँ। रानीखेत के गोल्फ़ग्राउंड जैसा समतल

पहाड़ आ गया है। चारों ओर देखा, कहीं कोई गाँव नहीं दीख पाया। सोचा, अब और ऊपर नहीं जाऊँगी। दक्षिण की ओर से नीचे उतरने लगी—और उतरती चली गई। सूखे पत्तों पर पाँव फिसल-फिसल गए। एक ढलते पहाड़ को घेरे हुए पत्थर की दीवार नज़र आई। उसी ओर मुड़ गई। अब टीन की छत दीखने लगी थी। पानी की टंकी फाँदकर अन्दर पहुँची, तो घर के भले स्वामी ने कुछ विस्मय से, कुछ प्रसन्नता से स्वागत किया और बरामदे में बिछे भूरे नमदे पर बैठकर कुछ देर आराम करने का अनुरोध किया। गुलाबी किनारेदार धोती में लिपटी मालकिन आग्रह से चाय ले आई। सुषी ! आधा घंटा वहाँ रुकी होऊँगी। उस स्नेह-भरे आतिथ्य ने सहज ही मन को मोह लिया। दो नन्हे सुन्दर बच्चों को थप-थपाकर जब जाने को उठी, तो चलते-चलते रुक गई। जान गई कि मैं ही नहीं जा रही हूँ, मेरे संग आज का दिन भी चला जा रहा है। यह तो फिर कभी वापस नहीं आएगा, इसकी याद आएगी और कभी मुझे और कभी पहाड़ों के अकेलेपन से लिपटे इस पहाड़ी परिवार को छू जाएगी।

"अभी कुछ दिन तो आप यहीं हैं न ? एक बार फिर आएँगी न..."

मैंने अनुरोध को मान लेनेवाले स्वर में कहा, "आऊँगी बहन..."

मन हुआ कि कहूँ, 'आऊँगी' के पहले जो शब्द मैं मन-ही-मन कह गई हूँ वे ही सच हैं, यह नहीं। पर कहते नहीं बना।

रास्ता भटककर दोबारा उस भूले रास्ते को कोई ढूँढ़ने नहीं जाता। हाथ के संकेत से पतली सी पगडंडी दिखाकर, घर के स्वामी ने विदा दे दी।

चलते-चलते हर क़दम पर लगता कि राह अच्छी नहीं, गिरूँगी। सावधानी से, चौकन्नी होकर पाँव उठाती गई। पाँव-भर टेकने की जगह और नीचे काली गहराई। मोटर की सड़क पर पहुँची, तो पहाड़ी रात के साए नीचे उतर आए थे। दूर कहीं अँधियारे में, खुली आँखें पलकों की राह, दो बत्तियाँ हवा की सरसराहट में काँप-काँपकर चमकती थीं, धीमी होती थीं, फिर चमकती थीं। सड़क की तरह आगे-पीछे बिछे अकेलेपन से घबराकर मैं खूब तेज़ चली। मन पर कोई भय नहीं था, अपने से शिकायत करते मन में कुछ ऐसा हो आया कि संगी-साथी विहीन मैं, इन काले पहाड़ों की ओर क्यों जा रही हूँ ? क्यों भागी जा रही हूँ ? अकारण...अकारण...तन की आँखों ने एकाएक पुकारकर मन की आँखों से कहा, 'बड़े मन की आँखों ! तुम बहुत देख चुकीं, अब मुँद

जाओ, अब हमें खुलने दो, अब हमें देखने दो, देखने की महिमा को और छूने की महिमा को।'

मन की गहरी आँखें बिना सोचे जवाब दे पाईं, और मील का पत्थर आन पहुँचा। घड़ी-भर को साँस लेने को रुकी कि हवा के पंखों पर चढ़कर आती हुई गाने की आवाज़ सुनकर, विस्मृत-सी जँगले के सहारे खड़ी रह गई। पहाड़ की इस खामोश ऊँचाई पर किसी सस्ती फिल्म के दिल लगे गानों की शोखियाँ सुई की नोक पंर बजते रिकॉर्ड पर घूम-घूम जाने लगीं। ऐसा लगा कि कोई रेल-पार की शहरी बस्ती यहाँ उठा लाया है।

चौराहे पर 'सामूहिक विकास योजना' की जीप स्वयं एक योजना बनी खड़ी थी। इने-गिने दस-पाँच जन उदासीन जिज्ञासा से एक ओर लगते हुए स्क्रीन को देख रहे थे। जैनरेटर चालू हुआ और टेस्ट के लिए विदेशी स्वास्थ्य-चित्र छायापट पर उतरने लगा।

मैं एक ओर खड़ी-खड़ी देखती रही। लोग बहुत कम थे। गाँव के बड़े-बूढ़ों से सहायता लेने का प्रस्ताव हुआ। अधिकारी महोदय बोले, "साहब, कितने ठंडे लोग हैं ! मीलों लम्बा सफ़र कर, हम इन्हें ज़िन्दगी की नई राह—नई रोशनी दिखाने आए हैं और यहाँ पचास-सौ की भीड़ नहीं जम पाई।"

अचानक बिजली का तार ठीक करते हुए एक सहकारी को इसका इलाज सूझ गया, "साहब, सत्तर हफ्ते चलनेवाली फिल्म के रिकॉर्ड छाँटता हूँ, आन-की-आन में जनता कौसानी के इस चौराहे पर न बिछ गई..." लाउडस्पीकर ऊँचा हुआ, बोल उठे और हल्की-फुल्की तर्ज़ की गूँज लोगों के दिल खटखटाने लगी। चौराहे पर सचमुच रौनक घिर आई—बच्चे, बूढ़े, मर्द, औरतें। पर्दे पर तस्वीरें नाचने लगीं और चित्रों के विदेशीपन को समझाने के लिए देशी भाषा कानों के परदे खोलने लगी।

ऊपर पहुँची। सब ओर अँधेरा था। त्रिशूल की ओर आँखें फैलाईं। पहाड़ की काली ऊँचाई के सिवाय कहीं कुछ न था। हवा बहे चली जा रही थी—साँय...साँय...। हाथ-पैर धोकर, लैम्प की धीमी रोशनी में खाना खाया। सोने लगी, तो अन्दर-बाहर फैले अँधियारे और अकेलेपन को देखकर भी सिरहानेवाली खिड़की बन्द करने को मन नहीं हुआ। थकी थी, पर नींद जल्दी नहीं आई। कुछ ऐसा लगा कि मैं यहाँ हूँ और नहीं भी। सुषी ! कभी-कभी दिल्ली की हेली रोड पर से घर लौटते हुए भी बिल्कुल ऐसा ही लगा करता

है। लम्बी अकेली सड़क, वृक्षों की कतारों में सूरज डूब गया, पंछी फड़फड़ाने लगे और लगे उड़ने। मैं चलते-चलते जान नहीं पाई कि मैं कहाँ हूँ। तारकोल की उस लम्बी सड़क पर हूँ, पुराने पेड़ों के साए तले हूँ या नीचे उतर-उतर आती शाम की उदासी में हूँ। मन भारी होने लगा और आँखें ढलते सूरज को देखकर चुपके से सुझा जातीं कि मैं एक जगह और भी हूँ—सामने, दूर पश्चिम में ढलते सूरज तले...

सुबह पौ फटते उठ गई। खिड़की में पड़ा लैम्प अभी जल रहा था। बाहर आई। सामने काले पहाड़ों की चोटियाँ अपना श्वेत आँचल फैलाए खड़ी थीं। आँखें नत हुईं, रात का परायापन सुबह के प्रकाश में घुल गया। लगा कि मैं जहाँ खड़ी हूँ, खड़ी हूँ; जो देखती हूँ, देखती हूँ। रात के रहस्य से लिपटी कल्पनाएँ अब बेचारे मन को घेर-घेरकर यह नहीं कह रहीं—'तुम हो, और तुम नहीं भी हो।' अब तो मैं हूँ और खड़ी हूँ। कौसानी के डाक-बँगले से मेरी ही आँखें त्रिशूल को देख रही हैं।

*अगस्त, 1953*

# न गुल था, न चमन था

साँझ गए मिस जया माधुरी कान्फ्रेंस से लौटी। मन में कटुता को उभरने न देनेवाला फीकापन था, ऊँची एड़ियों पर सँभली चाल में थका-थका-सा ढीलापन था, और चेहरे पर बार-बार अन्तर के उछलते गीलेपन को सँभालता-सा बँधा-बँधा सूखापन था ! आँखों में साँझ की-सी मीठी-मीठी व्यथामयी उदासी थी और उस उदासी में क्षण-क्षण तैरती कई आँखों की मोहक हँसी थी। जया ने कॉटेज का फाटक खोला, सभी कमरों में रोशनी थी। उसकी खिड़की में पड़ा लाल सुर्ख गुलाबों का गुलदस्ता बादलों में लहराती हवाओं में हल्के-हल्के झूल रहा था। मेज़ पर किताबों और फाइलों का ढेर, नीले रंग में छन-छनकर चमकता टेबल लैम्प। जया ने हाथ का पर्स रखा, एक लम्बी साँस लेकर गोरी-पतली उँगलियों से घुँघराले बालों को सहलाते-सहलाते पीछे किया, मीठे अन्दाज में पलकें झपकीं और शिथिल भाव से बिस्तर पर लेट गई। एकाकी, सुनसान, अपरिचित स्थान में यह कॉटेज लताओं से घिरी दिन में भली लगती है, पर रात को जब वह आँखें मूँद लेती है तो नींद के अँधियारे में भी परदेश के-से पराएपन को अपने से छुटा नहीं पाती। सुबह-दुपहर-साँझ

कान्फ्रेंस, भाषण, प्रस्ताव, देशी-विदेशी चेहरे और अपने हाथों द्वारा लिखे कुछ पन्ने जिनकी महत्ता उसके निकट कुछ नहीं—कुछ भी नहीं, पर प्रतिनिधि बनकर आने पर भाषणों की कुछ चुनी-चुनी पंक्तियाँ उसे कर्तव्य की याद दिलाती रहती हैं।

टिक-टिक...घड़ी की सूइयाँ समय को मापती चली जा रही हैं। जया लेटे-लेटे बाँहें फैलाती है जैसे किसी को थाम लेना चाहती हो, आँखों में नहीं बाँहों में। और वह प्रशंसनीय दृष्टि खिंची चली आ रही है, जिसे जया पहचानती है पर पहचानना नहीं चाहती। जया किसी मिठास में भीगकर पल-भर के लिए अपने ही हाथों से आँखें मूँद लेती है—और फिर बन्द आँखों में कल्पना का छलकता-सा रूप...हल्के-फुल्के सिल्क के क़पड़ों में लिपटी जया—जया को अपने से, अपने नाम से मोह हो रहा है।...क़ान्फ्रेंस से लौटते हुए मन पर छाए उस क्षणिक फीकेपन का परदा धीरे-धीरे उतरता जा रहा है,...पर यह क्या...गुनगुनाहट...जया ने चौंककर आँखें खोल दीं...एक गहरी करुण आवाज़...'न गुल था, न चमन था'...। जया ठगी-सी उठी, कन्धे पर झूलता आँचल सँभाला और साथवाले कमरे के द्वार पर जाकर ठिठक गई। दरवाज़ा खुला था और सामने पलँग पर लेटी एक नारी-छाया—गहरे हरे रंग में लिपटी बालों पर क्लिप, कसे ब्लाउज पर चमकते गोल-गोल बटन,—गुनगुनाहट बन्द हो गई। दो कजरारी तीखी आँखों ने गुलाबी होंठों पर हँसी फैलाते हुए जया की ओर मुस्कुराकर देखा और तकिए पर सिर रखे-रखे ही कहा, "आइए बैठिए, मैं तो आज ही दुपहर की गाड़ी से आई हूँ। सफर में इतना थक गई थी कि कान्फ्रेंस में भी नहीं जा सकी। बैठिए न, आपकी तारीफ़...?"

जया जैसे धक्का खाकर कुर्सी पर बैठ गई। कुछ रूखे से झिझकते से गले से बोली, "मैं पूना से जया माधुरी हूँ और आप...?"

"ओह मैं—मैं हूँ नादिरा दस्तूर...।"

जया ने सुना और देखती रह गई। आँखों ने परखकर मन को समझाया—नादिरा दस्तूर। अधगोरी गर्दन में चमकते मोतियों का हार, उसके साथ-साथ बीत गए समय की तीन-चार रेखाएँ, काले केशों में रुपहले रूखे तागों की चमक, अधमैले रंग की देह पर सफेद और गुलाबी पाउडर की तरह—नादिरा दस्तूर ! बड़ी-बड़ी सुन्दर आँखें...और आँखों के पीछे...जया कुछ सोच नहीं सकी—नादिरा दस्तूर ! यह नाम उसकी पलकों में, उसके कानों में,

उसके मन में घूम रहा है, घूम रहा है,—नादिरा दस्तूर। और बिजली के प्रकाश में स्वच्छ शैया पर फैली नादिरा दस्तूर के भरे गठन के मध्य में से ऊपर उठी हुई लेस का फीता और उँगलियों में लाल नग की अँगूठी...लाल अँगूठी के साथ-साथ उँगलियों में थमा सिगरेट भी था।

और इसके पहले कि जया कुछ पूछे, धुआँ उड़ाते हुए नादिरा दस्तूर ने एक लम्बा कश खींचा और सधे अन्दाज़ से एक बाँह को फैलाते हुए बोली, ''मिस माधुरी, बड़ी बेजान-सी जगह लगती है--रात को शायद डिनर पर कुछ रौनक रहेगी। आप सामने के कमरे में हैं न ! मैं गुसल ले लूँ, तो आप ही के साथ चलूँगी।''

जया देखते-भर रहने के सिवाय कोई जवाब नहीं दे सकी। उठी और सिर हिलाकर बाहर निकल आई। कमरे में आकर क्षण-भर चौकन्नी सी खड़ी रही। जो आवाज़ उसने सुनी थी—न गुल था, न चमन था...वह...किसके गले से निकलकर यहाँ तक आ रही थी ? नादिरा दस्तूर।

साथवाले कमरे में अटके-अटके जया ने मुँह-हाथ धोया। कपड़े बदले। तन को कपड़ों में लिपटाते हाथ आज उतावले नहीं हुए, दर्पण में घुँघराले केशों का जाल देखकर आँखें मुस्कुराईं नहीं, मुँह पर सौन्दर्य का गुलाबीपन देखकर प्रशंसा में पलकें लजाईं नहीं—सामने पड़ती अपनी छाया को देखकर जया जैसे धक्का खा गई। लगा, अपनी पलकों के नीचे काजल है, गर्दन में लचक नहीं ढीलापन है, बालों में एक नहीं दो रंग हैं, और...और कुछ नहीं, कुछ नहीं...मीठे नीले रंग के पतले कपड़ों में वह उसकी बाँहें, गर्दन को आकार देता हुआ पतला-सा हार—नहीं-नहीं, यह नहीं। यहाँ तो है नादिरा दस्तूर, उसकी फैली, बीत गई-सी देह !

जया पैरों की आहट सुनकर कमरे से बाहर निकली। सामने नादिरा दस्तूर। लाल गहरे रंग में फीके अधर मुस्कुराए, आँखों के कोरों पर अतीत की कई उनींदी रातें। चोलीनुमा काली जाली का ब्लाउज, उसके अन्दर से उभरी हुई सिर धुनती सी ढीली ऊँचाइयाँ और चूड़ियों-भरी कलाइयाँ।

''चलें,'' कहकर नादिरा दस्तूर ने अपने भरसक किए घुँघराले बालों को सिर झटककर हिलाया और बरामदे में उतर आई।

अपने को समेटे जया उसके साथ चल रही है। पाउडर और सेंट की सुगन्ध, उड़ते-उड़ते तेल की महक और अनढकी दो बाँहें—दो बाँहें...

डाइनिंग-हॉल की खिड़कियों की रोशनी घास पर पड़ रही है। हवा में हिलते परदों से टकराते कहकहे...जया और नादिरा दस्तूर ने साथ-साथ सीढ़ियाँ पार कीं और अलग-अलग मेजों की कुर्सियाँ खींच लीं।

हँसती हुई जिज्ञासा-मिश्रित आँखें। पंखे के एकदम नीचे जया छुरी-काँटे से उलझ रही है। नीचे बीच में सिर उठाकर दबी-दबी दृष्टि कहीं अटकती है और सामने पड़ी प्लेट पर लौट आती है। आसपास कुछ परिचित चेहरे हैं, चेहरों पर मुस्कानें हैं, जीवन है और जीवन में उल्लास है। खुशी है। खिलखिलाहट और खिलखिलाहट पर तैरती एक मीठी आवाज़— जया चौंककर देखती है—नादिरा दस्तूर का लिपा-पुता चेहरा और गले में यह मिठास ! "ओह मिस्टर भारद्वाज, आप इनकार नहीं करेंगे..." भारद्वाज की दबी-दबी हँसी सिमटकर रह जाती है और नादिरा दस्तूर हँसती है। उसका लम्बा हाथ शायद 'पुलाव' की प्लेट थामे हुए है और आँखें एकसाथ ही भारद्वाज और उसके साथ बैठे विदेशी को।

जया के हाथ और मुँह जल्दी-जल्दी चल रहे हैं। भुनी-भुनी सुगन्ध की तरावट गले के नीचे उतर रही है—एकाएक पानी उँडेलते वह ठिठकती है—अपने दाएँ-बाएँ और सामने देखती है, कुछ आँखों में परख है, निकटता है और—और वह है जो पलकों को किसी अनदेखे उछाल से जकड़ लेता है। पर...

नादिरा दस्तूर—उसका महीन आँचल कन्धे से खिसक गया है, वक्ष का उभार जैसे ब्लाउज को मसल रहा है और हँसती-हँसती नज़र विदेशी को गहरे में भर-भरकर बार-बार उछाल रही है।

"मिस माधुरी, आज के प्रस्ताव से क्या आप सचमुच असहमत थीं ?" गौरवपूर्ण ज़ुत्सी के शब्द, जैसे प्रस्ताव में जया की सहमति नहीं कुछ और जानना चाह रहे हैं।

और जया फीकेपन से सिर हिलाकर कहती है, "जी हाँ।"

इस 'जी हाँ' की उपेक्षा से ज़ुत्सी के चेहरे पर कुछ अटककर सहम जाता है। मस्तक पर निराशा की छिपी-छिपी रेखा उभर आती है। और जया को 'पुडिंग' खाते-खाते लगता है जैसे उसने सिर हिलाकर ज़ुत्सी के सामने से कोई भरी-भराई प्लेट खींच ली हो। और वह चीज़ क्या है—क्या है ? जया स्वयं या नादिरा दस्तूर...सस्ते मोतियों के महँगे दाम में खरीदा हुआ गले का हार,

जिसकी लिशकती चमक में से नादिरा दस्तूर अपनी आँखों के लिए चमक खींच रही है और उसकी काजल-लगी आँखें—संकेत से मुस्कुराती हुईं, पलकें झपकाती हुईं—इन सबका कारण कहाँ है ?

डिनर के बाद के कहकहों में से उठकर जया कॉटेज की ओर लौट रही है। चाल में ढीलापन नहीं, अपने को छुड़ाकर भाग आनेवाला शुष्क-सा कड़ापन है। और मन में जो आज है, उसे जया नहीं सोचेगी—सोच नहीं सकती। अकेले उसके हाथों ने फाटक खोला, बरामदे की बत्ती जलाई और कमरे की दहलीज पार कर ली। एक बार, अपने को पहचान लेने के लिए, दर्पण में चेहरा देखा—वही सँवारे हुए बाल हैं, रेखाओं से पतले-पतले अधर हैं, पर ब्लाउज और साड़ी में लिपटी देह उसकी नहीं, उसकी नहीं—नादिरा दस्तूर की है—नादिरा दस्तूर है...यह वह देह है जिसके ऊपर से कोई रोशनियाँ और कई अँधेरे गुज़र गए हैं...गुज़र गए हैं और उसे गुज़र जाने के लिए छोड़ गए हैं।

जया ने स्मृतियों के अगणित परदों में अपने को सौंप दिया और आँखों पर बाँहें रखे लेटी रही।

देर गए फाटक खुला और दोहरे कदमों की आहट बरामदे में आकर रुक गई। जया चौंकी नहीं।

हल्की नहीं, उन्मत्त कर जानेवाली गहरी हँसी। छन-छन चूड़ियों की झनकार किसी दबाव से टकराती हुई, और दीर्घ चुम्बन...क्षण-भर बाद मीठे गले से 'गुडनाइट...गुडनाइट !' जया ने सिहरकर आँखों से हाथ उठा दिए। इतने मीठे और कहीं गहरे से उठकर आते हुए बोल...और उसके जवाब में अधिकार-भरा स्वर—'गुडनाइट !' फाटक खुला और बन्द हो गया।

सामने के कमरे का दरवाजा खुला। खिड़की के परदे खिंचे, 'लाइटर' से सिगरेट सुलगा और बिजली गुल हो गई। जया को लगा जैसे अब अँधेरे में वह जाली की चोली, वह शोख रंग का आवरण अलग पड़ा रह जाएगा। और अँधेरे में नादिरा दस्तूर की देह शैया पर सिर धुनेगी और रात के लम्बे प्रहरों को गिनेगी...नादिरा दस्तूर...जया ने चौंककर अपने को खींचा, ठिठककर सामने की ओर देखा—अँधेरे बन्द कमरे में से एक टूटती-सी आहत आवाज़ आ रही है...'न गुल था, न चमन था...न मेरा आशियाना था...न गुल था...'

*जुलाई, 1953*

# एक दिन

इस घर पर से होकर सर्दियाँ गुज़र गईं, गर्मियाँ आईं, फिर सर्दियाँ—बहार और फिर गर्मियाँ। सावन शुरू हो गया था। काले कजरारे मेघों की आपस में होड़ होती, बलखाती बिजली चमकती और छम, छम, छम...बरखा से धरती भीग जाती। जाने कहाँ से बादल घिरते, कहाँ पर छाते, और कहाँ पर बरस जाते !

दो दिन से धूप नहीं निकली। दिन-भर आकाश घिरा रहता, और रात को चाँद-तारों के बिना दुनिया अन्धी हो गई लगती। आज शाम को धर्मपाल काम से लौटे तो चिन्तित दीख रहे थे। कुर्सी पर बैठते हुए श्यामा से गम्भीर स्वर में बोले, "श्यामा, जगदीश का तार आया है। बीमार अधिक है..."

श्यामा का जी धक्-से रह गया।

"है भी तो अकेला, तुम्हें भेजने को लिखा है।"

यह सुनकर श्यामा एक हाथ से साड़ी का छोर पकड़े रही और दूसरे में तार। एक बार पढ़ा, दो बार पढ़ा और फिर सोचा कि कौन उसके पास बैठा है। भाई नहीं, बहन नहीं, माँ नहीं—और माँ पर विचार रुकते ही आँखें भर आईं। इतनी देर हो गई उसे ससुराल आए, पर भाई के सिवाय और कौन है

जिसको उसकी खोज-खबर भी हो ? अपने घर में वह दुखी नहीं, पर अपना सुख सुनाए किसे ? आँसू टपटप निकल पड़े।

"इधर आओ श्यामा, घबराओ मत। कोई ज्यादा फिक्र की बात नहीं होगी, अकेला है..."

श्यामा पति के पास जाकर और भी ज़ोर से रो दी। जैसे कहना चाहती हो, 'भाई का प्यार तुम नहीं समझते, मायके में और कोई नहीं...'

रात तो किसी भी तरह कटने में नहीं आती। धर्मपाल बोले, "श्यामा, कल नन्दू को साथ लेकर जगदीश को देख आओ। सफर लम्बा है, साथ किसी का होना ज़रूरी ही है।"

श्यामा को सहारा मिला। लेकिन समस्या क्या इतनी सरल है ? एकदम सोचा—पति को अकेला छोड़ जाएगी ? अकेला...नहीं। शीला...वह इस घर से बाहर तो नहीं ! पर पति को तो उसने उस ओर मुँह करते भी नहीं देखा। पर...'पर' पर वह अटक जाती है। क्या वह पति को पहचानती नहीं ? ब्याह हुए कितनी देर हो गई है लेकिन कभी उसने अपने को अलग नहीं पाया। कभी-कभी तो जैसे वह खीझ भी उठती है...लेकिन उस खीझ में खिचाव कहाँ होता है ? यहीं तो वह विवश है, बेबस है। असहाय-सा समझ श्यामा ने अपने को पति की बाँहों में डाल दिया और एक बार फिर भाई की बीमारी की याद करके रो पड़ी।

दूसरे दिन सुबह से दुपहर तक वह व्यस्त रही। कपड़े सहेजे, पति के कपड़ों को अलग छाँटा—उसके जाने के बाद उन्हें दिक्कत न हो; नौकर-चाकरों को हिदायतें दी। रक्खो को बहू के भाई की फिकर न हो, ऐसी बात नहीं। पर कुछ दिन तो आराम वह भी चाहती है। कृत्रिम स्नेह जताकर बोली, "बहूजी, कुछ देर लेट जाओ। लम्बा सफ़र करना है।"

श्यामा लेट गई। सोचा, गृहस्थी के लम्बे-चौड़े धन्धे हैं—अभी तो कोई बाल-बच्चा नहीं, फिर भी सुबह से काम में लगी हूँ। ज़रा आँख लगी ही थी कि चौंककर उठ बैठी। रक्खो अपनी कर्कश आवाज़ में कह रही थी, "आइए जी, आइए जी...!"

श्यामा को महरी के आने का संशय-सा हुआ। पर कहाँ—सामने तो शीला खड़ी थी ! उसे देखकर वह खिल नहीं पाई। हैरान सी रह गई, पर शिष्टाचार। खड़ी होकर बोली, "आइए न, आइए।" और फिर पास पड़े सोफ़े की ओर

इशारा करते हुए कह उठी, ''बैठिए।''

शीला बैठी तो ज़रूर, लेकिन उस शिष्टाचार में रुखाई की मात्रा जानने में उसे देर नहीं लगी। हाथ के संकेत से महरी और रक्खो को बाहर बैठे रहने को कहा। नौकर-चाकरों को ऐसे मौकों में मजा आता है, पर इनके साथ ज्यादा ढील अच्छी नहीं।

रक्खो और महरी बाहर चली गईं, लेकिन मर्जी से नहीं। महरी तो ज़रूर अपना हक-अधिकार समझती है, पर शीला कम सयानी नहीं। क्या वह श्यामा के सामने महरी को अपना सगा जताएगी ? श्यामा के चेहरे पर ज़रा संकोच और छिपी पड़ी खिन्नता-सा भाव देखकर शीला बोली, ''बहन, नन्दू ने बताया है कि वीर की तबीयत अच्छी नहीं ! क्या पहले कोई खत आया था ?''

श्यामा ने शीला की आँखों को पढ़ सकने का प्रयत्न करते हुए कहा, ''नहीं, कल ही तार आया है। पता नहीं कैसा है ! कोई पास भी है या नहीं।''

''बहन, घबराना मत'', कहते-कहते शीला के बोल भारी से हो गए, ''रास्ते में ज़रा एहतियात ही बरतना। नन्दू साथ ठीक रहेगा।'' फिर बाँहों में पड़ी ढेर सी चूड़ियों की ओर दृष्टि डालकर कहा, ''सँभाल ही रखना जेवरों की, बाँहें ढकी ही अच्छी हैं। आजकल लोगों का कुछ पता नहीं।''

श्यामा को यह सलाह कैसी लगी, शीला ने नहीं जाना। उसे जानकर करना भी क्या है ? श्यामा की नज़र न जाने क्यों घड़ी की ओर गई—धर्मपाल के आने का समय हो गया। क्या शीला नहीं जानती ? मगर श्यामा कहे किस बहाने ? यह तो उसे अपने-आप ही समझना चाहिए। पर यह क्या ? उसे क्या पति से परदा करना है ? फिर भी पता नहीं क्यों, वह नहीं चाहती कि शीला के बैठे वह यहाँ आएँ। बाहर से जूतों की आहट आई। श्यामा चौकन्नी हुई। शीला ने सिर का दुपट्टा ठीक किया। और परदा उठाकर धर्मपाल अन्दर आ गए। आए और देखकर ठिठक गए।

श्यामा के तेवर उभर आए और शीला की ऊपर हुई नज़र जैसे धक्का खाकर नीचे उतर गई हो। धर्मपाल के रुके हुए पैर जब वापस लौटने लगे तो श्यामा सँभली। कुछ खीझ से, कुछ चिढ़कर बोली, ''आओ न, बैठो न जी !''

धर्मपाल ने पत्नी की ओर बिना देखे कुर्सी खींची और बैठ गए। पर सामने की ओर नज़र नहीं उठा सके। आज शीला यहाँ कैसे ? अपने पर जैसे गुस्सा-सा आया। वह बाहर महरी और रक्खो को देखकर दूसरे कमरे में जा

सकते थे। पर...

"गाड़ी का सब ठीक-ठाक हो गया है न ?" श्यामा ने कुछ छिलती हुई आवाज़ में पूछा।

"हाँ-हाँ, सीट बुक हो गई है," कहकर धर्मपाल को मानो स्वयं अपनी आवाज़ अच्छी नहीं लगी। लगा, जैसे उन्हें कुछ असुविधा-सी हो रही है।

बाहर रक्खो और महरी एक-दूसरे की आँखों में देख रही हैं, जैसे कुछ होनेवाला है। जमाई को देखकर महरी ने विजय की दृष्टि से रक्खो की ओर देखा था। जाने क्यों ?

शीला की आँखें नीचे देख रही हैं और हाथ अशक्त-से होकर जैसे गोदी में गिर पड़े हैं। उठ जाए, पर लगा पाँव जैसे चल नहीं पाएँगे। लेकिन क्या उसका यहाँ बैठना ठीक है ?...वही कमरा है...वही परदे हैं...वही फर्श है और खुली आलमारी में पड़े तरतीबवार वही पति के कपड़े...पर वह और उसके पति ? वह नहीं। शीला का दिल ऐसा हुआ जैसे किसी ने छलकते पानी को निर्दयता से ढाँप दिया हो। किसी तरह शुष्क होते जा रहे गले से आवाज़ निकालकर बोली, "चाची महरी !"

यह धीमा स्वर बाहर तो नहीं पहुँच सकता था। श्यामा को दिल में शायद हँसी आ गई थी। शीला पर अहसान-सा करते हुए पुकारा, "रक्खो, महरी को अन्दर भेजो।" और श्यामा के बुलाते ही शीला अपने को झकझोरकर उठ पड़ी। दुपट्टा एक तरफ़ से बहुत नीचा हो गया था, जैसे अपनी सुध न रही हो। पर नहीं, चाल वैसी ही जमी हुई थी।

महरी अन्दर आई। देखा, 'बच्ची' उठकर दरवाजे तक आ गई थी और साथ-साथ श्यामा भी। "अच्छा जी,"—श्यामा ने ज़रा सा मुस्कुराकर हाथ जोड़े, जैसे किसी पराजिता को देख रही हो।

शीला ने उत्तर दिया और सहज कंठ से बोली, "अच्छा, अपना ख्याल रखना और वीर की सेहत का पता देना।" और बाहर निकल गई।

पीछे से महरी ने दुपट्टे का फर्श पर पड़ता छोर पकड़ लिया और पहली सीढ़ी उतरते ही उसने शीला को कन्धों से पकड़कर सहारा दिया। अब तक सबकुछ समझ गई थी। जमाई कुछ बात करते तो क्या दृष्टि इतनी जल्दी फिरा लेते !

और धर्मपाल शीला की ओर नहीं देख सके, नहीं देख सके। आँखें जैसे

एक बार भूली हुई तस्वीर को देखना चाहती थीं, पर जब शीला उठकर श्यामा के साथ-साथ चल दी थी तो उन्होंने सिर ऊँचा किया और एकदम ऐसा लगा जैसे शीला पहले से लम्बी हो गई थी—लम्बी ?...नहीं, उसका भरा-भरा बदन दुबला हो गया था। तिल्लेदार जूती को रेशमी सलवार नीचे तक छू रही थी—और फर्श पर पड़ते हुए शीला के पैरों को देखकर उन्होंने सोचा कि उसमें एक ठहराव का अन्दाज था जो अवज्ञा सहकर भी शान से आगे बढ़ना जानता है।

नीचे...नीचे, दिल के बहुत नीचे किसी परदे से उठकर वह दिन धर्मपाल की आँखों में उतर आया। जब इसी तरह शीला को तैयार खड़े देख उन्होंने अचानक उसे खींचकर अधीरता से बाँहों में भर लिया था। उसकी आँखें बन्द थीं और उनकी खुलीं, जैसे नारी की मूर्च्छित-सी पड़ी सुन्दरता कह रही हो—लो, देख लो !

श्यामा वापस आकर पति के निकट खड़ी हो गई। एक बार परीक्षा की नजरों से पति की ओर देखा—तब तक धर्मपाल सिगरेट जला चुके थे। सिगरेट के फैलते से धुएँ ने मानो उनके चेहरे की असली रेखाओं को ढक लिया। श्यामा ने कटाक्ष किया, "आज तो ज़मानों के बाद घर की बड़ी बहू को देखा है जी ! क्या उससे डर गए थे ? एक बात ही कर लेते बेचारी के साथ !"

धर्मपाल ने धुआँ छोड़ते हुए सोचा—'उससे क्या डरता ? डराने को क्या तुम कम थीं ?' प्रत्यक्ष ज़रा हँसकर बोले, "मुझे क्या बात करनी थी ? बात तो वह तुमसे करने आई थी।"

"जगदीश का हाल पूछ रही थी और कहती थी वहाँ जाकर पता देना।"

शीला से यह सुनकर पता नहीं धर्मपाल को जी में कैसा लगा, पर उन्होंने कुछ कहा नहीं। बात को बदलकर बोले, "सामान सब बाँध लिया है न ?"

"हाँ, सब तैयार है।"

श्यामा पति के विषय-परिवर्तन का अर्थ नहीं समझी। धर्मपाल ने कलाई पर बँधी घड़ी की ओर देखा और व्यस्त होकर कहा, "और जो कुछ करना है कर डालो। समय अधिक नहीं।"

श्यामा ने कुछ अनोखे से ढंग से जवाब दिया, "सब ठीक कर लिया है। तुम्हारे सब कपड़े इस ओर वाली आलमारी में रख दिए हैं। किसी गर्म कपड़े की ज़रूरत होगी तो उस बड़े बक्स में से निकलवा लेना।"

श्यामा एक क्षण चुप रही और कुछ अन्दर-ही-अन्दर छिपा लेने के प्रयत्न में चूड़ियों को बार-बार हिलाते हुए रो पड़ी—टप-टप-टप ! धर्मपाल ने देखा कि ऐसे आँसू एक बार पहले भी किसी की आँखों से बहे थे। क्यों आज उसे किन्हीं और आँखों की याद आ रही है ? उठकर कन्धों से पकड़कर कहा, "श्यामा, पागल हो गई हो क्या ? जल्दी लौट आओगी।" फिर लाड़ से थपथपाकर कहा, "इतना छोटा दिल है ?"

श्यामा पति की गोदी में मुँह छिपाकर रो दी। धर्मपाल उन रेशमी-रेशमी-से बालों को चूमना चाहते हुए भी सूँघकर रह गए। उन्हें लगा कि उनकी सुगन्धि बहुत तेज़ थी—और उस तेज़ी का आभास उन्हें आज कितनी देर के बाद हुआ।

कल बादल फटे थे, आज फिर घिर आए। बादलों के परदों-के-परदे आसमान पर चढ़े आ रहे थे। दुपहर की कड़कड़ाती सफ़ेदी न जाने कहाँ खो गई थी। कभी हल्की-फुल्की हवाएँ झूमते-झामते पेड़ों को चूमकर परदों को हिला जातीं। शीला सोफ़े पर अधलेटी थी। महरी ने परदे उठा दिए थे। और फ़र्श पर बैठी-बैठी उलझी हुई ऊन को सुलझा रही थी। उस दिन ऊपर से आकर बच्ची निढाल-सी होकर बिस्तर पर लेट गई थी, और घंटों रोती रही थी। चाची ने चुप कराने का कोई प्रयत्न नहीं किया। सिर्फ़ पास बैठी बच्ची के सिर पर हाथ फेरती रही। और उसी दिन से बच्ची अनमनी-सी लग रही है।

आज सुबह चाची बोली, "बच्ची, वह ऊन पड़ी हुई है। कुछ शुरू कर लो न ! सर्दियाँ आ रही हैं। ज़रा जी भी लगा रहता है।"

'हूँ' करके बच्ची चुप रह गई। गद्दियों के सहारे बैठी थी। सिर पर कपड़ा नहीं था। गहरे नीले रंग के कपड़ों में चेहरे का रंग और भी धुला हुआ लगता था। बैठी-बैठी सोच रही थी—श्यामा कैसे व्यंग्य से मुस्कुराई थी ! जैसे कह रही हो—'तुम्हारा बड़प्पन आज कितना छोटा हो गया है !' और वह अन्दर आकर ऐसे ठिठक गए थे, जैसे कोई गलत जगह आ गया हो। आदमी कितने बेदर्द होते हैं ! बात नहीं, क्या आँख उठाकर देख भी नहीं सकते थे ? लेकिन क्यों वह चाहती है कि पति उसे एक बार देखते तो...एक बार...वह दया की भूखी है कि तरस खाकर पति उस पर इतनी सी मेहरबानी करें !...

अपनी बेबसी, पति की निर्दयता और सौत की वह उपहासजनक हँसी आँखों में उतर आई और अपने हाथों को आँखों पर रखकर शीला सिसकने लगी। महरी का हाथ रुक गया। वह जानती है कि जो दिल पति को देखे बिना दो साल से चुपचाप ज़ब्त पड़ा था, उसे निर्मोही पति की एक छाया धकेलकर नीचे बहाए लिये जा रही है। बच्ची के हाथों को आँखों से अलग करके बोली, ''माँ बलिहारी जाये, रोएँ तुम्हारे दुश्मन !'' फिर झट क्रोध-भरे लहजे में बोली, ''हाय, हाय, अकल मेरी ही मारी जाती है, कपड़े भी निकाले तो यह ? अच्छी-भली जानती हूँ जब-जब यह पहनती हो, दिन अच्छा नहीं गुजरता, फिर भी सुबह यह ले आई ! बुढ़िया होने को आई, पर समझ नहीं।'' कहते-कहते उठ खड़ी हुई।

शीला ने सब समझा। जब से होश सँभाला है, वह महरी के हाथों पली है। लाड़-चाव ज़िद—सब करती रही है। आज महरी को अपने-आपको फटकारते सुनकर जाने कैसा तो लगा। कैसे वह उसे दिलासा देती रही है, किसी-न-किसी बहाने जी लगाती रही है ! एक पल को अलग नहीं छोड़ती। महरी की कृतज्ञता से जी भर आया। वह साथ न होती, तो अब तक वह इस चारदीवारी में जीवित रहती ?

महरी वापस लौटी और शीला को हाथ से उठाते हुए बोली, ''उठो बच्ची, मैं सदके जाऊँ। कपड़े बदल डालो। बच्ची, मुझ पर गुस्सा न किया करो। सिर सफ़ेद हो गया है, अब क्या अकल ठिकाने रहेगी ?''

महरी बच्ची को कपड़े बदलवाने ले गई। क्या शीला नहीं समझती ? आज चाची चाहती है कि बच्ची उस पर गुस्सा करे, जितना करे वह बुरा न मनाएगी, पर जिस अधिकारहीन आँचल में वह अपने आँसू बहाए जा रही है, वहाँ उन्हें झेल लेनेवाला कौन है ?

बिना विरोध किए शीला ने कपड़े बदल डाले। यह सूट कभी उसे कितना पसन्द था ! पर आज उसकी पसन्द में जान ही कहाँ है ? महरी ने हाथ में लिये दुपट्टे को चूमकर बच्ची के हाथों पर डाल दिया। वह कितनी व्यस्त हो, कितनी अस्वस्थ हो, इन छोटी-छोटी बातों को नहीं भूलती। शीला ने आगे दुपट्टा डाला और फिर कुछ सोचकर बोली, ''चाची, सोऊँगी...''

चाची ने पलँग पर तकिए लगा दिए और बोली, ''ठीक है बच्ची ! कुछ देर आराम कर लो ! कैसा बरसाती दिन है !...'' और कुछ कहते-कहते रुक गई।

बच्ची लेट गई थी। चाची कहने लगी थी बरसात में बेरियों पर डाले हुए झूलों की बात, पर झट ख्याल आ गया कि सुनकर बच्ची कहीं और-और ख्याल दौड़ाती रहेगी। चुप ही रहे तो अच्छा।

बच्ची लेटी हुई थी और चाची पास बैठी धीरे-धीरे बच्ची के हाथ सहला रही थी। बच्ची को ऐसे पड़े देखकर चाची ने ममता-भरे लाड़ले स्वर में पूछा, "बच्ची, क्यों, क्या बात है ? बोलो मेरी बच्ची !"

शीला क्या बोले ? पर इस स्वर की अवज्ञा वह नहीं कर पाएगी। चाची का हाथ पकड़कर बोली, "चाची, जी उदास है।"

"यह क्या मैं नहीं जानती, मेरी बच्ची ?" चाची का मातृत्व जैसे अन्दर-ही-अन्दर चीत्कार कर उठा। जी अच्छा रह ही कैसे सकता है ? यह उमर और यह दुख ! जी हुआ कि वह भी बच्ची के साथ मिलकर रो दे, पर कितनी पागल है वह ? बच्ची को थपथपाते हुए बोली, "सो जाओ, बच्ची, तबीयत हल्की हो जाएगी।"

•

ऊपर घर की विस्मृता बहू के पति कुर्सी पर पड़े-पड़े न जाने क्या-क्या सोच रहे थे। आज धर्मपाल काम से जल्दी आ गए थे। जानते थे कि श्यामा नहीं है। पर अधिक देर दफ्तर में नहीं बैठ सके। श्यामा को गए अभी तीन-चार दिन ही तो हुए हैं ! कल तार आया था—जगदीश को निमोनिया हो गया है। अकेले छोड़नेवाली हालत नहीं। कमरे कैसे सूने लगते हैं ? आज दोपहर को धर्मपाल ठीक से खाना नहीं खा सके। पत्नी के चलते उदास होकर न खाया हो, ऐसी बात तो नहीं। फिर भी नारी की सन्दिग्ध छाया जैसे आगे पड़े खाने पर हर पल छाई रहती है। अभी-अभी जब सोने के लिए नौकर उन्हें कपड़े दे रहा था। तो वह सोच रहे थे—ये ज़रा-ज़रा-से काम श्यामा के हाथों कितने अच्छे लगते हैं !

बाहर पानी तेज़ हो गया था। बादलों की गर्जना और बिजली की कड़कड़ाहट जैसे कानों को चौंकाए जा रही थी। धर्मपाल ने हाथ का सिगरेट नीचे फेंका और उठकर पलंग पर जा लेटे। सोचा, आदमी की दिनचर्या में भी औरत का कितना बड़ा हिस्सा है और श्यामा...उसने तो जैसे उन्हें अपनी बाँहों से बाँध डाला है। जाती बार कैसी रो रही थी ! झट ध्यान आया, उस दिन

शीला से कैसे अचानक मिलना हो गया ? पर...पर धर्मपाल नहीं चाहते कि वे इन बातों को सोचें। उन्हें जैसे अपने हाथों से किए किसी अन्याय की याद आ जाती है। और अब तकिए पर सिर रखते ही आज ढाई साल के बाद पहली बार ख्याल आया कि शीला सें क्यों इतनी दूर हो गए। वह बेचारी तो जानती तक न थी। और फिर श्यामा को ले आने पर कोई बखेड़ा नहीं उठाया, कोई झगड़ा नहीं किया। और वे ? उन्होंने एक बार उसे देखा तक नहीं ! कैसे रहती है, कहाँ रहती है ? इस अरसे में एक बार रुपया तक नहीं मँगवा भेजा। शायद शाहजी के यहाँ से आता होगा—और अब तक शाहजी अपनी बेटी को ले नहीं गए। ख्याल आया, शीला को विदा करते शाहजी ने उनका माथा चूम-चूमकर कहा था, "बेटा, इसने तुम्हारा लड़ पकड़ा है, इसे निभाना।" कैसा निभाया है उन्होंने...? धर्मपाल ने करवट ली। क्या वह श्यामा से कम सुन्दर थी ? पर बम्बई में न जाने उन्हें क्या हो गया था ! उन्हें लगा जैसे वे बदल रहे हैं। सोचा, क्या श्यामा का अभाव तो नहीं ? नहीं-नहीं, शीला की वह दुबली देह जैसे चीखकर कह रही थी। दिमाग़ में जैसे हलचल-सी हो गई। अब वे नहीं लेट सकेंगे।

धर्मपाल उठकर खड़े हो गए। ढीला कोट पहना और सीढ़ियों से नीचे उतर चले। एक क्षण संकोच ने मानो पैर जकड़ दिए। पर यह तूफ़ान ! क्या यह रुक सकेगा ? क्या कहेंगे शीला से ?

नीचे आँगन में आकर देखा, कोई नौकर-चाकर नहीं था। आँगन पार किया। परदे नीचे पड़े थे। परदा उठाया तो सामने फ़र्श पर महरी बैठी कपड़ों की तह लगा रही थी। बच्ची सो गई थी, इसलिए दबे पाँवों बाहर आकर वह काम-धन्धे में लगी थी। जमाई को देखते ही आँखें ऊपर नहीं उठीं। मानो कहती हो...रिश्ता ऐसा है, क्या कहूँ ! पर तुम यहाँ कैसे ? धर्मपाल भी महरी की ओर ठीक से देख नहीं पाए। दबी सी आवाज़ में बोले, "महरी !..." शायद कुछ पूछना चाहते थे, पर महरी हाथ के कपड़े हाथ में लिये, बिना कुछ कहे-सुने बाहर चली गई।

धर्मपाल एक क्षण परदे को पकड़े खड़े रहे। सोचा, न जाने शीला क्या कर रही होगी। कोई आहट तक नहीं आ रही। अन्दर पहुँचे। सोफा खाली था। सामने पलँग पर सिमटी-सिकुड़ी-सी शीला सोई पड़ी थी। सिर पर बाँह रखी थी। पास एक ओर महीन दुपट्टा पड़ा था। जैसे भारी लगने पर उतार

दिया गया हो। मुँह पर बिजली की रोशनी पड़ रही थी। वही चेहरा है, वही बाँहें और गोरे स्वच्छ पाँव। शीला ! मगर नहीं, यह आवाज़ गले से नहीं, उनके दिल से निकली थी और वहीं फैल गई थी। शीला ! शीला बेखबर पड़ी थी। सोच-सोचकर इतनी थक गई थी कि बन्द पलकों के अन्दर कोई स्वप्न भी नहीं देख पाई।

धर्मपाल पास आकर खड़े हो गए। क्या यह उचित है ? जैसे किसी ने चेता दिया हो। नहीं, धर्मपाल आगे बढ़े--सिर पर रखी बाँह का स्पर्श किया। हल्के से पकड़ अपने सशक्त हाथों की उँगलियाँ शीला के बालों में डुबो दीं।

सिर पर पड़ते हुए दबाव से शीला चौंक गई। सोचा, चाची है। आँखें खोलीं–और खुली रह गईं। विश्वास नहीं आया, शायद वह स्वप्न देख रही है। उसका हाथ पति के हाथ में है और वह किसी निर्जीव पत्थर की तरह पड़ी है। धर्मपाल ने झकझोरते हुए काँपती आवाज़ से कहा, ''शीला।''

आवाज़ शीला को हिला गई। पति के उदास-मलिन मुख की ओर शिकायत-भरी नज़रों से झुके-झुके देखा और विवश होकर रो पड़ी।

''शीला !...''

शीला रोए जा रही थी। लेकिन आँसू की बूँदें सिरहाने पर नहीं, पति के वक्ष पर पड़ रही थीं। बाहर बादल बरसे जा रहे थे और धरती भीग रही थी; और भीगी धरती के वक्ष में एक आलोड़न उठ रहा था–शायद निमाणी की प्यास ही...

वह रात कितनी गीली थी, कितनी गहरी थी ! गरजते हुए बादलों का निनाद सुनकर भी बिजली चमकती जा रही थी। एक महीन-सी रेखा किस गति से कजरारे बादलों को उन्मत्त किए जा रही थी ! और पति की गोद में पड़ी कल तक की बेबस और दुर्बल शीला आज रोकर भी हँसती जा रही थी। और धर्मपाल पत्नी को हौले से पुकार भर लेने के सिवाय और कुछ नहीं कह सके, ''शीला ! शीला ! शीला !''–और इस नाम से वह सब जुड़ गया जो दो साल पहले किसी अनिश्चित काल के लिए टूट गया था, बिछुड़ गया था। लेकिन क्या सचमुच ही संज्ञा का इतना मूल्य है ? देह से अलग, देह से भिन्न कौन सी संज्ञा होती है जो ऐसी रात में किसी की आँखों में नाच जाती है ? क्या दोनों इस बात को नहीं जानते ? इतने अनजान नहीं वे। फिर भी किन्हीं दो भटके हुए पुराने साथियों की तरह एक-दूसरे को थामे हुए वे सोच रहे हैं कि

हमेशा नहीं तो कम-से-कम आज तो इस तूफानी रात में वे इकट्ठे हैं। सिर पर भयानक तूफानी रात थी। लेकिन स्वयं उनमें अधीरता नहीं थी, जीवन का उष्ण रक्त था जो स्थिर गति से बहता जा रहा था और बहकर उस चिरन्तन प्यास को बुझा रहा था जो हाड़-मांस के साथ उसमें जागी थी।

रात कैसे आई और कैसे बीत गई ? शायद बहुत लम्बी थी। शायद बहुत छोटी थी। शीला नहीं जानती कि रात कैसे कट गई, धर्मपाल नहीं जानते कि रात कैसे कट गई। लेकिन नारी के अन्तर के नीचे--सबसे नीचे--पड़ी ममता जानती थी कि रात कैसे गुज़र गई। सच है कि वह रात को पकड़ नहीं पाई, लेकिन वह शून्य नहीं थी। उसमें रस था, उसमें जीवन था, जीवन का अर्थ था। जो आज नहीं तो कभी तो माँ की गोदी में किलकारियाँ लेगा ! और माँ का आँचल उसे ओट किए हुए, अँधेरी रातों से, कष्टों से और अपशकुनों से बचाता जाएगा।

सुबह धर्मपाल जब जगे तो शीला नहा-धोकर तैयार हो गई थी। महरी ने बाहरवाले कमरे से ही बच्ची को चाय की ट्रे पकड़ा दी। नहलाते-नहलाते चाची ने बच्ची से कहा था, ''जल्दी कर लो बच्ची, फिर चाय का इन्तजाम करूँ। जमाई तो सुबह-सुबह चाय के आदी हैं।'' शीला सलज्ज हँस दी थी, ''चाची, तुम्हें फ़िकर है ? किसी नौकर से कह दो न ?'' चाची ने भेद-भरी दृष्टि से बच्ची को देखकर कहा था, ''न, न, बच्ची ! तुम इन नौकर-चाकरों को नहीं जानतीं। चाय रखने आएँगे, बीस बातें बनाएँगे बाहर जाकर। मैं ही लाऊँगी।'' फिर तनिक रुककर उसने कहा था, ''बच्ची, तुम्हें पकड़ा दूँगी। तुम्हीं अन्दर ले जाना...।'' ''क्यों, क्यों चाची ? क्या तुम...'' उसने चाची से पूछना चाहा था। बीच में ही चाची बोली, ''तुम भोली हो बच्ची ! सुबह-सुबह उठकर क्या जमाई को मेरा ही मुँह देखना है ?'' शीला खुलकर हँस दी थी--''ओह चाची, क्या मैं सोते-जागते तुम्हें नहीं देखती ?'' चाची ने कहा, ''वह और बात है बच्ची ! तुम नहीं समझतीं, लाओ ज़रा पैरों को मलूँ, कितनी खुश्की हो गई है...!'' शीला समझ गई थी कि चाची अन्दर जाकर धर्मपाल को संकोच में नहीं डालना चाहती। मन-ही-मन हँसकर वह चाची के प्रस्ताव से सहमत हो गई थी।

चाची ने ट्रे पकड़ा दी थी और शीला ने उसे मेज़ पर ला रखा था और तब पति के सिरहाने ज़रा झुककर धीरे से पति के बालों को छूती हुई मृदु कंठ

से बोली, ''उठना नहीं जी ? दिन चढ़ आया।''

धर्मपाल ने आँखें खोलीं, शीला बिल्कुल पास खड़ी थी। आँखों में भरकर देखा, कैसी निखरी-सी लगती है ! जैसे बीती हुई रात उसे रुलाकर हल्का कर गई हो। खींचकर पास बिठा लिया। आँखों में संकोच नहीं, दूरी नहीं। ''शीला !...'' शीला लजा गई। बैठे-बैठे चाय बनाकर प्याला हाथ में लिये बोली, ''लीजिए न !''

''नहीं, रख दो।'' धर्मपाल कह उठे। शीला ने पति की ओर देखा। उसमें आहत-सा अभिमान था। प्याला मेज़ पर रखकर बोली, ''क्यों, क्या अभी उठोगे नहीं ?'' और पति की बाँह पर हाथ रख दिया। धर्मपाल कुछ क्षण देखते रहे और फिर आँखों की कोरों से दो बूँदें ढुलक गईं। शीला ने अपने एक हाथ से आँखें ढक दीं और दूसरे से पति के बाल सहलाते हुए बोली, ''सुबह-सुबह यह क्यों ? अपने से नाराज़ हो रहे हो ?''

''नहीं,'' धर्मपाल रुँधी सी आवाज़ में बोले, ''तुमसे क्या कहूँ शीला ? मैं नहीं जानता।''

बीती हुई रात के बाद भी कुछ रहा-सहा मलाल पति के इन दो आँसुओं से धुल गया। स्वयं ही सोचा, नारी इन बातों में कितनी कच्ची होती है ? लेकिन इतना पश्चात्ताप काफी नहीं। पति के वक्ष पर सिर रखकर बोली, ''कैसी बातें करते हो ? तुमसे आज तक क्या मैंने शिकायत की ?''

इसका जवाब धर्मपाल ने कुछ नहीं दिया। वैसे सोचते थे कि एक उपालम्भ ही दिया होता। पर उसने तो जवाब नहीं माँगा और आज भी तो उस बात को कैसे बचाती जा रही है ! जैसे आज के दिन में वह उन सब बातों को नहीं मिलाना चाहती।

शीला ने पल-भर उत्तर की, नहीं तो कुछ सुनने की, प्रतीक्षा के बाद कहा, ''उठो जी ! छोड़ो इस सोच को, आज क्या काम पर नहीं जाओगे ?''

''नहीं।''

''अच्छा !'' शीला हँस पड़ी। पुरानी बात याद आ गई। जब वह नई-नई ब्याही आई तो पति अक्सर देर तक सोते रहते। उठने के लिए कहती तो कहते–'शीला, आज काम पर जाने को जी नहीं चाहता।' वह शरमाकर मुस्कुरा देती। शरारत से कहती–'लालाजी तो कुछ नहीं पूछेंगे !' और धर्मपाल कुछ खीजकर उठ बैठते। और वह मन-ही-मन मुस्कुराकर रह जाती। जैसे

कहती हो—दिन में तो छोड़ा करो !

"तो आज भी काम पर नहीं जाओगे ?"

धर्मपाल ने सिर हिलाया, "नहीं।"

"अच्छा तो नहा-धोकर फिर लेट जाना। कपड़े ऊपर से मँगवा देती हूँ। रखे होंगे ही ऊपर," कहकर शीला महरी को बुलाने ही लगी थी कि धर्मपाल बोले, "नहीं, उसे मत भेजो, अपने-आप जाकर निकाल लाओ।"

धर्मपाल के स्वर में अनुरोध था। जैसे पत्नी को उसके अधिकार की याद दिला रहे थे। ऊपर जाने की अनिच्छा, वह भी श्यामा की अनुपस्थिति में—पर 'न' करने में भी शीला को संकोच-सा हुआ। अनमनी-सी होकर उठी। महरी ने बुलाकर कहा, "चाची, उनके कपड़े लाने हैं ऊपर से। चलो, तुम्हारे साथ चलती हूँ।"

चाची ने एक बार बच्ची को खुली दृष्टि से देखा और ज़रा सा हँसकर बोली, "चलो, बच्ची !" दिल में कह रही थी—इस काम के लिए नहीं जाऊँगी !

शीला ने कमरे में प्रवेश किया। उस दिन भी तो यह सब कुछ था। कितना पराया लगा था ! शायद श्यामा इसकी मालकिन लग रही थी। और आज ? कपड़ों की आलमारी खोलते-खोलते लगा कि दो वर्ष बाद उसे फिर अपना अधिकार मिल गया है। वे दो वर्ष, जो कटने में नहीं आते थे, आज कितने छोटे हो गए हैं ! कपड़ों को तरतीबवार रखनेवाले हाथों से आज पहली बार शीला को ईर्ष्या सी हुई। और कपड़े निकालकर जब शीला नीचे उतरी तो पाँवों में गति थी और चाल में घर की स्वामिनी होने का रोब था।

बाँह पर रखे कपड़ों को देखकर महरी ने मन-ही-मन कहा—'भगवान करे, बड़ी-बड़ी उम्र हो बच्ची की और जमाई की भी !' आज क्या वह जमाई को बच्ची से अलग देख सकती है ?

शीला कपड़े लिये आकर खड़ी हुई तो धर्मपाल को लगा कि वे पुराने दिन लौट आए हैं और इस बीच के दो साल इस भूली-सी कड़ी से निकलकर कहीं अलग होकर अदृश्य हो गए हैं। और वह और शीला, टूटा हुआ तार जैसे फिर जुड़ गया है...

*मार्च, 1952*

# कलगी

हल्के से कम्पन के बाद सुल्लखी ने ढीले कुरते पर अटक गई जंजीर को हिलाकर हाथ से छुड़ाया, पट्ट की ओढ़नी माथे पर खींची और झरोखे में से अपनी दो बड़ी-बड़ी आँखें नीचे गड़ा दीं।

मजबूत घोड़े पर बैठा सवार मखमली झोला और चमचमाता कमरबन्द, कमरबन्द से लटकती तलवार की सुनहली मूठ, चौड़ी छाती, अकड़े हुए कन्धे, तीखे नक्श-नैन, सिर पर केसरी साफ़ा और लहरों-सी झलक मारती माथे पर लगी कलगी। यही तो वह बहादुर सरदार है जो क्षण-भर पहले सुल्लखी से विदा लेकर नीचे उतरा है। यही तो है सुल्लखी के सिर का धनी जिसका चौड़ा वक्ष और बलिष्ठ बाँहें देखकर उसकी मीठी देह पर से तूफान गुज़र जाता है।

सुल्लखी की रस-भरी आँखों ने मोह में भीगकर ड्योढ़ी पर खड़े जोधासिंह को मन की ओर खींचा, आँखें डबडबा आईं और धुँधले से भीगेपन में जोधासिंह के माथे पर चमकती कलगी तैर गई। सुल्लखी ने चौखट पर कुहनी टेकी, सिर झुकाया, आँखें भर आईं...जोधासिंह ने घोड़े को थाप दी, ऊपर देखा और आँखों-ही-आँखों में रात के उन प्रहरों का आश्वासन दिया जब दिन-भर

की लड़ाई के बाद वह दीवटों के प्रकाश में लेटी सुल्लखी के पास पहुँच जाया करता है।

सुल्लखी ने स्वच्छ दृष्टि से एक बार जोधासिंह को देखना चाहा, लेकिन आँसुओं के धुँधलके में केवल चमचमाती कलगी झलक मारकर रह गई। घोड़े की टाप ड्योढ़ी में से निकलकर दूर होती चली गई। टप...टप...दूर, और दूर, हवा में विलीन हो गई।

सुल्लखी ने आँचल आँखों को लगाया। झरोखे से दीखती ड्योढ़ी की छत पर उड़ती-उड़ती सर्दियों की धूप फैल रही थी। महाराज के ज़माने की, ढक्की पर बनी हवेली के बुर्ज फागुन की सिहरती हवाओं में खामोश खड़े थे। आकाश न जाने क्यों स्तब्ध-सा था। ड्योढ़ी से लगा तबेला खाली पड़ा था। घोड़े और सवार आज लड़ाई के मैदान में हैं। सुल्लखी ने एक लम्बी साँस ली, वक्ष के उभार पर जंजीर एक बार फिर हिली और कातर दिल को डुला गई।

दुपहर ढली, फीकी-सी शाम पश्चिम में उतर आई। डूबते सूरज की लाली में आज पीलाई अधिक थी और आकाश में एक ओर किसी अदृश्य परदे में से उभरकर आती हुई तीतर-पंखी बदली फैलती जा रही थी। सुल्लखी ने बँधे-बँधे दिन के बाद किसी तरह अपने को सम्हाला। याद आया चिलियाँवाला की लड़ाई का वह भयानक दिन जब आज ही की तरह जोधासिंह उससे विदा लेकर गया था। फिरंगियों का नाम सुनकर सुल्लखी का दिल बैठा जा रहा था। आशंका से आँख फड़क रही थी, पर जाते-जाते जैसे जोधासिंह की आवाज़ ने उसे आश्वासन दिया। और उसने गर्व से जोधासिंह के बलिष्ठ शरीर को देख भरी-भरी आँखों से मुस्कुराते हुए सोचा था—कोई लाख फिरंगी हो, ऐसी देह पर वार करने के हाथ-भर का जिगरा चाहिए। पर आज ? आज वह बात कहाँ थी ? जोधासिंह ने जाते-जाते उसे गहरी निगाहों से देखा, पहली बार इस मीठी देह को देखकर न आँखें मचलीं, न बाँहें फड़कीं। आहत-सी दृष्टि ठिठककर रह गई। सामने खड़ी इस चिर-परिचित आकार की छाया मानो अन्धकार में लिपट गई। ओढ़नी का गुलाबी रंग मिट गया, गठे हुए वक्ष को उभार देनेवाला कत्थई कुर्ता किसी अशुभ स्याही की तरह काला पड़ गया और सुल्लखी के धुले-धुले मुखड़े पर चमकनेवाली कीमती लौंग एक पत्थर का निशान बनकर रह गई। आँसुओं से भरी सुल्लखी की पलकें उठीं तो उनमें जैसे विदाई के आलिंगन की माँग थी। लेकिन जोधासिंह हिला नहीं, उसे टूटते-टूटते

लगा कि अब यह दो आँखें रोते-रोते पथरा जाएँगी।

सुल्लखी ने हिचकी ली—छन...छन...बाँहें आगे कीं। जोधासिंह ने ठंडे पड़े हाथों से उन्हें थाम लिया, पर आज वह पुरानी पकड़ नहीं थी। छूटी हुई आँखों से जैसे छूटे हुए दृश्य को देखा। हाथ पीछे खींचे और पीठ मोड़ ली। घोड़े ने हिनहिनाने की आवाज़ की, सुल्लखी ने निर्जीव शरीर को हिलाया और झरोखे से नीचे झाँका। गीले परदों में आँखें फिर मिलीं और बिछुड़ गईं। और सुल्लखी के कानों में दौड़ते हुए घोड़े की टाप टकराती रही—टकराती रही...

सूरज डूबा और बुझी-बुझी साँझ नीली होने को आ गई। आकाश को किसी अभिशाप के धुएँ ने ढाँप दिया। सुल्लखी सदा की तरह ऊपर अटारी पर जा चढ़ी। आँखें मूँद मन-ही-मन मालिक का नाम लिया और आकाश पर चमकते पहले तारे की ओर आँखें घुमाईं। बादलों की पतली लहरें—लहरों से बँधी लहरें और लहरें...और वह बादलों के परदों में से झाँकता हुआ रात का भागी-भरा पहला तारा—सुल्लखी ने हाथ जोड़े, देखकर मस्तक नत किया।

प्रियजनों की कुशल के लिए, जोधासिंह की कुशल के लिए वह जाने कब से तुलसी के निकट दीप जलाती आई है। आकाश में चमकते तारे को देख नतमस्तक होती आई है।...और...अकस्मात् गड़गड़ाती भारी तोपों की आवाजों से उसके पाँव हिले, सिर घूमा, तारा टूटा...और वह लड़खड़ाकर दीवार के साथ जा लगी।

नगर के बाहर चिलियाँवाला मैदान में आमने-सामने तोपें। गोले फटने लगे। धमाकों में सूरमाओं की हुँकार विलीन होने लगी। चिंघाड़ते घोड़े और उनके सवार पल-पल सीना तानते और फूल होकर मिट्टी को चूम लेते। धरती वही थी, वही धरती थी, पर उसके ऊपर के पाँव डोल गए थे। सिंह की तरह फिरंगी का सामना करनेवाली मजबूती आज बिखर चुकी थी। जिन अगणित बाजुओं ने बड़ी-बड़ी लड़ाइयाँ लड़ीं, बड़े-बड़े प्रहार झेले, आज वह फिरंगी की धार तले कटकर रह गई। रात काली होती चली जा रही थी और रात का भयानक अन्धकार लाशों पर फैलता हुआ नगर की दीवारों से लिपटने लगा। मिट्टी खून से लाल हो गई और सैकड़ों सिरों की सरदारियाँ धूल में जा गिरीं।

ऐसी निर्दयी रात के प्रहरों में सुल्लखी की नींद नहीं टूटी। आँखों पर छाए मूर्च्छना के अन्धे परदों में से कोई तस्वीर ऊपर नहीं आई। कुछ पता नहीं—ऊँचे बुर्ज की चमकती रोशनी टिमटिमाकर कब बुझ गई, खालसों की

सेना की हिम्मत क्योंकर टूट गई, कैसे बहादुरों के हाथों से विजय की पकड़ छूट गई !

भेदती हवा के तीखेपन से जब सुल्लखी की रात-भर की मूर्च्छना टूटी, तो एकाएक आसपास फैले स्त्रियों के समूहों के रुदन का स्वर ऊँचा हो गया। सुल्लखी ने फटी-फटी आँखें खोलीं। जोधासिंह की खून से लथपथ देह आँखों में तैर गई। देखा—सिर धड़ से अलग हो गया था। और माथे की चमचमाती कलगी धूप में जा गिरी थी। वह कलगी छोटी सी जागीर के मालिक सरदार जोधासिंह के माथे की नहीं थी—वह पंजाब के माथे की कलगी थी, जो आज फिरंगी के पैरों तले लोट रही थी।

सुल्लखी मिट्टी-सी होकर जमीन पर पड़ी रह गई। पट्ट की ओढ़नी किसी अतीत के छिन्न-भिन्न हो गए स्वप्न की तरह बिखर गई और अस्त-व्यस्त कपड़ों में लगी सोने की जंजीर फिरंगी की नई लौह-शृंखला की तरह वक्ष के मध्य चमकती रही...

*दिसम्बर, 1952*

# नफ़ीसा

नफ़ीसा हँस रही थी। मौत के सर्द बिस्तर पर बैठकर हँस रही थी। भोली बच्ची नहीं जानती कि उसके अब्बा और अम्मी अपनी गोदी से उतारकर उसे हॉस्पिटल के एक कोने में क्यों छोड़ गए हैं !

सर्दियों की उदास शाम, आँगन में खेलते हुए उसके भाई-बहन बाहर से आकर अम्मी से लिपट गए होंगे। अम्मी दुलार कर, प्यार कर, उन्हें बिस्तर में लिटाकर थपकियाँ दे रही होगी, लेकिन हाय यह प्यारी-सी बच्ची, जनरल वार्ड में, घरवालों से दूर !

सिस्टर कह रही थी, ''देखिए, ज़रा सी बच्ची है। सात साल की होगी। कुछ दिनों की मेहमान है।''

बड़ी-बड़ी आँखों पर काली घनी पलकें, गोरा रंग, पतले-पतले अधर। मासूम अनजान लड़की पास पड़े हुए मिट्टी के खिलौने से खेल रही है। खेल रही है तो खेलती ही जाएगी। नर्स आएगी, दवा पिलाकर लौट जाएगी, तीखी हवा दरवाज़े और खिड़कियाँ खटखटाएगी, बाहरवाली रात में सितारों की रोशनी झिलमिलाएगी और फिर आखिर में आँधी के एक झोंके के साथ बुझ

जाएगी। बच्ची खेलती जा रही है, खेलती जाएगी। शायद खेलते-खेलते सोच रही है—'कल अब्बा आएँगे, गुड़िया लाएँगे, गुब्बारा लाएँगे। आहा, अम्मी भी आएगी तो...पर लौट भी तो जाएगी ! क्यों नहीं वह मेरे पास रहती ? वह अच्छी नहीं है। ठीक है, अम्मी खराब है। क्यों उसने नूरी और इकबाल से उसे अलग कर दिया है ? दोनों मिलकर खेलते होंगे, नूरी अम्मा के पास सोती होगी, इकबाल अब्बा के पास, और मैं...?'

बच्ची चारों तरफ देखती है। कोई बच्चा रो रहा है। कोई सो गया है। किसी के चिल्लाने की आवाज़ नर्स को अन्दर खींच लाई है। और नफ़ीसा सोच रही है—और मैं ? वह नहीं जानती कि अम्मी के पास भी दिल है। जो अपने जिगर के टुकड़े को अलग कर, आँखों से ओझल करके भी जीती है। वह नहीं जानती कि उसे देखकर लौट जाने पर उसकी अम्मी किस तरह छटपटाती है, बेबसी से भरी हुई आँखें बच्ची की तरफ उठती हैं और खाली हो जाती हैं। लौटते वक्त खामोश अब्बा की एक लम्बी साँस अम्मी के दिल को चीर जाती है। जख्म बह जाता है। आँखें धुल जाती हैं। यह उसकी बच्ची है ! किस बेदर्दी से उसे छोड़ आई है ! कौन उसके पास सोएगा ? माँ जानती है कि उसकी अभागी मासूम नफ़ीसा इस सर्द रात में अकेली सोएगी और उसकी विवश बच्ची, यही सोच-सोचकर रोएगी।

बच्ची फिर हँसती है। खेलती है। हँस-हँसके दिन और रात झेलती है। लोगों का ख्याल है, वह साँस पूरे कर रही है। लेकिन वह फिर भी हँसती है। वह जीवन का मोल नहीं जानती, मौत को भी नहीं पहचानती। उसकी आँखों में भोलापन है, सिर्फ़ भोलापन ! उसे न बीमारी का खौफ है, न मौत का डर। वह तो जानती है खिलौने, गुड़िया, मोटर, ताँगा, अम्मी और अब्बा, नूरी और इकबाल।

यहाँ आके वह हैरान है। बहुत से बच्चे हैं, सफेद-सफेद कपड़े पहने सिस्टर कभी कोई आती है, कभी कोई। उनमें अम्मी तो नहीं होती ! वह तो शाम को आती है।

नर्स सूप पिलाने आती है और नफ़ीसा हँसती है। न जाने क्यों ?... रात हो गई है और वह लेट गई है। बाहर हवा तेज हो गई है और उसकी गोरी दुबली बाँह की नाड़ी धीमे-धीमे...साँस जल्दी-जल्दी ऊपर-नीचे उठती है। लम्बी-लम्बी काली पलकें, नदी की अलसायी थपकियों से झपक

रही हैं। अब वह नन्ही सी लड़की आँखें बन्द कर लेगी, थककर सो जाएगी, दूर—बहुत दूर कहीं खो जाएगी...जहाँ से उसे न उसके अब्बा ला सकेंगे, न अम्मी...।

*जनवरी, 1944*

# मेरी माँ कहाँ...

ब्लोच रेज़ीमेंट के बहादुर यूनुस खाँ ने जब आसमान की ओर देखा तो चाँद आधी मंजिल पार कर चुका था। आज चार दिन के बाद उसने चाँद-सितारे देखे हैं। अब तक वह कहाँ थी ? नीचे, नीचे, शायद बहुत नीचे...जहाँ की खाई इंसान के खून से भर गई थी। जहाँ उसके हाथ की सफ़ाई बेशुमार गोलियों की बौछारें कर रही थी। लेकिन, लेकिन वह नीचे न था। वह तो अपने नए वतन की आज़ादी के लिए लड़ रहा था। वतन के आगे कोई सवाल नहीं, अपना कोई ख्याल नहीं ! तो चार दिन से वह कहाँ था ? कहाँ नहीं था वह ? गुज़राँवाला, वजीराबाद, लाहौर ! वह और मीलों चीरती हुई ट्रक। कितना घूमा है वह ? यह सब किसके लिए ? वतन के लिए, कौम के लिए और...? और अपने लिए ! नहीं, उसे अपने से इतनी मुहब्बत नहीं ! क्या लम्बी सड़क पर खड़े-खड़े यूनुस खाँ दूर-दूर गाँव में आग की लपटें देख रहा है ? चीखों की आवाज़ उसके लिए नई नहीं। आग लगने पर चिल्लाने में कोई नयापन नहीं। उसने आग देखी है। आग में जलते बच्चे देखे हैं, औरतें और मर्द देखे हैं। रात-रात-भर जलकर सुबह ख़ाक हो गए मुहल्लों में जले लोथ देखे हैं ! वह

देखकर घबराता थोड़े ही है ? घबराए क्यों ? आज़ादी बिना खून के नहीं मिलती, क्रान्ति बिना खून के नहीं आती और, और, इसी क्रान्ति से तो उसका नन्हा सा मुल्क पैदा हुआ है ! ठीक है। रात-दिन सब एक हो गए। उसकी आँखें उनींदी हैं, लेकिन उसे तो लाहौर पहुँचना है। बिल्कुल ठीक मौके पर। एक भी काफ़िर ज़िन्दा न रहने पाए। इस हल्की-हल्की सर्द रात में भी 'काफ़िर' की बात सोचकर ब्लोच जवान की आँखें खून मारने लगीं। अचानक जैसे टूटा हुआ क्रम फिर जुड़ गया है। ट्रक फिर चल पड़ा है। तेज़ रफ़्तार से।

सड़क के किनारे-किनारे मौत की गोदी में सिमटे हुए गाँव, लहलहाते खेतों के आसपास लाशों के ढेर। कभी-कभी दूर से आती हुई 'अल्ला-हो-अकबर' और 'हर हर महादेव' की आवाज़ें। 'हाय, हाय'...'पकड़ो-पकड़ो'... 'मारो-मारो'...। यूनुस खाँ यह सब सुन रहा है। बिल्कुल चुपचाप–इससे कोई सरोकार नहीं उसे। वह तो देख रहा है अपनी आँखों से एक नई मुग़लिया सल्तनत–शानदार, पहले से कहीं ज्यादा बुलन्द...।

चाँद नीचे उतरता जा रहा है। दूध-सी चाँदनी नीली पड़ गई है। शायद पृथ्वी का रक्त ऊपर विष बनकर फैल गया है।

"देखो, ज़रा ठहरो।" यूनुस खाँ का हाथ ब्रेक पर है। यह–यह क्या ? एक नन्ही सी, छोटी सी छाया ! छाया ? नहीं–रक्त से भीगी शलवार में मूर्च्छित पड़ी एक बच्ची !

ब्लोच नीचे उतरता है। जख़्मी है शायद ! मगर वह रुका क्यों ? लाशों के लिए कब रुका है वह ? पर यह एक घायल लड़की...। उससे क्या ? उसने ढेरों-के-ढेर देखे हैं औरतों के...मगर नहीं, वह इसे ज़रूर उठा लेगा। अगर बच सकी तो...तो...। वह ऐसा क्यों कर रहा है–यूनुस खाँ खुद नहीं समझ पा रहा...। लेकिन अब इसे वह न छोड़ सकेगा...काफ़िर है तो क्या ?

बड़े-बड़े मज़बूत हाथों में बेहोश लड़की। यूनुस खाँ उसे एक सीट पर लिटाता है। बच्ची की आँखें बन्द हैं। सिर के काले घने बाल शायद गीले हैं। खून से। और, और चेहरे पर...? पीले चेहरे पर...रक्त के छींटे।

यूनुस खाँ की उँगलियाँ बच्ची के बालों में हैं और बालों का रक्त उसके हाथों में...शायद सहलाने के प्रयत्न में ! पर नहीं, यूनुस खाँ इतना भावुक कभी नहीं था। इतना रहम–इतनी दया उसके हाथों में कहाँ से उतर आई है ? वह खुद नहीं जानता। मूर्च्छित बच्ची ही क्या जानती है कि जिन हाथों ने उसके भाई

को मारकर उस पर प्रहार किया था उन्हीं के सहधर्मी हाथ उसे सहला रहे हैं !

यूनुस खाँ के हाथों में बच्ची...और उसकी हिंसक आँखें नहीं, उसकी आर्द्र आँखें देखती हैं दूर कोयटे में—एक सर्द, बिल्कुल सर्द शाम में उसके हाथों में बारह साल की खूबसूरत बहन नूरन का जिस्म, जिसे छोड़कर उसकी बेवा अम्मी ने आँखें मूँद ली थीं।

सनसनाती हवा में—कब्रिस्तान में उसकी फूल-सी बहन मौत के दामन में हमेशा-हमेशा के लिए दुनिया से बेख़बर...और उस पुरानी याद में काँपता हुआ यूनुस खाँ का दिल-दिमाग़।

आज उसी तरह, बिल्कुल उसी तरह उसके हाथों में...। मगर कहाँ है वह यूनुस खाँ जो कत्लेआम को दीन और ईमान समझकर। चार दिन से खून की होली खेलता रहा है—कहाँ है ? कहाँ है ?

यूनुस खाँ महसूस कर रहा है कि वह हिल रहा है, वह डोल रहा है। वह कब तक सोचता जाएगा। उसे चलना चाहिए, बच्ची के ज़ख्म !...और फिर, एक बार फिर थपथपाकर, आदर से, भीगी-भीगी ममता से बच्ची को लिटा यूनुस खाँ सैनिक का तेज़ी से ट्रक स्टार्ट करता है। अचानक सूझ जानेवाले कर्तव्य की पुकार में। उसे पहले चल देना चाहिए था। हो सकता है यह बच्ची बच जाए—उसके ज़ख्मों की मरहम-पट्टी। तेज़, तेज़ और तेज़। ट्रक भागा जा रहा है। दिमाग़ सोच रहा है—यह क्या है ? इसी एक के लिए क्यों ? हज़ारों मर चुके हैं। यह तो लेने का देना है। वतन की लड़ाई जो है ! दिल की आवाज़ है—चुप रहो—इन मासूम बच्चों की इन कुरबानियों का आज़ादी के खून से क्या ताल्लुक ? और नन्ही बच्ची—बेहोश, बेखबर...

लाहौर आनेवाला है। यह सड़क के साथ-साथ बिछी हुई रेल की पटरियाँ। शाहदरा—और अब ट्रक लाहौर की सड़कों पर है। कहाँ ले जाएगा वह ? मेयो हॉस्पिटल या सर गंगाराम ?...गंगाराम क्यों ? यूनुस खाँ चौंकता है। वह क्या उसे लौटाने जा रहा है ? नहीं-नहीं, उसे अपने पारा रखेगा। ट्रक मेयो हॉस्टिपल के सामने जा रुकता है।

और कुछ क्षण बाद ब्लोच चिन्ता के स्वर में डॉक्टर से कह रहा है, "डॉक्टर, जैसे भी हो, ठीक कर दो...इसे सही-सलामत चाहता हूँ मैं !" और फिर उत्तेजित होकर—"डॉक्टर, डॉक्टर..." उसकी आवाज़ संयत नहीं रहती है।

"हाँ-हाँ, पूरी कोशिश करेंगे इसे ठीक करने की।"

बच्ची हॉस्पिटल में पड़ी है। यूनुस खाँ अपनी ड्यूटी पर है मगर कुछ अनमना-सा हैरान फिकरमन्द। पेट्रोल कर रहा है।

लाहौर की बड़ी-बड़ी सड़कों पर। कहीं-कहीं रात की लगी हुई आग से धुआँ निकल रहा है। कभी-कभी डरे हुए, सहमे हुए लोगों की टोलियाँ कुछ फौज़ियों के साथ नज़र आती हैं। कहीं उसके अपने साथी शोहदों के टोलों को इशारा करके हँस रहे हैं। कहीं कूड़ा-करकट की तरह आदमियों की लाशें पड़ी हैं। कहीं उजाड़ पड़ी सड़कों पर नंगी औरतें, बीच-बीच में नारे—नारे, और ऊँचे ! और यूनुस खाँ, जिसके हाथ कल तक खूब चल रहे थे, आज शिथिल हैं। शाम को लौटते हुए जल्दी-जल्दी कदम भरता है। वह अस्पताल नहीं, जैसे घर जा रहा है।

एक अपरिचित बच्ची के लिए क्यों घबराहट है उसे ? वह लड़की मुसलमान नहीं—हिन्दू है, हिन्दू है !

दरवाज़े से पलँग तक जाना उसे दूर, बहुत दूर जाना लग रहा है। लम्बे-लम्बे डग।

लोहे के पलँग पर बच्ची लेटी है। सफ़ेद पट्टियों से बँधा सिर। किसी भयानक दृश्य की कल्पना से आँखें अब भी बन्द हैं। सुन्दर से भोले मुख पर डर की भयावनी छाया...।

यूनुस खाँ कैसे बुलाए—क्या कहे ? 'नूरन'—नाम होंठों पर आके रुकता है। हाथ आगे बढ़ते हैं। छोटे से घायल सिर का स्पर्श, जिस कोमलता से उसकी उँगलियाँ छू रही हैं उतनी ही भारी आवाज़ उसके गले में रुक गई है।

अचानक बच्ची हिलती है। आहत से स्वर में, जैसे बेहोशी में बड़बड़ाती हो—

"कैम्प, कैम्प...कैम्प आ गया। भागो...भागो...जल्दी..."

"कुछ नहीं, कुछ नहीं—देखो, आँखें खोलो..."

"आग, आग...वह गोली...मिलटरी..."

बच्ची उसे पास झुके देखती है और चीख़ मारती है...।

"डॉक्टर, डॉक्टर...डॉक्टर, इसे अच्छा कर दो।"

डॉक्टर अनुभवी आँखों से देखकर कहता है, "तुमसे डरती है। यह काफ़िर है, इसीलिए।"

काफ़िर...यूनुस खाँ के कान झनझना रहे हैं—काफ़िर...काफ़िर...क्यों बचाया जाए इसे ? काफ़िर ?...कुछ नहीं...मैं इसे अपने पास रखूँगा !

इसी तरह बीत गईं खूनी वे रातें। यूनुस खाँ विचलित-सा अपनी ड्यूटी पर और बच्ची हॉस्पिटल में।

एक दिन। बच्ची अच्छी होने की आई। यूनुस खाँ आज उसे ले जाएगा। ड्यूटी से लौटने के बाद वह उस वार्ड में आ खड़ा हुआ।

बच्ची बड़ी-बड़ी आँखों से देखती है—उसकी आँखों में डर है, घृणा है और, और, आशंका है।

यूनुस खाँ बच्ची का सिर सहलाता है, बच्ची काँप जाती है ! उसे लगता है कि हाथ गला दबोच देंगे। बच्ची सहमकर पलकें मूँद लेती है ! कुछ समझ नहीं पाती—कहाँ है वह ? और यह ब्लोची ?...वह भयानक रात ! और उसका भाई ! एक झटके के साथ उसे याद आता है कि भाई की गर्दन गँड़ासे से दूर जा पड़ी थी !

यूनुस खाँ देखता है और धीमे से कहता है, "अच्छी हो न ! अब घर चलेंगे !"

बच्ची काँपकर सिर हिलाती है, "नहीं-नहीं, घर...घर कहाँ है ! मुझे तुम मार डालोगे।"

यूनुस खाँ देखना चाहता था नूरन...लेकिन यह नूरन नहीं, कोई अनजान है जो उसे देखते ही भय से सिकुड़ जाती है।

बच्ची सहमी-सी रुक-रुककर कहती है, "घर नहीं, मुझे कैम्प में भेज दो। यहाँ मुझे मार देंगे—मुझे मार देंगे..."

यूनुस खाँ की पलकें झुक जाती हैं। उनके नीचे सैनिक की क्रूरता नहीं, बल नहीं, अधिकार नहीं। उनके नीचे है एक असह्य भाव, एक विवशता... बेबसी।

ब्लोच करुणा से बच्ची को देखता है। कौन बचा होगा इसका ? वह इसे पास रखेगा। ब्लोच किसी अनजान स्नेह में भीगा जा रहा है...

बच्ची को एक बार मुस्कुराते हुए थपथपाता है, "चलो-चलो, कोई फिक्र नहीं—हम तुम्हारा अपना है..."

ट्रक में यूनुस खाँ के साथ बैठकर बच्ची सोचती है—ब्लोची कहीं अकेले में जाकर उसे ज़रूर मार देनेवाला है...गोली से—छुरे से ! बच्ची ब्लोच का हाथ

पकड़ लेती है, ''खान, मुझे मत मारना—मारना मत...'' उसका सफ़ेद पड़ा चेहरा बता रहा है कि वह डर रही है।

खान बच्ची के सिर पर हाथ रखे कहता है, ''नहीं-नहीं, कोई डर नहीं—कोई डर नहीं—तुम हमारा सगा के माफ़िक है...।''

एकाएक लड़की पहले खान का मुँह नोचने लगती है फिर रो-रोकर कहती है, ''मुझे कैम्प में छोड़ दो—छोड़ दो मुझे।''

खान ने हमदर्दी से समझाया, ''सब्र करो, रोओ नहीं—तुम हमारा बच्चा बनके रहेगा। हमारे पास।''

''नहीं—'' लड़की खान की छाती पर मुट्ठियाँ मारने लगी, ''तुम मुसलमान हो—तुम...।''

एकाएक लड़की नफ़रत से चीखने लगी, ''मेरी माँ कहाँ है ! मेरे भाई कहाँ हैं ! मेरी बहन कहाँ—''

*नवम्बर, 1949*

# लामा

याद आती है हम बच्चों की भोली टोली और वह लामा। झुकी हुई कमर पर नीले रंग की पेटी, कानों में बड़े-बड़े बाले, हाथों में छोटा सा ढोल और गले में एक झोला-सा लटकाए जब बूढ़ा लामा सड़क के मोड़ पर आता तो न जाने क्यों हमारी उस छोटी सी दुनिया में एक हलचल मच जाती।

झुर्रियाँ पड़े मुँह पर, रूखे-सूखे बालों में, फटे-पुराने चिथड़ों में, हम बच्चों के लिए कौन सा आकर्षण था, कह नहीं सकती; लेकिन इतना ज़रूर याद है कि जब चिथड़ों में लिपटी उसकी देह झूमती-झामती सड़क के मोड़ पर दिखाई देती, तो हमारी टोली सीमेंट की पचास-साठ सीढ़ियाँ पलक झपकते उतर जाती। लामा के इधर-उधर घेरा डालकर हम सब बच्चे तालियाँ मार-मारकर एक स्वर में चिल्लाते :

*लामा सीपी खट्टा खा—*
*खट्टा खा के पानी पी*
*पानी पी के मर जा*
*मर के 'सँजोली' जा !*

इन चार लाइनों को दुहराते और दुहराते चले जाते। इनके मतलब से तो शायद हमें कोई सरोकार न था, लेकिन सिर्फ़ उस बूढ़े को चिढ़ाने के लिए 'मर जा' शब्द का प्रयोग करते। हमारी समझ में मरना एक गाली-भर थी। इससे अधिक जानने की कोशिश हमने कभी नहीं की। और लामा ? उसकी धुँधली आँखों का थोड़ा सा पानी उसके अधरों पर ढुलककर हमेशा हमारा स्वागत करता। कभी-कभी उसकी चुप्पी से हम डर-से जाते, तो हाथ पकड़कर कहते, "देखो लामा, ऊपर चलो, खूब आटा दिलाएँगे–खूब !"

और एक दिन नौकरानी के मुँह से सुना कि लामा 'मर गया'। हम बच्चे बहुत खुश हुए। मैंने अपने साथी से कहा, "शिवजी, खूब मज़ा रहा। लामा मर गया। भई वाह–अब बहुत से आदमी उसे सफ़ेद कपड़े में बाँधकर सड़क-सड़क घुमाएँगे। और देखना शिवजी, लामा खूब आराम से लेटे-लेटे 'झूटे' लेगा !" फिर अपना मुँह उसके कान की ओर ले जाते हुए कहा, "रोज सुबह-सुबह सड़क के मोड़ पर सबसे पहले चले जाएँगे। सुना ? और देखना जिस दिन लामा आएगा तो उससे वहाँ की कहानियाँ सुनेंगे। आह, कितनी अच्छी बात बताई न !" इतना कहकर हम दोनों ने खूब तालियाँ पीटीं ताकि हमारे साथियों को यह मालूम हो जाए कि हमने एक खास पोशीदा मामला तय किया है।

आँखों के इशारे से अपनी टोली को चिढ़ाते-चिढ़ाते हमने घर की राह ली। उस दिन खूब खुश थे। कितनी उत्कंठा, कितना उतावलापन था हमारे आह्लाद में ! और हमारा बचपन नई-नई कहानियों की प्रतीक्षा में आँखों के रास्ते छलक उठता था।

बहुत दिन हो गए। प्रतीक्षा करते-करते सुबह के एक-दो घंटे सड़क के मोड़ पर बीत जाते। नौकर अम्मी के नाम का हुक्म लेकर आता तो दोनों उसको कोसते हुए घर लौट आते। बहुत दिन ऐसे ही चलता रहा। अब धीरे-धीरे शिवजी का धैर्य टूट रहा था। उसने मेरे साथ चलने से इनकार कर दिया और कहा, "देखो, बसन्त भैया रात को कह रहे थे कि मरे हुए आदमी कभी लौटकर नहीं आते। सुनो, अब मैं तो न आऊँगा !"

उस दिन से मुझमें और शिवजी में कुट्टी हो गई। बातचीत का पहला सिलसिला टूट गया। अब मैं अकेले ही सबसे आँख बचाकर नीचे भाग जाती। वहाँ से निराश होकर लौटती, तो अपने आगे गुड़िया के पटोले रखकर

सोचती—'लामा आएगा तो उससे सारा हाल पूछूँगी, सबसे पहले तो उसकी खूब ख़बर लूँगी—कहानियाँ सुनूँगी। अपने मरने की बात तो उसे याद होगी ही। फिर उससे सबकुछ पूछ लूँगी कि इतनी देर तुम कहाँ रहे, सँजोली ले जाकर तुमको लोगों ने क्या-क्या किया। आह-हा, ढेर सी बातें पता लगेंगी ! और शिवजी—रहने दो बेखबर बेवकूफ को ! बच्चू को तब पता लगेगा।'

मैं मन-ही-मन खूब खुश होती। अपनी कल्पना की उड़ान पर लामा को बिठाकर ले आती और पूछती, 'लामा, सच-सच बताओ तुम मरे कैसे थे ? जब लोग तुम्हें सड़क पर घुमाते होंगे तो बहुत मज़ा आता होगा न !' भई वाह, मैं खुशी से पागल हो जाती और ऐसा मालूम देता जैसे लामा कल ज़रूर ही आ जाएगा।

कई महीने बीत गए। लामा न आया ! हम शिमला छोड़कर दिल्ली आ गए। अब मैं बड़ी हो चली थी। बचपन की छाया भोली स्मृतियाँ समेटकर धीरे-धीरे दूर हो जाने को थीं, लेकिन थोड़ा सा सम्बन्ध अब भी उनके साथ मेरा ज़रूर था। जब कभी किसी भिखारी की आवाज सुनती, तो बाहर जाकर देख ज़रूर लेती कि शायद लामा ही हो, अगर आ जाए तो...। लगता है, युग बीत गए हैं। पहले जैसी अब नहीं हूँ। बहुत बदल गई हूँ। भोली स्मृतियाँ कभी-कभी दिल का द्वार खटखटाकर कहती हैं—बहुत-कुछ आ गया है तुम्हें, पर यह तो बताओ कि मेरे उन प्रश्नों का क्या किया तुमने जो तुम्हें लामा से पूछने थे !

*मई, 1944*

## दो राहें : दो बाँहें

चाँदनी के उजले आकाश में उड़ानें भरती मीनल की हल्की-फुल्की देह सागर-पर-सागर उलाँघती गई। साड़ी के झीने पंख फैलाती देश-विदेश मापती गई। रस-भरी मुग्ध आँखें हवाओं की गोद में थिरकती रहीं और मन की उमंग रह-रह मिलन के गीत गाती रही। अनुराग-भरी बाँहें आलिंगन के लिए घिर आईं कि एकाएक सपनों के रुपहले कपाट बन्द हो गए। आकाश का आँगन धूप से उजरा गया।

करवट ली, आँखें खोलीं; फिर मूँद लीं। पलकों की ओर झाँकता रोहित का 'प्रिय मुख'—रोहित की प्यार-भरी चितवन ! रोहित...रोहित...।

नहीं रहे वे क्षण, नहीं रहे—बाँहें इस ओर घिरती थीं और जी में प्यार भर-भर आता था। बाँहें इस ओर घिरती थीं और छलकता मोह तन-मन पर लहरा-लहरा आता था। सुध-बुध भुला देनेवाली वह मोहनी क्या हुई ? क्या हुए वे चूम लेने के-से काँपते स्वर ? मीनी...मीनी...मीनू !

चौंककर आँखें खोल दीं।

भोर के इस हल्के मौन में सिमटा छोटा उदास कमरा और अतीत की

स्मृतियों से लटके पुराने पीले परदे।

बाँहें फैला, बीत गए, छूट गए सपनों को सहेज लेना चाहा कि विवश हो उँगलियाँ माथे से आ लगीं। जिसे होना नहीं था, होना नहीं था—उस अनहोनी के सपने यह अभागी आँखें क्यों देखती रहीं—क्यों बुनती रहीं वे झिलमिलाते रुपहले ताने-बाने जो सपनों के संग ही धूल हो गए।

डाकबँगले पर घिर-घिर आती उस अँधियारी शाम को पहली बार मीनल की बाँहों ने रोहित को सहेज लिया तो घायल रोहित विस्मय से मीनल को देखते रह गए।

माथे पर झुकी मीनल बार-बार पुकारती है—रोहित !...रोहित !!...और रोहित काँपता स्नेहसना हाथ छू मन-ही-मन दुहराते हैं...मिन्नी ! मिन्नी !! वही मीनल है जिसे वह जानते थे पर पहचानते नहीं थे, जिसे वह देखते थे और पुकारते नहीं थे—वही...वही...मीनल...! बत्ती की लौ धीमी कर मीनल ने दबे पाँव बाहर जा हौले से पुकारा, "हरि दा !"

अँधियारे में पेड़ तले खड़े, उखड़े मन और शून्य आँखोंवाले हरेन बरामदे में आ खड़े हुए। कुछ बोले नहीं। टिकुर-टिकुर मीनल की ओर ताकते रहे।

"हरि दा...।"

मीनल पाँव बढ़ा तनिक पास हो आई। चिन्तित स्वर से पूछा, "हरि दा, रोहित क्या बहुत कष्ट में है...?"

"नहीं...नहीं..." हरेन विक्षिप्त से सिर हिला-हिला निर्दयी कंठ से कहते चले, "रोहित नहीं, मैं हूँ...मैं हूँ...।"

विमूढ़-सी मीनल कुछ समझने को, कुछ कहने को हुई कि उन खाली-खाली आँखों पर कोई निर्दयी काली छाया उतर आई।

हाथ बढ़ा बलपूर्वक मीनल को अपनी ओर खींचा, "रोहित नहीं, रोहित नहीं, मैं कष्ट में हूँ...मैं कष्ट में हूँ।"

कि पीछे से श्यामली ने आ धीमे से हरेन का कन्धा छू वर्ज दिया, "ऐसे नहीं महाराज ! ऐसे नहीं...।"

हरेन भयभीत निरीह आँखों से मीनल की ओर देखते रहे, फिर बच्चों की तरह श्यामली का हाथ पकड़ नीचे उतर गए।

जाने कैसे से मन से मीनल खड़ी-खड़ी रोती रही। जिन हरि दा के लिए वह सबसे विमुख होती रही—वही हरि दा...

पास से आता रुलाई का दबा-दबा स्वर सुन रोहित चौंककर जगे। एक आँख से देखा—हल्की धीमी रोशनी में कुर्सी पर सिर झुकाए सिसकियाँ भरती मीनल बीत गए सपनों की छाया-सी लगी। हाथ बढ़ा काँपते कंठ से पुकारा, "मीनू !"

मीनू नहीं, साड़ी के गाम्भीर्य से लिपटी मीनल रोती-रोती उन आहत बीमार बाँहों से आ लगी।

सुबह हरि दा दिखे तो चेहरे पर न पागलपन था, न कपड़ों में पागलों की-सी लापरवाही। इस नई काया में हरि दा, हरि दा से नहीं लगे। रोहित के पास आ आत्मीयता से कहा, "रोहित, जाने क्या-क्या बना भटकता रहा पर उस दिन जो तुम्हें बचा सका, उसी के पुण्य से फिर हरेन हो गया हूँ।"

हरेन का भरा-भरा स्वर सुन रोहित विस्मय से हिले कि हरेन स्नेह से हाथ छू बोले, "दुर्दिन में मीनल की सहानुभूति पाता रहा, पर उस शाप से मुक्त कर लानेवाली तो यही श्यामली है रोहित !"

सामने मिन्नी के पास खड़ी श्यामली सलज्ज हँसी; फिर मीनल दी के गले लग बोली, "दीदी, यही तो मेरे महाराज हैं...यही तो मेरे महाराज हैं।"

x x x

काटेज नं. 3
जनरल हॉस्पिटल
रायपुर

शोभन दा,

पत्र पढ़ने से पहले अपनी मीनल को आशीष दें। आशीष दें कि मेरे रोहित अच्छे हो उठें। तुम दोनों से रूठकर चली आई थी पर अब लगता है तुम लोगों ने मुझे अपना ठौर ढूँढ़ लेने को ही भेज दिया था।

शोभन दा, रोहित का कड़ा जीवट देखती हूँ तो झुक जाती हूँ। अपने दुःख-दर्द से दूर, वह चुपचाप निर्विकार-से पलँग पर पड़े रहते हैं। पूछती हूँ, "दर्द है ?"

सिर हिला देते हैं, "नहीं।"

डॉक्टर पूछते हैं, "बहुत कष्ट है ?"

"नहीं तो।"

कन्धे का प्लास्टर दूसरी बार लगा है। आँख की पट्टी अभी खुली नहीं।

शोभन दा ! तुम्हारे ही निकट हो भगवान् से माँगती हूँ : रोहित फिर से सबकुछ वैसा ही देख सके। वैसा ही...

हरि दा का पत्र मिला होगा। वह श्यामली के संग बम्बई चले गए हैं।

भाभी को स्नेह भेजती हूँ और अपने दादा से ढेर सा माँग लेती हूँ : अपने लिए, रोहित के लिए।

प्यार से

मीनल

पत्र पढ़ते-पढ़ते शोभन दा विकल हो आए। हरीन्द्र के पत्र से सबकुछ जानकर भी मीनल की ओर से जैसे वह कुछ और सुनना चाहते थे।

बहुत गम्भीर स्नेह जो उनकी मीनल किसी के दर्द से सहज ही दूषित हो आती हो पर रोहित के लिए आशीष माँगता यह सगापन ! सहसा कोई पुरानी गूँज मन के आसपास गूँजने लगी...

x x 'शोभन दा ! तुम्हारे यह रोहित : मन से ऐसे ही कड़े हैं जैसे ऊपर से दीखते हैं।'

शोभन दा किताब बन्द कर कुछ क्षण मीनल की ओर तकते रहे थे, फिर हँसकर कहा था, "जानती हो, यही बात मीनल का नाम ले रोहित मुझसे पूछते थे ?"

मीनल एकाएक सकुचा गई। चेहरे पर कोई नई-सी छवि उभरकर विलीन हो गई तो सिर हिला मीठे कंठ से कहा, "नहीं दा, मेरे लिए रोहित ऐसा क्यों कहेंगे ? मैं क्या दूसरों की सीख से अपने को ऊपर उठाकर चलती हूँ ?" x x

शोभन दा बार-बार पत्र पढ़ते रहे। पढ़ते-पढ़ते कई बार मन में अटकते रहे। मीनू के लिए कोई आशीर्वाद शब्दों में नहीं बाँध पाए। मन-ही-मन दोहराया : मीनल ! मीनल !!...कि अपनी लज्जित कर देनेवाली व्यथा कष्ट भर लाई। माथे पर हाथ रख सिर नीचे झुका लिया। कुन्तल !...

अनजाने में रोहित जो कुन्तल के लिए कह आए थे, वह एक दिन सहसा दुर्भाग्य बन उनके द्वार पर आ खड़ा होगा...उनका सबकुछ छीन लेने के लिए...उनका सबकुछ...!

उस दिन क्लास से शोभन बाहर निकले तो बादलों-भरी दुपहरी सिर पर झुक आई थी। घंटे-भर बाद उनका दूसरा पीरियड। कामन-रूम की ओर जाते-जाते सहसा आँखों के आगे कुन्तल का प्रिय मुख घूम गया। वही सुबहवाली साड़ी, नीचे लटकता पल्लू, झुकी नजर और बहुत पास खड़े गुप्ता...

शोभन के सरल निश्चल मन को एकाएक किसी अदृश्य ने झकझोरकर चेता दिया। वह रुके नहीं। घबराए से सीढ़ियाँ उतरे और लम्बे-लम्बे डग भर कॉलेज से बाहर हो गए। आज इस क्षण यह आशंका क्यों ? व्यग्रता क्यों ? कुन्तल...गुप्ता...नहीं...नहीं। फाटक खोल सहमे-सहमे पाँवों अन्दर आए और बरामदे में लटकता गुप्ता का रेन-कोट देख ठिठक गए। चाहा कि जोर से पुकारें—गुप्ता ! कि आक्रोश-भरा स्वर गले में अटककर रह गया...

दबे पाँव बरामदा पारकर ड्राइंगरूम में आ खड़े हुए। कहीं कोई नहीं। न कुन्तल...न गुप्ता...पर अतिथि-सत्कार के लिए और कौन स्थान होगा ?...

क्षण-भर को रुके, फिर गैलरी पारकर बेडरूम का परदा उठा दिया।...हाथ खींच परदे के इस पार से जब शोभन लौटे तो शोभन नहीं, बीत गए वर्षों के दिन-रात, घड़ी-पल सब लौट आए...सब लौट आए...

अरबरा दो जोड़ी आँखें खुलीं; बाँहें खुलीं तो बरसाती साँझ कमरे में घिर आई थी और बाहर छम-छम पानी बरसता था।

अलसाए मन गुप्ता ड्राइंग-रूम में आ खड़े हुए। कुन्तल...कुन्तल... कुन्तल...अँधेरे में जैसे फिर एक बार कुन्तल को देख रहे हों, पा रहे हों। हाथ बढ़ा बत्ती जलाई तो आँखें खुली-की-खुली रह गईं। शोभन !...सोफे पर आँखें मूँदे कड़े से होकर बैठे शोभन !!

कुन्तल नई हो कपड़े बदल कमरे से बाहर आई कि गुप्ता ने आगे बढ़ बाँहों में भर लिया और धीमे से संकेत कर कहा—शोभन ! और जल्दी से अलग हो बाहर हो गए।

कुन्तल एक बार नहीं, बहुत बार ड्राइंग-रूम की दहलीज़ तक आकर लौट गई। जितनी बार आती, सोए-सोए भयभीत पाँव मानो अपने से ही हारकर द्वार पर ठहर जाते। आठ...नौ...दस...टन...टन...टन ! हर घंटे पर रात बीतती गई। सुबह उठकर शोभन अन्दर आए तो फर्श पर औंधी पड़ी कुन्तल को देख लड़खड़ाए से वापस लौट गए।

जो प्यार एक दिन उनकी बाँहों में आ लगा था, वह शेष हो गया...वह शेष हो गया !

कुर्सी पर बैठी मीनल रोहित का हाथ सहलाती थी कि रोहित ने हौले से बाँह खींच ली और आँखें मूँद अडोल लेटे रहे।

दिन-भर की लम्बी जाँच से थके रोहित इस क्षण किसी टूट गए आहत सपने से दीखते हैं और पास झुकी मीनल दो अपलक आँखों-सी। दिन-भर से होती पड़ताल आज अधिकारियों के अन्तिम प्रश्नोत्तर के बाद समाप्त हो गई।

'आई-जी' के विशेष सहायक जाने से पहले रोहित का धन्यवाद कर अपने अधिकारपूर्ण कंठ को भरसक ढीला कर बोले, "राय, पूरा कांड ढंग से चल पड़ा तो चेतसिंह को समाप्त करनेवाली बाँहों को विभूषित किया जाएगा।"

रोहित छोटा सा हँसे और कृतज्ञता जताकर कहा, "यस सर !"

सुनकर मीनल की आँखें भर आईं। एक बार, एक बार रोहित भले हो जाएँ फिर...

डॉक्टर रात का राउंड लेकर लौटने लगे तो मीनल उनके संग बाहर चली आई।

"डॉक्टर !" स्वर में प्रार्थना थी।

डॉक्टर रुके; फिर दिलासे के-से स्वर में कहा, "घबराएँ नहीं; आँख की पट्टी कल खुलनेवाली है..."

बरामदे से लौटती मीनल ने कई बार रोहित की गर्व-भरी आँखों की बात सोची जो कल उसे जी-भर देखेंगी।

बिछौने के पास आ ठिठक गई। पट्टी से बँधा सिर और खुली एक आँख। द्रवित हो पूछा, "क्या बहुत थके हैं ?"

"नहीं तो।"

रोहित का धीरज-भरा स्वर सुन आँखें छलछला आईं। भर्राए कंठ से कहा, "डॉक्टर कहते थे कल तो...कल तो..."

सुनते ही रोहित कड़े हो आए। जाने कैसे से निर्दयी कंठ से कहा, "बस !" और मौन हो गए।

रुलाई को छिपाती मीनल कुछ देर आँचल आँखों से लगाए बैठी रही, बैठी

रही; फिर सह न सकने पर बिलख-बिलखकर रो पड़ी।

रोहित हिले नहीं, डुले नहीं, बोले नहीं। और मीनल रोती-रोती कब सो गई, कहाँ खो गई, पता नहीं।

एकाएक हड़बड़ाकर उठी। काँपता स्वर सुन पड़ा, "मीनू !"

स्वर नहीं...स्वर नहीं, जैसे अपने में समेटती बाँहें हों।

अगले-पिछले समूचे प्यार को सहेज मीनल रोहित से जा लगी।

"मीनू।"

मीनू जो कहती है वह रोहित सब जानते हैं; फिर भी, फिर भी अपने को सँभाल विवश से पूछते हैं, "मीनू, कल आँख नहीं रहेगी तो ?..."

मीनल ने मुँह पर हाथ रख दिया और अनुराग में भींगकर बोली, "रोहित, कल नहीं, आज...आज...और..."

ज्वार के अनकहे शब्द गलबहियों में खो गए...।

प्लेटफॉर्म पर खड़ी मीनल ने झुककर शोभन दा के पाँव छू लिये और तनिक सा हँसकर कहा, "समय पीछे नहीं लौटता शोभन दा ! लौटता तो आज हम माँ के संग खेल-खिलौने के लिए नानी-अम्मा से मिलने न जाते !"

शोभन दा ने सिर हिला बहन को थपथपा दिया। कुछ कहने को थे कि इंजिन ने सीटी दी। मीनल ऊपर चढ़ी और भर्राये कंठ से बोली, "शोभन दा, आप घर जाएँगे, कहीं और नहीं !" फिर गहरे आग्रह से शोभन का हाथ छूकर कहा, "एक शोभन दा ही कुन्तल भाभी को क्षमा कर सकेंगे, यह मैं जानती हूँ।"

शोभन दा ने दर्द-भरी गम्भीर आँखें ऊपर कीं, जैसे याचना करते हों, "मीनू, कुछ और करने को कहो, यह नहीं...यह नहीं..."

रुलाई से लाल हुई आँखोंवाली मीनल सिर हिला ममता से हँसी। चलती गाड़ी से पुकारकर कहा, "कुन्तल के लिए मिन्नी की सौगन्ध हो दादा !..."

मिन्नी की मीठी छवि आँखों में झिलमिला गई और दूर जाती रेल का सूनापन सिर झुका प्लेटफार्म पर बिछा रहा। खड़े कई क्षण रेल की पटरियाँ देखते रहे, फिर मीनल के लिए तरस, धीरे-धीरे पुल पारकर अपनी गाड़ी के सामने आ खड़े हुए।

अलग दिशाएँ—अलग राहें।

मोह से लिपटी अपनी मृणाल के लिए जी उमड़ आया। रोहित के सामने वह मानो किसी गर्वीली देह-सी झुककर रह गई है।

चलने के पहले आरामकुर्सी पर बैठे रोहित के पास खड़ी-खड़ी मीनल रोती रही, रोती रही।

रोहित कुछ कहें, कुछ कहें—पर रोहित तो कुछ बोले नहीं।

अगाध संयमवाली अपनी बहन के लिए अपार करुणा उमड़ आई।

रोहित का कन्धा छू शोभन बोले, "रोहित, मिन्नी चली जाती है, रोकोगे नहीं ?"

रोहित ने जैसे कुछ सुना नहीं। उस कठोर मुद्रा में दोनों हाथों को जकड़ चुपचाप बैठे रहे।

सहसा मिन्नी ने रोते-रोते रोहित की गोद में सिर झुका दिया।

रोहित पल-भर पठार-से अड़े रहे, फिर एकाएक उमड़कर गोद में पड़ा सिर चूम लिया और अस्फुट स्वर में बोले, "पीछे नहीं हटता हूँ मिन्नी ! प्राण रहते अपनी बात रखूँगा।"

इस ज्वार-भरे प्यार में कौन अटक थी, कहाँ अटक थी—यही सोचते-सोचते शोभन गाड़ी में जा बैठे।

चलती गाड़ी की खिड़की में से बाहर देखने लगे तो मन के आगे घिर-घिर आता भोला बचपन ढेर-सी स्मृतियाँ सहेज लाया...

x x x माँ के संग गाड़ी में बैठे वह और नन्ही मीनल। "शोभन... शोभन...शोभन...!"

माँ मृणाल को हल्की सी थपकी दे लाड़ से कहती है, "बिटिया, भैया को शोभन नहीं, शोभन दा कहते हैं।"

मिन्नी सिर हिला-हिला दुलराती है, "क्या कहते हैं माँ ?...शोभन दा, शोभन दा, शोभन दा...!" x x x

वे खेल-खिलौनों के भोले दिन ! वे भोली चाहें !

कम्पार्टमेंट में बैठे अन्य जनों से बेखबर आँखें मूँद लीं। "शोभन दा, आप घर जाएँगे, कहीं और नहीं...।"

घर जाएँगे ? घर जो अब घर नहीं रह गया ! छिन्न-भिन्न हो गए उल्लास का सूना आकार-भर ! जाएँगे कि उस अँधियारी साँझ को बिसरा, पत्नी को

एक बार फिर से पुकारें—कुन्तल !

कुन्तल !

ग्लानि से सिकुड़ किसी ओर देखा नहीं गया। विवश हो आँखें बाहर गड़ा दीं। खेत-खलिहान, भागते खम्भे और पेड़ों के काले सायों के संग-संग दौड़ती कुन्तल। शोभन गाड़ी में हैं और कुन्तल इस परिधि के बाहर।

शोभन पुकारते हैं। कुन्तल भागती है—और भागती है...

अन्दर-बाहर की इस होड़ में, दौड़ में, शोभन केवल दर्शक-भर रह गए हैं, केवल दर्शक-भर !...

झटका लगा। शोभन दा उठे और खिड़की के सामने चिर-परिचित प्लेटफॉर्म आ लगा। नीचे उतर घड़ी-भर खोये-खोये इस ओर लौटा लानेवाली गाड़ी की ओर तकते रहे, फिर धीमी उदास चाल से स्टेशन से बाहर हो गए।

हाथ में बैग लिये पैदल ही घर की ओर चल दिए। सीधी जाती छोटी राह जैसे सूझी ही नहीं। कॉलेज का लम्बा चक्कर लगा घर के सामने आन पहुँचे तो संकोच और व्यथा के भँवर रह-रहकर पैरों को पछाड़ने लगे।

भरसक अपने को सँभाल फाटक खोला और मन-ही-मन मनाया : जो यहाँ तक ले आ सके हैं, वही प्रभु आगे भी...आगे भी सह सकने का बल दें !

रह-रहकर टकरातीं, पछाड़ें खातीं समुद्र की अभागी प्यासी लहरें लौट-लौट आती हैं और ज्वार के ऊँचे पूर में बह जाती हैं। किनारों को बाँहें नहीं मिलतीं लहरें और बौछारती हैं, और पछाड़ती हैं और बिछुड़ गए प्रियजनों के नाम ले-ले पुकारती हैं—

रोहित !...शोभन दा !...कुन्तल !...और अपना नन्हा सा रोहित...!

इस तन से लिपटा जो असंख्य-असंख्य चिन्ताओं में, विवशताओं में भी मीनल को सरसाता था, हुलसाता था, वह आँखें खुलते ही किसी अधिकारहीन कुलशीलहीन निशान की तरह मिट गया।

मीनल रोई नहीं। धोयी नहीं। बिस्तर पर पड़ी-पड़ी एक बार उस निर्जीव नन्ही काया को देखा और जी कड़ा कर आँखें मूँद लीं।

वे मन-प्राण जो समूचे अभिमान से, समूचे गर्व से एक-दूसरे के लिए उमड़े थे—वे उस क्षण क्या सच ही स्नेह को पुकारते नहीं थे ? प्यार को सत्कारते

नहीं थे।

वह सच हो आया जो एक दिन शोभन दा ने संकेत कर दिया था, "मिन्नी, रोहित जो कुछ भी रहे हों; छूट लेकर उसे चुकाना तो नहीं ही जानते।"

रोहित के लिए ऐसा अभियोग पढ़ मीनल रोई थी। शोभन दा पर क्रोधित हो आई थी। पर गहरे कहीं कोई चुपके से चेता गया था—जो होने को है, जो आने को है, वह एक तिरस्कार बनकर रह जाएगा। उनका इस लोक-परलोक में कहीं कोई नहीं होगा। कहीं कुछ नहीं होगा। नाम नहीं, अधिकार नहीं।

कभी दो अभिमान, दो गर्व मिले थे—ऐसे अनादर में धूल हो जाने के लिए...।

प्यार की सब कथा, सब व्यथा शेष कर मीनल नर्सिंग होम की सीढ़ियाँ उतरी तो न मन सिहरा, न पाँव काँपे। शान्त हो गई, स्वच्छ हो गई देह, धुले कपड़े-सी अड़ी-अड़ी, कड़ी-कड़ी। सादी सफ़ेद साड़ी में लिपटी अपने पुराने सतरंगी स्पर्श को जैसे नर्सिंग होम में छोड़ आई। वह अवश-सी विवश-सी थकन, वह रोहित को पुकार-पुकार आते आलोड़न के पल, वह मोह की मोहनी—सब रीत गए। सब बीत गए।

बाहर आकर तत्काल ही टैक्सी नहीं ली। भीड़ में से पैदल निकल चली तो कोई भी परिचित-अपरिचित आँखों ने मीनल को पहचाना नहीं। मन में कुछ ऐसा हो आया कि इस अपार जनसमूह में कोई भी इस अभागे मुख को निहारनेवाला नहीं।

पहले से रिज़र्व करवाए बोर्डिंग हाउस के कमरे में रात को लेटी तो गाढ़ा-काला अँधियारा मन के आसपास छा गया। सब ओर अँधेरा है...सब ओर अँधेरा है। दूर-दूर तक फैले पठार के वीराने में केवल रोहित की एक आँख चमकती है।...रोहित की एक आँख चमकती है।

"मिन्नी...मिन्नी !"

मीनल भींगकर कहती है, "कहो रोहित !" रोहित कुछ कहते-कहते झिझकते हैं, फिर अनचाहे से पूछ लेते हैं, "मीनू, हरीन्द्र पर बरसती तुम्हारी अनुकम्पा देख चुका हूँ, पर मुझ पर भी क्या...?"

सुनकर मिन्नी पल-भर को ठिठकी, मानो यही बात अपने से पूछती हो, फिर शान्त ठहरे स्वर में बोली, "नहीं रोहित, मेरा अपना दर्द है जो तुमसे कुछ माँगता है !"

रोहित अपने गाम्भीर्य से मीनल को एक बार फिर पुकारकर पा लेते हैं ! फिर मीठी रात उतरी : लहरा गई। सरसा गई। बिसरा गई रोहित के दुःस्वप्नों को !

भोर हुई। हवाएँ हल्की हो कमरे में थरथरा आईं। उमड़कर पुकारा, 'रोहित !''

रोहित ने घेरकर चूम लिया। मिन्नी !

कमरे में धूप फैलने लगी तो लाड़ से कहा, ''रोहित, अब सिस्टर आने को है...'' और हँसती-खिलती-सी पास से उठ गई।

नहा-धो बाल सँवारते मृणाल ने छोटे से दर्पण में अपने को देखा। देखती रही, देखती रही, फिर लजाकर हाथों में मुँह छिपा लिया। कोई चोर पैर ताल दे-दे कहते रहे—मीनू...मिन्नी...मीनल...।

मीनल अन्दर आई तो रोहित पर झुके डॉक्टर खड़े थे और पास छाँह-सी करती सिस्टर। पट्टी खुली।

''कुछ देख नहीं पाता हूँ, डॉक्टर !''

डॉक्टर हाथ फेरकर कहते हैं, ''राय, धीरे-धीरे आँख उजाले की अभ्यस्त होगी।...अब ?''

''नहीं डॉक्टर !''

डॉक्टर व्यस्त हो, हाथ आगे कर कहते हैं, ''कुछ हल्का सा ?''

''डॉक्टर, कुछ भी नहीं !''

रोहित का गम्भीर स्वर सुन डॉक्टर मानो चिन्तित हो आए। जाँचते रहे, देखते रहे। फिर दोबारा पट्टी बाँध जाते-जाते कहा, ''मिराजकर से कन्सल्ट करना होगा।''

''धन्यवाद डॉक्टर !'' कृतज्ञता जताता रोहित का रोबीला कंठ।

डॉक्टर चले गए। मीनल खड़ी रही। रोहित लेटे रहे और घड़ी की टिक्-टिक् समय मापती रही। दिन-भर रोहित कुछ बोले नहीं। सहमी सी मीनल देर तक खड़ी-खड़ी खिड़की से बाहर देखती रही। मन हो आया रोहित को दुलारकर कहे—'कुछ डर नहीं...कुछ डर नहीं' कि सुबहवाला रोहित का कठिन स्वर याद कर अटक गई। सामने बिछी दोपहरी खिड़की से दूर चली गई तो घबराई सी मीनल ड्यूटी-रूम तक जा उन्हीं पैरों पलट आई।

रोहित के लिए डॉक्टर सचमुच में ही क्या सोचते हैं, यह जान लेने की

हिम्मत नहीं हुई। लौटी कि रोहित का स्नेह-भरा कोमल स्वर सुन पड़ा, "मीनू...सुनो तो !"

मीनल बँधी-बँधी पास आई कि तन-मन पर फिर रात उतर आई। विह्वल हो पलँग की बाँही पर सिर झुका दिया।

रोहित बालों को बहुत हौले, बहुत हौले मानो छूते भर हों, सहलाते रहे और मीनल पड़ी-पड़ी अतीत के रतनारे स्वर सुनती रही।...

"पानी में पैर डाले, दूर-दूर सी दिखती तुम ! देखकर जैसे सदा को जान लिया था कि एक दिन, एक दिन मिन्नी को शोभन से माँग लूँगा। लौटती बार ड्राइव करते तुम्हारे मौन से ही जाने कितनी बातें करता रहा था। घर लौटा तो क्षण-क्षण एक ही मुख दीखता। पर फिर तो धीरे-धीरे हरीन्द्र की सहानुभूति में मीनल पराई होती चली।"

मृणाल हँसी, जैसे अपना अपराध स्वीकारती हो। फिर मान से सिर हिला बोली, "जानती हूँ, उन दिनों पुलिस के बड़े साहब हर क्षण तरेरा करते थे।"

"और हरीन्द्र के लिए दया सँजोती मीनल रोहित को नित्य ही कुरेदती थी।"

"रोहित... ।"

मीनल कुछ कहने जाती थी कि सिस्टर अन्दर चली आई। ऐसे हँसी कि हँसती न हो, ऐसे देखा कि देखती न हो।

रोहित मीनल का हाथ थामे-थामे हँसकर बोले, "सिस्टर, आँख ठीक हो गई तो इस पगली को दिन-रात तंग किया करूँगा...न हुई तो फिर छुट्टी पा जाऊँगा।" अप्रतिभ-सी मीनल कुछ कहने को हुई कि सिस्टर ने द्वार की ओर देखकर कहा, "डॉक्टर मिराजकर आने को हैं।"

रोहित ने सहज से मीनल को अपनी ओर भर लिया और चूमकर धीमे से कहा, "बस मिन्नी..."

मिराजकर के अनुभवी हाथ देर तक रोहित की आँख की परीक्षा करते रहे। साँस रोके मीनल खड़ी-खड़ी देखती है और सिस्टर तत्परता से अपनी ड्यूटी पर।

डॉक्टर मिराजकर और साठे बाहर निकले तो मीनल सिस्टर से कुछ जान लेने के लिए संग-संग बाहर चली। सिस्टर रुकी नहीं। हाथ से संकेत दे मीनल को छोड़ आगे चली गई।

मीनल खड़ी रही, खड़ी रही। डॉक्टर तो कुछ भी नहीं कह गए, फिर कुछ देर पहले ही उमंग मन से एकाएक दूर क्यों हो गई है। बुझे-बुझे मन अन्दर आई कि रोहित का पतला धीमा स्वर सुन ठिठक गई।

"यह आँखें...एक आँख...एक आँख...ओह !"

मीनल वहीं रुकी रही। आगे नहीं बढ़ी। जान लिया कि रोहित के विवश बोल किसी और द्वारा सुनने के नहीं हैं।

देर बाद पुकारा, "रोहित।"

रोहित दुलार के-से स्वर में बोले, "मीनल, एक काम कर सकोगी ?"

"कहो रोहित।"

रोहित जैसे अपनी ही गम्भीरता को हल्का करने को हँसे, "एक पत्र शोभन को लिखना होगा। मीनू...अभी।"

रोहित की सदा की-सी निश्चिन्त आवाज़। सिर पर झूलते किसी अज्ञात भय से मीनल एक बार सिहरकर पत्थर हो गई।

रोहित ने फिर पुकारा, "मीनल !"

मीनल कुछ बोली नहीं। कुर्सी पर बैठे-बैठे आँखें मूँद लीं कि सोती हो। मन को किसी ने चेता दिया कि यह क्षण, यह क्षण...शुभ नहीं, शुभ नहीं !

मृणाल ने नींद में जब सच ही आँखें मूँद लीं तो सपने में देखा—

नीले आकाश पर दो तारे हैं। दो मुख हैं। दो जोड़ी बाँहें हैं। सत्कारती, स्वीकारती एक चाह है। एक चाह है जो धरती पर फैली समय की घाटियाँ माप जाएगी। पठार पर छा जाएगी। धीरे-धीरे नन्हा सा रुपहला चाँद निकल आएगा। अँधियारा बिछुड़ जाएगा। चारों ओर आलोक बिखर जाएगा। फिर भोर हो आएगी। छोटे से घर को चूम जाएगी। रोहित होंगे, रोहित की मीनल होगी और एक हँसता-खेलता नन्हा-मुन्ना—छोटे-छोटे पाँव इधर दौड़ा आएगा। रोहित अपनी गर्व-भरी आँखों से हँस संकेत से बुलाएँगे...इधर...इधर...

एकाएक बिखरते काँच का स्वर सुन नींद टूट गई।

भयभीत घबराई-सी मीनल चौंककर उठ बैठी। उड़ी-उड़ी दृष्टि से कमरे के चारों ओर देखा। रोहित क्या पलँग पर लेटे हैं ?...

हाथ बढ़ा टेबल-लैम्प जला लिया तो विस्मय से बोर्डिंग हाउस के उस अपरिचित अनजान कमरे को देखते-देखते आँखें डबडबा आईं।

खुले नीले आकाश पर जगमगाता वह मीठा मधुर घर...किलकारियों-भरे

घर का आँगन...

सब कहाँ हैं ?

सब कहाँ हैं ?

अँधियारे में भटकती मीनल सिरहाने पर सिर डाल फिर लेट गई तो लगा कि रात-भर के सफ़र के बाद वह सपनों के सुनहले देश से लौट आई है।

लौट आई है।

अकेली ! अकेली ! अकेली...

*1959*

●●●